# VALOROUS

---

SERIE QUANTUM
BOOK 2

MARIE FORCE

*Valorous*
Serie Quantum, libro 2
Marie Force

Copyright © 2015 by HTJB, Inc.
Traduzione dall'inglese di Cecilia Pirovano
Prima edizione: 2024
© Cecilia Pirovano

ISBN: 978-1958035597

# CAPITOLO UNO



Natalie è sotto shock. È l'unica spiegazione possibile per lo sguardo vitreo nei suoi stupendi occhi marroni e per l'insolito e dilagante silenzio tra noi. È scossa da tremiti tanto violenti che vorrei chiamare un medico che le dia qualcosa per calmarla, perché io non so assolutamente come confortarla.

L'ho portata a casa mia, nella speranza di proteggerla dal caos di giornalisti davanti alla sua. I miei peggiori incubi sono diventati realtà, ma non sono comunque niente in confronto ai suoi. Ora che il suo doloroso passato è stato reso pubblico e il mondo è pronto a sviscerarlo, lei ha perso il lavoro oltre all'anonimato, ed è tutta colpa mia.

Vorrei chiamare i miei avvocati, addetti stampa e chiunque possa darmi la testa dell'uomo che le ha fatto del male. Vorrei far venire Leah, perché Natalie ha bisogno di un'amica. Ma ho paura a lasciarla da sola anche solo per il tempo di fare le telefonate necessarie. Il suo silenzio mi manda fuori di testa. Preferivo quando piangeva. Il pianto lo capivo, mentre questo silenzio inquietante... mi spaventa.

Mi torna in mente quanto abbia ammirato la mia grossa vasca da bagno, quella che non ho mai usato nei dieci anni da quando possiedo questo appartamento. La lascio raggomitolata sul letto, vado in bagno e apro l'acqua. Sotto al mobile trovo un flacone di bagnoschiuma. Con un occhio a lei e uno alla vasca, aspetto che sia piena per tre quarti, spengo l'acqua e torno in camera.

Seduto sul bordo del letto, le do un bacio sulla guancia, fredda sotto le mie labbra. «Ehi, Nat. Ti ho preparato un bagno. Così ti riscaldi un po'.»

Siccome non protesta, la aiuto ad alzarsi e a spogliarsi, poi la prendo in braccio e la porto in bagno, dove la aspetta l'acqua calda piena di bolle. Due sere fa, abbiamo fatto l'amore per la prima volta ma, in questo momento, il sesso non c'entra nulla. Nell'immergerla in acqua mi inzuppo le maniche, perciò mi tolgo la camicia e mi siedo accanto alla vasca.

«Dimmi qualcosa, tesoro.»

«Non c'è niente da dire.» Ha la voce spenta e piatta, proprio come lo sguardo. Le lacrime silenziose che le rigano le guance mi spezzano il cuore e mettono a dura prova il mio contegno. Devo fare qualcosa per aiutarla, qualsiasi cosa.

«Torno subito.» Vado nell'altra stanza e prendo il cellulare e una camicia asciutta. Ho trentadue chiamate perse e quarantasei messaggi. Ignoro tutto e chiamo Gabe, il manager del nostro club BDSM e responsabile della sicurezza della Quantum a New York.

«Flynn» esordisce lui. «Stai bene?»

«Ho avuto giorni migliori. Mi serve un dottore per Natalie. Conosci qualcuno che possa venire da me e che sia discreto?»

«Mia cugina. La chiamo e organizzo tutto.»

«Grazie, Gabe.»

«Fammi sapere se posso fare altro. Vogliamo dare tutti una mano.»

«Certo, grazie.»

Torno in bagno, dove Natalie non si è mossa. Le lacrime non accennano a smettere e ognuna è come una coltellata al cuore per me.

«Flynn» sussurra.

«Che c'è, tesoro?» Mi inginocchio accanto alla vasca. «Sono qui. Hai bisogno di qualcosa?»

«Sto per vomitare.»

Afferro il cestino e glielo porgo appena in tempo, poi le reggo i lunghi capelli scuri mentre è scossa da violenti conati. «Devo prendere Fluff» dice infine, con il fiato ancora corto.

«Chiederò a Leah di portarla qui. Non preoccuparti.» La faccio sdraiare, con la testa posata sull'asciugamano arrotolato a mo' di cuscino sul bordo della vasca. Con una pezzuola inumidita sotto l'acqua fredda, le pulisco il viso e la bocca. «Ti porto il telefono, così scriviamo a Leah.»

Le lacrime le rigano senza freni le guance pallide.

Nei miei trentatré anni di vita, non mi sono mai sentito impotente come in questo momento. Non vorrei lasciarla nemmeno il tempo di prendere il cellulare, rimasto nella sua borsa in soggiorno. «Torno subito, va bene?»

Annuisce. La rassegnazione e la stanchezza che trapelano da questo piccolo gesto mi annientano. È colpa mia e sistemerò le cose per lei, a qualsiasi costo. Torno in bagno con il telefono. «Puoi inserire il PIN?»

«Pensaci tu» mi dice. «È zero-uno-uno-otto.»

Mi commuove che si fidi a darmelo. Che posso dire? Quando si tratta di lei, sono un disastro. Non appena inserisco il PIN, il suo telefono si riempie di notifiche di chiamate e messaggi in segreteria. Li ignoro e apro la chat con Leah.

*Ciao, sono Flynn. Natalie chiede di Fluff. Ti andrebbe di portarla a casa mia?*

Risponde all'istante. *Che sollievo sentirvi. Come sta lei? Certo che vi porto Fluff. Farò tutto quello che posso.*

*Grazie. Non sta molto bene… Fluff la aiuterà.*

Le scrivo come entrare nel parcheggio del mio palazzo, una cosa che non faccio con chiunque. In questo istante però, non me ne frega niente di ciò che di solito mi ossessiona, come proteggere la mia privacy. Mi importa soltanto di Natalie e di quello che posso fare per lei.

Suona il citofono e, di nuovo, sono combattuto se allontanarmi, anche solo per un minuto. «Leah porterà Fluff. Vado ad aprire. Torno subito.»

Non risponde. Le lacrime le rigano ancora le guance, ma lei non ci fa caso. Lo sguardo assente nei suoi occhi mi terrorizza.

Corro all'ascensore. «Sì?»

«Sono io.» Addie.

Senza la minima esitazione, faccio salire la mia fidata assistente. Un minuto dopo, esce dall'ascensore, posa una valigia nell'ingresso e mi abbraccia. «Che cosa posso fare?» Nei cinque anni al mio fianco, è diventata come una sorella minore per me. Non c'è nulla che non faremmo l'uno per l'altra, come lei ha appena dimostrato per l'ennesima volta.

«Non so nemmeno di che cosa ho bisogno al momento.»

«Di qualsiasi cosa si tratti, sono qui per tutti e due.»

«Come hai fatto ad arrivare così in fretta?»

«Sono salita al volo su un aereo un'ora dopo che la notizia si è diffusa online. Sta arrivando anche Liza» aggiunge, riferendosi alla nostra addetta stampa. «Ma le ho detto di non venire qui stasera. Domani andrà benissimo.»

«Hai fatto bene, grazie. Devo tornare da Natalie. È nella vasca da bagno. Gabe ha chiamato sua cugina che fa la dottoressa.»

«Preparo del tè.»

«Le piace la cioccolata calda.»

«Allora preparo quella.» Mi stringe un braccio. «Non sei solo. L'esercito della Quantum sta stringendo le file e vuole vendetta.»

«Grazie per essere venuta, Addie.»

«Faccio solo il mio lavoro.»

«Fai molto di più, e lo sai.»

«Va' da lei. Si sistemerà tutto.»

Nonostante le rassicurazioni di Addie mi confortino, mi basta un'occhiata al viso spettrale e rigato di lacrime di Natalie per capire che ci vorrà molto tempo prima che le cose si sistemino. Sempre che accadrà. «È ora di uscire, tesoro.» Come se fosse una bambina, la aiuto ad alzarsi, la asciugo, la avvolgo nel mio accappatoio, le tampono i capelli con un asciugamano e glieli spazzolo.

Per tutto il tempo, lei fissa la parete con espressione assente, sbattendo appena le palpebre nonostante le lacrime. Dove diavolo è la dottoressa? «Torniamo a letto.» Senza lamentarsi, si lascia prendere in braccio e portare in camera. La sistemo sotto il pesante piumone di piuma d'oca, mi siedo accanto a lei e le prendo una mano. Quanto vorrei sapere che cosa fare per lei.

Arriva Addie con una tazza e, senza dire una parola, la mette sul comodino e ci lascia soli.

«Addie ti ha preparato la cioccolata.»

«Che cosa ci fa qui?»

Questa domanda è un gran sollievo. «È venuta ad aiutarci.»

«Non può fare niente.»

Il suo tono desolato è l'ennesima freccia che si conficca nel mio cuore infranto. «Ci sono un sacco di cose che possiamo fare, e le faremo tutte dopo esserci presi cura di te. Sei l'unica cosa che conta.»

«La tua carriera, chissà che cosa dirà la gente...»

«Fanculo la carriera. Non potrebbe fregarmene di meno in questo momento. Mi importa di te. Ti amo e detesto l'idea che ti stia succedendo tutto questo per causa mia.»

«È solo che... Non capisco... Perché? Perché ha fatto una cosa del genere?»

Le asciugo le lacrime, trattenendo le mie. Non ricordo l'ultima volta che ho pianto ma temo che, se cominciassi adesso, non smetterei più. «Chi è stato, Nat?»

«Dev'essere stato l'avvocato di Lincoln. L'ho pagato una fortuna per aiutarmi a cambiare nome dopo tutto quello che era successo. Perché l'ha fatto?»

«Per soldi.» Sconfortato, comincio a mettere insieme i pezzi. «Dopo averti visto con me, avrà pensato di poter battere cassa.»

«Ero una sua cliente» dice lei, con un singhiozzo. «Non può parlare di me.»

«Hai ragione, che diamine. Mi assicurerò che venga radiato e incriminato per quello che ti ha fatto. Gli faremo il culo in tribunale.»

«È come se stesse succedendo di nuovo... È proprio come allora.»

Si riferisce allo stupro che ha subìto a quindici anni e di cui ora il mondo intero è a conoscenza grazie a quell'avvocato del cazzo del

Nebraska, che l'ha svenduta per fare dei soldi. E pure tanti, probabilmente.

Sono così arrabbiato che fatico a respirare. Vorrei piangere insieme
a lei al pensiero che questo accanimento nei suoi confronti è causa mia.
L'ho trascinata di nuovo nell'incubo che si era lasciata alle spalle. Se
avessi avuto idea che sarebbe potuto succedere, non mi sarei mai fatto
vedere in pubblico con lei.

«Non è colpa tua» dice con voce fioca.

Nonostante il sollievo al guizzo di vita nei suoi occhi di solito lumi-
nosi, non mi lascerò scagionare così facilmente. «È assolutamente colpa
mia. Siccome ti hanno visto con me, i giornalisti hanno voluto saperne
di più su di te e hanno scavato fino a trovare qualcuno disposto a
parlare in cambio di denaro.»

«Non ce l'ho con te. Ce l'ho con lui.»

In un momento del genere, si preoccupa per me e, per questo, la
adoro. «Come si chiama, tesoro?»

«David Rogers. Fino a oggi, era l'unica persona a conoscermi con
entrambi i nomi. Dev'essere stato lui.»

«Non l'avevi mai detto a nessuno, nemmeno alla tua famiglia?»

Scuote la testa. «Non vedo e non parlo con la mia famiglia da otto
anni.»

Mi rattrista il pensiero di quanto sia stata sola in questi anni. Ma
adesso non lo è più. Vorrei conoscere ogni dettaglio di quanto le è
successo, ma non posso chiederglielo adesso. Perciò resto seduto
insieme a lei, le tengo la mano e le faccio bere qualche sorso di cioccolata, fino a quando la dottoressa bussa per annunciare il suo arrivo.

È un sollievo che si tratti di una donna, ancora di più perché non
batte ciglio per me e, anzi, rivolge tutta la sua attenzione a Natalie.

«Buongiorno, sono la dottoressa Janelle Richmond.» Assomiglia a
Gabe, con i capelli, gli occhi e la carnagione scuri.

Mi alzo e le stringo la mano. «La ringrazio per essere venuta.»

Natalie mi lancia un'occhiata, in evidente apprensione. «Hai chiamato un medico?»

«Ho pensato che potesse servirti qualcosa per dormire.»

«Potrei restare un momento da sola con Natalie?» chiede la
dottoressa.

Non vorrei andarmene, ma ubbidisco. «A te sta bene?» chiedo a Natalie.

Lei si aggrappa al piumone. «Sì.»

«Sono qui fuori. Chiamami se hai bisogno.» Le do un bacio sulla fronte ed esco, chiudendomi la porta alle spalle.

In corridoio, mi raggiunge Addie. «Come sta?»

«Un po' meglio.» Mi passo più volte le dita nei capelli. «Mi chiami Emmett?»

«Certo.» Va in soggiorno, prende il telefono e torna alla mia postazione, davanti alla porta della camera. «Tieni.»

Prendo il telefono. «Emmett.»

«Che cosa posso fare, Flynn?» Consulente legale della Quantum, Emmett Burke è un amico e collega, nonché membro del nostro club segreto BDSM. «Non riesco neanche a immaginare quanto sarai sconvolto.»

«Diciamo pure che sono furioso. A occuparsi del cambio di nome di Natalie è stato un avvocato di nome David Rogers di Lincoln, nel Nebraska. Lei dice che è l'unica persona al mondo a conoscerla con entrambi i nomi. Lo voglio morto.»

«Ci penso io.» Segue una breve pausa. «Flynn... so che ti stai occupando di Natalie, ma quello che è uscito su quanto le è successo... Dovresti... ehm... prepararti prima di leggerlo. È roba f-forte.»

Nei dieci anni da quando lavoriamo insieme e siamo amici, non ho mai sentito balbettare il baldo Emmett Burke. Sentirglielo fare adesso mi rende ancora più ansioso. «Raccontami i fatti più salienti. O più disgustosi.» Mi faccio forza per quello che sentirò.

Al suo sospiro, capisco quanto sia difficile per lui raccontarmi queste cose. «Suo padre era un assistente di spicco dell'ex governatore del Nebraska, Oren Stone, di cui era amico di lunga data. Le famiglie erano in buoni rapporti e Natalie, o April, come si chiamava all'epoca, faceva da baby-sitter ai figli di Stone. Li accompagnava in vacanza e passava molte notti nella villa del governatore.»

A mano a mano che la storia procede, avverto un nodo allo stomaco. Si chiamava April...

«A quanto pare, Stone ha fatto in modo che Natalie andasse da loro un fine settimana in cui la moglie e i figli sarebbero stati fuori città.

L'ha trattenuta per tutto il tempo, stuprandola ripetutamente e minacciando la sua famiglia se l'avesse detto a qualcuno.»

È come se mi avessero tirato un pugno in pancia. «Figlio di puttana.»

«Lei è andata dritta alla polizia.»

Chiudo gli occhi, sbalordito dalla forza e dal coraggio di una quindicenne seviziata che ha avuto il fegato di trascinare a fondo quel bastardo.

Poi Emmett sgancia un'altra bomba. «I suoi genitori hanno preso le parti di Stone.»

«Cazzo! Stai *scherzando*?»

«Non sai quanto vorrei. Il caso ha avuto un'eco nazionale. Stone si era fatto molti nemici nella sua ascesa e diverse persone l'hanno sostenuta durante il processo. Lei ha fatto richiesta di emancipazione dai genitori e l'ha ottenuta, ha testimoniato contro Stone e, con il suo racconto vivido e dettagliato, ha sancito la sua fine. È stato condannato a una pena da venticinque anni all'ergastolo e, circa un mese dopo essere entrato in prigione, è stato stuprato e ammazzato nelle docce da un altro detenuto.»

Nel sapere che quell'uomo ha sofferto anche solo un briciolo di quello che ha fatto passare a lei, provo un piacere perverso.

«Dopo il processo, lei è sparita. Non c'è più traccia di lei online dal giorno della sentenza contro Stone.»

«Sarà allora che ha cambiato nome.»

«Natalie Bryant ha fatto la sua comparsa un paio di anni dopo come matricola all'Università del Nebraska. Non si sa dove né come abbia trascorso il periodo tra il processo e l'università. Quattro anni dopo, si è laureata e si è trasferita a New York, per lavorare come insegnante in una scuola privata.»

«Dimmi che possiamo fare qualcosa per questo Rogers.»

«Oh, possiamo eccome. Tanto per cominciare, chiamerò l'Ordine degli Avvocati del Nebraska e imbastirò una causa civile e una penale contro di lui. Rimpiangerà amaramente di aver fottuto Natalie, e anche te.»

«Qualsiasi cosa faremo, non potrà comunque andare peggio di così per lei.»

«Odio dirlo, ma è probabile che la situazione peggiori prima di migliorare.»

Al solo pensiero, mi viene la nausea. Mi appoggio alla parete e chiudo gli occhi, pieni di lacrime. Dopo aver sentito i dettagli di quello che è successo a Natalie, sono a pezzi, travolto dalle emozioni. «Voglio proteggerla, ma non so come.»

«La cosa più importante è tenerla lontano da Internet e dalla televisione. Lei sa già quello che è successo e non ha bisogno di vederlo andare in scena di nuovo a beneficio del mondo intero. Ho parlato con Liza e ci stiamo lavorando. Tu pensa a lei e cerca di non preoccuparti. Un paio di giorni, e le acque si calmeranno.»

Forse è vero, ma chissà se Natalie tornerà mai la persona allegra e dolce che era prima che la sua vita e il suo doloroso passato finissero sotto gli occhi del mondo.

Nell'istante in cui si apre la porta della camera, saluto Emmett. «Ti chiamo domani.»

«Va bene.»

Mi infilo in tasca il telefono di Addie. «Come sta?»

«Mi ha dato il permesso di dirle che è sotto shock e il tremore e le lacrime dipendono da questo. Le ho dato un leggero sedativo per aiutarla a riposare.» Mi allunga il suo biglietto da visita. «Se fosse ancora ansiosa o avesse problemi a dormire, mi chiami domani e le farò una ricetta.»

«Si... si riprenderà?»

«Sì, ma le ci vorrà del tempo per metabolizzare quanto è successo. Dovrà avere pazienza con lei e lasciare che affronti la cosa a modo suo.»

La pazienza non è tra le mie qualità ma, se è questo che serve a Natalie, sarò l'uomo più paziente del mondo.

«Mi chiami pure se posso esservi ancora d'aiuto, a tutti e due.»

«Grazie mille per essere venuta.»

«Si figuri. Gabe parla molto bene di lei e degli altri membri della Quantum. Contate moltissimo per lui.»

«È un bravo ragazzo.»

«Ora vado, così può tornare da Natalie.»

«Grazie ancora.» Entro in camera, dove l'unica luce proviene dal bagno. Natalie ha gli occhi chiusi, ma le guance sono ancora bagnate di lacrime. Mi avvicino al letto e li riapre. Nonostante la disperazione, il legame che ci ha unito fin dal giorno in cui ci siamo incontrati è ancora forte. E, adesso, questo legame le ha rovinato la vita.

«Posso portarti qualcosa?»

Scuote la testa. «Puoi… Potresti…»

«Che c'è, cara? Qualsiasi cosa.»

«Mi abbracci?» chiede, con la voce rotta da un singhiozzo. «Per piacere?»

«Non c'è altro al mondo che preferirei fare.» Sono grato e commosso che, nonostante il casino che ho combinato, mi voglia ancora al suo fianco. Mi tolgo la camicia, la butto per terra con i jeans e striscio a letto insieme a lei.

Con un gemito angosciato, si volta verso di me e affonda il viso contro il mio petto.

Gli occhi mi si riempiono di lacrime, che mi rigano il volto. Non sopporto di vederla soffrire. È come se qualcuno mi affondasse un coltello dritto nel cuore. «Va tutto bene, piccola. Ci sono qui io e andrà tutto a posto. Te lo prometto.»

Le accarezzo la schiena, coperta dal mio accappatoio ingombrante. Per i singhiozzi, le tremano le spalle. «Lo sapranno tutti» dice con un filo di voce. «Il mondo intero saprà quello che mi è successo.»

«E saprà che, nonostante tutto, sei sopravvissuta e te la sei cavata alla grande. Saprà anche quello.»

«Volevo che non lo sapesse nessuno. Volevo che tu non lo sapessi.»

«Piccola, quello che provo per te non cambia. Anzi, anche se non pensavo fosse possibile, ti amo ancora di più rispetto a stamattina.»

«È umiliante.»

«Ricordi quello che mi hai detto? Che ti ci sono voluti anni di terapia per renderti conto che questa cosa l'hai *subita*? Che non è stata colpa tua? Lo stesso vale adesso. Tu non hai fatto niente. È stato qualcun altro e gliela faremo pagare. Te lo prometto.»

«Che importa se pagherà? Lo sapranno comunque tutti. E anche tu.»

«Natalie, tesoro, per me non cambia niente. Sceglierei comunque te altre mille volte. Un milione di volte.»

Con il suo viso nascosto nell'incavo del collo, la stringo forte e restiamo così, cullati dai suoi singhiozzi sommessi, fino a sentire un guaito in corridoio.

«Fluff!»

La sua voce entusiasta mi riempie di speranza. «Resta qui. Vado a prenderla.» Con un bacio sulla fronte, mi alzo, mi rimetto i jeans e apro la porta proprio mentre Leah e Addie stavano per bussare.

Nel vedermi, Fluff digrigna i dieci denti che le restano in bocca dopo quattordici anni di vita.

«Fluff» la chiama Natalie. «Vieni dalla mamma.»

La piccola palla di pelo bianco schizza nella mia stanza e sul letto, dritto da lei.

«Grazie, Leah.» La coinquilina di Natalie cerca di non fissarmi il petto nudo.

«Oh, di niente. Posso vedere Nat? Per un minuto?»

«Ma certo. Va' pure.» Mi scanso per lasciarla passare.

«C'è un cane nel tuo letto» commenta Addie, per alleggerire l'atmosfera.

«Così pare.» Ci lascerei entrare anche un branco di elefanti, se servisse a rendere felice Natalie. «Ed è una fortuna che Fluff sia immune al mio fascino, non trovi?»

Addie soffoca una risata. «Finalmente hai incontrato l'unico essere femminile al mondo che non finisca a gambe all'aria per Flynn Godfrey.»

«Sembra di sì. Il giorno in cui ho conosciuto Natalie mi ha morso, facendomi sanguinare.»

«Me l'hanno detto.»

«Hayden ha ripreso a spettegolare, eh?»

«Non rivelerò mai le mie fonti.»

Il mio migliore amico nonché socio in affari è pazzo di Addie, anche se non lo ammetterà mai né con se stesso né con lei. Ho il sospetto che il sentimento sia reciproco, ma Addie non parla di lui con me e io non le faccio domande.

Mi passo più volte le dita nei capelli, fino a farli sparare in ogni direzione. «Dimmi che cosa devo fare, Addie. Mi sento sperduto.»

«Stalle accanto. Falle sapere che non è cambiato niente tra voi dopo quello che è successo oggi.»

«Quello gliel'ho già detto. Non so se mi crede.»

«Continua a ripeterglielo per non lasciarle alcun dubbio.»

«Non mi sarei mai aspettato di provare tutto questo per qualcuno.»

A questa confessione, Addie sorride. «Capita anche ai migliori.»

«Non posso perderla per questa storia. Non posso.»

«Non la perderai. Quando le acque si calmeranno, e prima o poi succederà, lei si ricorderà che le sei sempre rimasto accanto. Ed è quello che conta.»

Nonostante apprezzi la sua fiducia, vorrei avere la certezza che io e Natalie ne usciremo indenni. Quanto ci metterà a incolparmi di aver rovinato tutto?

# CAPITOLO DUE

## *Natalie*

Ogni tanto, mi sono chiesta come sarebbe stato se i miei segreti fossero venuti a galla, ma niente avrebbe potuto prepararmi a vedermi strappare il cerotto in modo tanto improvviso e violento.

È come se mi avessero stuprato di nuovo.

Fluff scatta subito in modalità crocerossina e si mette a leccarmi le lacrime, come fa fin dall'inizio di questo lungo incubo. Sono contenta di vedere Leah, la mia amica e coinquilina, anche se non sa che cosa dirmi.

«Io… ehm, per quel che vale, ce l'hanno tutti con la signorina Heffernan perché ti ha licenziato» esordisce. «Continuo a ricevere messaggi dalla scuola. Sue ha persino minacciato di andarsene se non ti riassumeranno.» Sue è la segretaria che gestisce la direzione della Emerson School, dove insegniamo io e Leah.

O meglio, dove insegnavo fino a oggi, quando sono stata licenziata per aver mentito sul mio passato e aver creato scompiglio a scuola.

Come se fossi stata io a invitare l'orda di giornalisti accampati davanti all'ingresso nella speranza di assistere alla mia umiliazione.

«Rispetto la tua volontà di non parlarne» prosegue Leah. «Ma ho bisogno che tu sappia che mi dispiace moltissimo per tutto quello che hai passato e per tutte le volte in cui ti ho preso in giro perché eri così virtuosa. Non lo sapevo, Nat.»

Ha la voce rotta e sta per piangere.

Le prendo una mano. «Non scusarti, ti prego. Non lo sapevi perché non l'ho detto né a te né a nessun altro. Volevo dimenticare che fosse successo, e invece oggi ho scoperto con quanta facilità il passato può tornare a farsi sentire.»

«Flynn si sentirà morire per tutta questa storia.»

«Si attribuisce la colpa, anche se non è sua.»

«È comprensibile che lo pensi. Cioè, prima che vi incontraste, a nessuno sarebbe importato del tuo passato.»

«È sconvolto quasi quanto me, ma non è comunque colpa sua.»

«Ti conviene continuare a ripeterglielo.»

Sono stanchissima. Qualsiasi cosa mi abbia dato la dottoressa per aiutarmi a dormire sta facendo effetto e faccio fatica a tenere gli occhi aperti.

«Adesso ti lascio riposare. Posso chiamarti domani?»

«Mi farebbe piacere.» Le stringo la mano. «Grazie per avermi portato Fluff.»

«Sono contenta di aver potuto fare qualcosa per te.»

«Leah…» Mi sforzo di tenere gli occhi aperti e la guardo in faccia. «Sei stata l'amica migliore che abbia avuto da quando la mia vita è andata a rotoli e, per questo, vorrei ringraziarti.»

«Oddio, Nat. Sono stata una *pessima* amica, sempre a spingerti a uscire dalla tua zona di comfort…»

«No, sei stata meravigliosa e gran parte di quello che dicevi è vero. Malgrado le differenze tra noi, la nostra amicizia è vera. Non hai idea di quanto abbia adorato la vita normale e monotona nel nostro appartamento.»

Leah si asciuga le lacrime. «Non potrai più tornare adesso, vero?»

«Non so che cosa farò. È un gran casino. Non so come farò a pagare l'affitto senza un lavoro.»

«L'affitto è stato pagato per entrambe fino alla fine dell'anno» interviene Flynn dalla soglia. «E ho anche organizzato una scorta per Leah fino a quando le acque si calmeranno.»

Non riesco a credere alle mie orecchie. «Ci hai pagato l'affitto per un *anno*?»

«Sì, e non provare a dirmi che non avrei dovuto. Se non mi avessi incontrato, nulla di tutto questo sarebbe successo. Pagarvi l'affitto e facilitarvi le cose è il minimo che possa fare, alla luce dei guai che vi ho causato.»

Allungo la mano verso di lui. «Vieni qui.»

Leah si alza dal letto per fargli spazio accanto a me.

«Non è colpa tua. Non sei stato tu a farmi tutto questo.»

Leah si schiarisce la voce. «Io, ehm, adesso vado e vi lascio soli. Ti chiamo domani?»

«Va bene. E se vedi i miei bambini, di' loro che gli voglio bene.» Il pensiero che non li rivedrò più è la parte peggiore di questa giornataccia.

«Certo. E recupererò le tue cose dall'aula.» Fa per andarsene, ma si gira di nuovo. «Spero tu sappia che si prospetta una bella causa, per il fatto che ti hanno licenziato. Quella donna non aveva il diritto di farlo.»

«Fidati» dice Flynn, «ci stanno già pensando i miei avvocati. Se sarà possibile, faremo in modo che Natalie abbia indietro il suo lavoro.»

«Bene. Cerca di riposare. Ci sentiamo domani.»

«Grazie ancora per aver portato Fluff.» Nel sentire il proprio nome, la mia adorata cagnolina alza la testa per capire che cosa succede, per poi riprendere a russare beata tra le mie braccia.

Una volta andata Leah, riporto l'attenzione su Flynn. «Grazie per aver fatto venire Fluff.»

«Puoi avere tutto ciò che vuoi. Non l'hai ancora capito?»

«Però… lei non è molto gentile con te, e adesso è nel tuo letto.»

«Con te. Se proprio devo accettare le cose brutte insieme a quelle belle…»

Nonostante il tentativo di scherzare, ha l'aria triste e sfatta e detesto essere io il motivo. Gli prendo la mano e intreccio le dita alle sue. «Non è brutto come in passato.»

«Che cosa?»

«Tutto. L'altra volta, quando la mia vita è andata in pezzi, ero praticamente sola. Adesso ho te, Leah, Addie e tutte le persone che ci stanno dando una mano.»

«Non sei affatto sola» ribadisce lui convinto, con gli intensi occhi marroni che luccicano di amore. «Ucciderei per te, Natalie.»

«Non farlo, ti prego. Ho bisogno di averti qui con me, non in prigione.»

Solleva le nostre mani e mi sfiora le nocche con le labbra. Adoro la sensazione del suo accenno di barba sulla pelle. Flynn è impetuoso e bellissimo e, con quello che ha fatto per me stasera, ha dimostrato quanto mi ama.

«Vieni a letto con me.»

Al ridicolo ringhio di avvertimento di Fluff, non riesco a trattenere una risata.

«È bello sentirti ridere.»

Sposto la cagnolina da un lato del letto. «Dovrebbe essere sicuro adesso.»

Lui si alza, fa il giro dall'altro lato, si toglie i jeans e torna sotto il piumone.

Non appena si accoccola contro di me, Fluff si mette ad abbaiare come un'ossessa.

È una scena così divertente che non riesco a smettere di ridere, ma poi ricomincio a piangere al pensiero che non ho un posto dove andare domani, che i miei bambini non capiranno come mai non ci sono e che il mondo intero conosce il mio sordido passato, che trascinerà nel fango anche il nome di Flynn.

«Nat» dice lui con un sospiro. «Vieni qui.»

Lascio Fluff in preda alla rabbia e mi volto verso Flynn. Per quanto adori la mia cagnolina, al momento ho bisogno del conforto di quest'uomo e mi metto comoda tra le sue braccia.

Poi però, lui fa un salto e urla di dolore. «*Merda!*»

«Che cosa è successo?»

«Mi ha morso. Di nuovo.» Solleva una mano su cui vedo i segni rossi ma, per fortuna, questa volta non c'è sangue.

«Fluff! No! Non si morde!» Mi metto a sedere, rivolta alla cagnetta ostinata. «No, *no*!» Lei mi fissa come a dire che non le dispiace affatto e che, alla prima occasione, sarebbe pronta a rifarlo. «Mi dispiace tanto» dico a Flynn, che sta ridendo.

«Che c'è da ridere?»

«Con quella faccia, ti sta mandando a fanculo.»

A questo commento accurato, scoppio a ridere anch'io. «È tremenda! Non dovresti preoccuparti che qualcuno ti morda nel tuo letto.»

«A questo proposito, ne avrei di storie da raccontare...»

«Flynn! Sono seria. È fuori controllo.»

«Vuole proteggerti, e lo rispetto.» Allarga le braccia. «Torna qui.»

Punto il dito contro Fluff e la apostrofo con la voce più severa di cui sono capace. «*Non* si morde. Altrimenti vedrai.»

«Adesso sono incredibilmente eccitato. Prima o poi, sgriderai anche me?»

Rido della sua impertinenza e, per un istante, mi scordo dell'incubo che è diventata la mia vita.

Di nuovo tra le sue braccia, cerco di placare il subbuglio che mi ribolle dentro e di dormire. A un certo punto negli ultimi giorni, il suo odore è diventato quello di casa, il suo petto è diventato il mio cuscino preferito e, stretta a lui, mi sento nella mia isola felice. Nonostante stia vivendo il mio incubo peggiore, mi sento al sicuro e amata grazie a lui.

Il sedativo che mi ha dato la dottoressa mi stende, ma non posso dormire senza dirgli quello che provo. «Flynn?»

«Che c'è, cara?»

«Volevo solo dirti che... ho temuto così a lungo che accadesse tutto questo che non ricordo nemmeno come fosse non avere paura. Però, qui con te... Andrei fuori di testa se non ci fossi tu a dirmi che andrà tutto bene.»

«Andrà *davvero* tutto bene. Te lo prometto. Voglio che non ti preoccupi di niente. Chiudi gli occhi e dormi. Io resto qui con te.»

Vorrei parlare con lui, stare con lui, ma non riesco più a oppormi all'effetto del sedativo. «Ti amo» sussurro.

«Ti amo anch'io. Più di qualsiasi altra cosa al mondo.»

# *Flynn*

VOGLIO TROVARE IL BASTARDO CHE LE HA FATTO TUTTO QUESTO E ammazzarlo con le mie cazzo di mani, ma non prima di averlo fatto soffrire. Provo così tanta rabbia che non so come gestirla. E, con Natalie che dorme tra le mie braccia e la cagnolina pazza che russa al suo fianco, non posso fare altro che lasciarla ribollire.

Resto sveglio gran parte della notte, pensando al da farsi. Quando la mia mente esausta non ne può più di rimuginare sull'inferno in cui ho trascinato la donna che amo, rivivo i momenti trascorsi con lei. Dal nostro primo, fatidico incontro al parco al Greenwich Village fino allo scorso fine settimana a Los Angeles, siamo stati travolti da un vortice di amore, passione e desiderio.

Non mi sarei mai aspettato di innamorarmi in questo modo. Dopo la fine del mio matrimonio, ero più che felice di fare il playboy cinico che passa da una donna all'altra come certi uomini fanno con la birra. Lavoravo tanto e scopavo ancora di più, ogni volta che potevo. Come ricompensa dopo il duro lavoro, passavo il fine settimana nel club della Quantum, il locale BDSM che ho aperto con quattro dei miei amici e colleghi e che era al centro della mia esistenza, fino a quando ho incontrato Natalie e ho deciso che avevo più bisogno di lei che di quello stile di vita.

Lo scorso fine settimana, mi ha confessato di essere stata stuprata. Non appena l'ho saputo, ho capito che non potrò mai mostrarle il mio lato da dominatore e ho dovuto fare una scelta: lei o quello stile di vita. Ho scelto lei, e la sceglierei ogni volta. Ho bisogno di lei. Niente di più semplice.

Lei è tutto ciò di cui avevo bisogno a mia insaputa, fino a quando mi è letteralmente finita addosso e mi ha stravolto la mia vita. E adesso ho ricambiato il favore, rovinando quella che lei si era costruita con tanta fatica.

Al sorgere del sole, non sono affatto più vicino a una soluzione. Natalie dorme profondamente, ma io devo fare qualcosa, qualsiasi cosa. Mi alzo, mi faccio una doccia e mi infilo dei pantaloni della tuta e una maglia a maniche lunghe.

Addie, che ha trascorso la notte sul divano nel mio ufficio, è già in piedi e ha preparato il caffè. Mi allunga una tazza con panna e un quarto di cucchiaino di zucchero, come piace a me. «Questa la devi vedere.» Mi passa il suo telefono.

Ho troppa paura per guardare. «Dimmi che le cose non sono peggiorate durante la notte.»

«Leggi.»

È un tweet del mio migliore amico e socio in affari, Hayden Roth. *Certe cose non sono affaracci nostri. #TeamNatalie #NonSonoAffariNostri*

Il gesto del mio amico mi commuove incredibilmente. Non è un grande sostenitore di Natalie perché ha paura che io mi lasci coinvolgere da una donna con uno stile di vita tanto diverso dal mio. Ha assistito al naufragio del mio matrimonio quando mia moglie ha scoperto le mie preferenze sessuali e, per pareggiare i conti con il marito «depravato», ha avuto una storia con il nostro regista dell'epoca. Le conseguenze sono state orribili e, da allora, ho evitato qualsiasi tipo di relazione stabile.

Fino a questo momento. Fino a Natalie.

«Clicca sull'hashtag» aggiunge Addie. «Non è finita.»

Un tweet della mia cara amica Marlowe Sloane: *Tutto il mio affetto e un abbraccio ai miei amici @FlynnGodfrey e Natalie. #TeamNatalie #NonSonoAffariNostri*

Di mia sorella Ellie: *Tutto il mio affetto a @FlynnGodfrey e alla sua amata Natalie. #TeamNatalie #NonSonoAffariNostri*

Di Jasper Autry, uno dei miei soci della Quantum: *I paparazzi di merda hanno superato il limite. Toglietevi dai* COGLIONI! *#TeamNatalie #NonSonoAffariNostri*

Di Kristian Bowel, un altro socio della Quantum: *L'hanno combinata grossa, facendo tutto questo a una persona che è già stata vittima di violenza. Basta! #TeamNatalie #NonSonoAffariNostri*

Sono commosso dal sostegno della mia famiglia e dei miei amici. Molte altre persone che non conosco sono intervenute per accusare i media di essersi spinti troppo oltre con la pubblicazione della storia di Natalie.

«La gente è incazzata» commenta Addie senza mezzi termini. «L'hashtag *TeamNatalie* sta diventando virale.»

«La gente fa bene a prendersela. Tutta questa storia è oltraggiosa.»

«Ieri sera tardi ha chiamato Emmett. Ha sentito l'avvocato della scuola di Natalie. Temo che non ci siano buone notizie. Il contratto stabilisce che può essere licenziata per 'giusta causa' in qualsiasi momento e senza possibilità di appello.»

«Mi prendi in giro.»

«Magari. Ho pensato che non fosse il caso di dirvelo ieri sera.»

«E quale sarebbe questa giusta causa?»

«Tecnicamente, ha mentito davvero sul suo passato affermando di non aver mai avuto altri nomi.»

«Ma l'ha fatto per un buon motivo!»

«Lo so io e lo sai anche tu, e Emmett ha detto che l'ha riconosciuto anche l'avvocato, ma la preside non è disposta a ripensarci.»

«Non ci credo, cazzo. Natalie non mi perdonerà mai.»

«Flynn... Lei sa che non è opera tua.»

«In che *senso* non è opera mia? Se non l'avessi portata ai Golden Globes, non sarebbe successo niente di tutto questo.»

«Sapevi quello che le era capitato? Prima dello scorso fine settimana?»

Scuoto la testa. «Sapevo che era stata violentata da ragazzina, ma non il resto.»

«Allora come avresti potuto proteggerla da qualcosa che non sapevi nemmeno?» Non mi lascia il tempo di rispondere e prosegue. «Non potevi. Non è colpa tua. È colpa dell'uomo che l'ha aggredita. È colpa della persona che l'ha svenduta per fare qualche soldo facile. *Non è colpa tua.*»

«Dovresti darle ascolto, Flynn» interviene Natalie alle mie spalle.

Mi giro e me la trovo davanti, con il mio accappatoio indosso e Fluff stretta al petto. È pallida, con dei cerchi neri sotto gli occhi a guastare la pelle solitamente perfetta. «Ciao, tesoro.» Allungo una mano.

Mi raggiunge. «Addie ha ragione. Non è colpa tua. Lo scorso fine settimana, sono venuta con te pur conoscendo la posta in gioco. Mi sono fidata di una persona che non meritava la mia fiducia. Se quell'uomo avesse fatto il suo lavoro e tenuto la bocca chiusa, nulla di tutto questo sarebbe successo.»

«Che ne dite se porto Fluff a fare una passeggiata?» dice Addie.

«Grazie.» Natalie trova il guinzaglio sul mobile insieme ai giochi della cagnolina e glielo attacca.

Per fortuna, a Fluff non importa di uscire con qualcuno che non sia la sua amata Natalie. Ringrazio Addie con un sorriso. Portare fuori il cane della mia ragazza non rientra tra le sue mansioni.

«Se non ti avessero visto con me, nessuno avrebbe pagato per la sua storia» dico a Natalie appena siamo soli.

«Non è colpa tua, te lo ripeto. La settimana scorsa ho cercato online il mio nome e non c'era niente a parte l'università dove ho studiato e il lavoro qui. Per quello mi sono sentita sicura nel rendere pubblica la storia con te.» Posa le mani sul mio petto. «Non è colpa tua. Voglio sentirtelo dire.»

Mi sforzo di sorridere per lei. «Non è colpa tua.»

«Flynn...»

Con un sospiro, cedo. «Non è colpa mia.»

«Adesso continua a ripeterlo fino a quando ci crederai.» Si solleva in punta di piedi e mi bacia. «Non rinuncerei nemmeno a un minuto del nostro magico fine settimana. È stato il più bello della mia vita.»

La cingo con le braccia. «Anche per me, tesoro, e vincere un Golden Globe è stata la parte meno interessante.» Sembrano passati mesi, e non solo pochi giorni, dalla sera in cui ho vinto il premio più importante della mia carriera e fatto l'amore con Natalie per la prima volta. Assaporo la sua vicinanza per un attimo, poi mi ritraggo per scrutare il suo stupendo viso. «Stai un po' meglio.»

Fa spallucce. «Credo di sì.»

«Hayden ha creato l'hashtag *TeamNatalie* su Twitter e sta diventando virale.»

«Davvero?»

«Già. Il sostegno che stai ricevendo è straordinario. Sono tutti furiosi per quello che ti hanno fatto.»

«È stato gentile da parte sua, considerando che non gli piaccio neanche.»

«Non è vero. È solo che non ti conosce e siete partiti con il piede sbagliato quando ci siamo incontrati. Quando vi conoscerete meglio, andrà tutto bene.» Nel vederla più in forma rispetto a ieri sera, detesto il pensiero di informarla di quello che ha scoperto Emmett sul suo lavoro.

Come al solito, riesce a capirmi come nessun altro. «Qualsiasi cosa sia, dilla e basta.»

«Il mio avvocato ha sondato la situazione a scuola.»

«E...»

«Il contratto è inattaccabile. Possono licenziarti per 'giusta causa', senza che venga chiarito che cosa la costituisca. A quanto pare, è a discrezione della preside.»

«Quindi l'impassibile signorina Heffernan può sbarazzarsi di me e io non posso farci niente.»

«In pratica, sì.» Ci vado piano, per non turbarla di nuovo. «Lo sapevi quando hai firmato il contratto?»

Si morde il labbro inferiore e annuisce. «Non avrei mai immaginato di darle un motivo per licenziarmi.» Gli occhi le si riempiono di lacrime. «Mi mancheranno i bambini.»

Mentre le asciugo le guance, mi viene un'idea. Però avrò bisogno del suo telefono. «Ti va del caffè?»

«Sì, grazie.» Glielo preparo esattamente come il mio. È una delle tante cose che abbiamo in comune in fatto di cibo e bevande. «Che cosa faccio adesso? Tutti sanno di me, non ho più un lavoro e non posso andare nel mio appartamento perché è assediato dai giornalisti.»

«Io avrei un'idea.»

«Ti ascolto.»

«Torniamo a Los Angeles e stiamo in spiaggia fino a quando si calmeranno le acque.»

«Sei serio?»

«Serissimo. Hayden ha una casa a Malibu, vicino a quella di Marlowe, e ce la lascerà usare per tutto il tempo necessario. A nessuno verrebbe in mente di cercarci là.»

«Quindi dovremmo prendere un aereo e andare in California?»

«Perché no? Se restiamo qui, dovremo stare chiusi in casa. Se ce ne andiamo, se non altro ci godremo il sole e la spiaggia.»

«È strano non avere un posto dove andare.»

«Lo so, tesoro. Farò tutto ciò che vuoi. Sta a te decidere.»

Mi guarda, con i suoi occhi marroni che mi trafiggono come sempre. «Posso portare Fluff?»

«Ma certo che puoi portarla.»

«Sei gentile, soprattutto dopo che ti ha morso a letto.»

«Lei non mi fa paura.» Le poso le mani sulle spalle e la guardo dritto negli occhi. «L'unica cosa che mi fa davvero paura è l'idea di perderti adesso che ti ho trovato.»

«Non mi perderai, Flynn. Sei tu a darti la colpa di tutto questo. Non io.»

Grato, poggio la fronte contro la sua. «Allora, andiamo a Los Angeles?»

«Sì, andiamo a Los Angeles.»

# CAPITOLO TRE

## *Natalie*

Mi rattrista molto lasciare la città che ho imparato ad amare, ma Flynn mi ha convinto che è meglio così. Mi chiede in prestito il telefono per sentire Leah per l'appartamento e glielo passo.

«Vuoi che controlli la segreteria e i messaggi?»

«Non ce n'è bisogno. Ci penso io quando me la sentirò.»

«Nat… forse è meglio se non vai su Internet.»

«Fidati, non ho il minimo desiderio di leggere online dell'inferno che ho vissuto. Ci sono già passata otto anni fa e una volta mi è bastata.»

«Detesto il pensiero che ti stia accadendo di nuovo. Davvero.»

«Lo so, però per certi versi è un sollievo. Adesso lo sanno tutti. Non ho più segreti da custodire.»

«Erano segreti tuoi e stava a te decidere se e quando rivelarli. Non doveva andare così.»

«Forse, però mi rifiuto di concedere a quel mostro un'altra parte della mia vita oltre a quella che mi ha già rubato. Se mi raggomitolassi in posizione fetale, l'avrebbe vinta lui, e non permetterò che accada.»

«Non sai quanto ti ammiro, cazzo.» Mi prende il viso tra le mani. «Sei la persona più forte che abbia mai conosciuto.»

«Non direi.»

«Sì, invece. Ti è successa una cosa orribile quando eri troppo piccola per capire e hai dovuto affrontare tutto da sola…»

«Non ero completamente sola. Per fortuna, quando mi ha aggredito, Stone si era già fatto un sacco di nemici, che sono stati felici di sostenermi per farlo fuori.»

«È vero che i tuoi genitori ti hanno voltato le spalle?»

Lo fisso con espressione indifferente, perché ormai è ovvio che conosca i dettagli. «Stone era il loro pane quotidiano. Mio padre lavorava per lui. Mi hanno detto che dovevo pensare alla famiglia e non a me stessa.»

«È incredibile, cazzo.»

«Non hanno mai capito che l'ho fatto per le mie sorelle. Candace ha quattro anni meno di me. Se avessi tenuto la bocca chiusa, lui avrebbe potuto farlo anche a lei.»

«Sei stata molto coraggiosa.»

«Avevo una gran paura. Mi ha detto che mi avrebbe ucciso se l'avessi raccontato a qualcuno.»

Flynn mi cinge con le sue braccia possenti, che sento tremare.

«Da quando è successo, non mi sono mai sentita davvero al sicuro, fino a quando ho incontrato te.»

«Natalie…» Affonda il viso nei miei capelli. «Nessuno ti farà più del male. Giuro su Dio.»

Mi aggrappo a lui e alle sue rassicurazioni, con il cuore infranto per aver perso la mia nuova vita felice a New York.


Più tardi, su uno dei due SUV pieni di guardie del corpo che ha assunto per tenermi al sicuro mentre andiamo all'aeroporto di Teterboro, nel New Jersey, Flynn mi informa che dobbiamo fare una sosta. Rimango stupita dalla notizia, visto che era così ansioso di portarmi via da New York, dove i giornalisti in subbuglio tengono d'occhio casa sua e mia.

Addie è con noi e torneremo insieme a Los Angeles con l'aereo noleggiato da Flynn. Per tutto il giorno mi ha dimostrato il suo sostegno, occupandosi delle telefonate e dei dettagli, come mandare a prendere nel nostro appartamento le valigie che Leah ha preparato per me.

È un sollievo non dover pensare alla logistica in questo momento. «Grazie per tutto quello che hai fatto oggi, Addie.» Fluff si dimena tra le mie braccia, ma la tengo stretta perché non causi problemi.

«Mi ha fatto piacere dare una mano.»

Liza, l'addetta stampa di Flynn, avrebbe voluto venire a parlare con noi, ma per ora lui ha rimandato. Prima ha passato un'ora al telefono con lei, gridando un sacco. Detesto vederlo tanto turbato e sapere che si addossa ancora la colpa.

Accostiamo in una strada che non conosco. Flynn mi prende per mano, mi fa scendere e, circondati dalla scorta, entriamo in quello che sembra un ristorante per famiglie in gran parte deserto prima dell'ora di cena. Seguiamo Addie attraverso il locale fino a una sala sul retro.

Sto per chiedere che cosa succede, quando vengo travolta dai miei alunni di otto anni, che parlano tutti insieme e mi abbracciano. C'è anche Leah, insieme ad altri insegnanti della nostra scuola, Sue e i genitori dei piccoli, tra cui la mia buona amica Aileen. Suo figlio, Logan, è tra i miei preferiti.

Non appena riesce ad avvicinarmi, Aileen mi abbraccia e, tra le lacrime, ci teniamo strette. «Che *stronzata*» sussurra. È scheletrica per via della battaglia che sta combattendo contro il cancro al seno, ma ha una voce impetuosa.

«Non riesco a credere che ci siate tutti» riesco in qualche modo a dire. Sono così commossa che fatico a respirare.

«È stata un'idea di Flynn. Addie, la sua assistente, e Leah hanno organizzato tutto perché potessi vedere i bambini prima di partire.»

Lancio un'occhiata a Flynn, con un amore e una gratitudine tali che non so se riuscirò mai a comunicarglieli.

Lui mi sorride, nonostante l'inquietudine di fondo per aver dovuto organizzare questa serata. Poi però i bambini reclamano tutta la mia attenzione e mi concentro su di loro, perché non so quando li rivedrò.

Hanno un sacco di domande, per le quali non ci sono risposte semplici.

«Perché non puoi più essere la nostra insegnante?» chiede Clarissa.

Gli occhi mi si riempiono di lacrime, ma sono decisa a lasciare loro un ricordo allegro. «È complicato, cara, ma non è perché io non voglia. Lo vorrei più di ogni altra cosa ma, ogni tanto, non si può avere tutto ciò che si vuole.»

«Come a Natale» interviene Micha. «Quando Babbo Natale ti porta alcuni dei giochi che avevi chiesto nella letterina ma non tutti.»

«Giusto. Però voglio che mi facciate tutti un favore e che vi impegniate con la vostra nuova insegnante, per dimostrarle tutto quello che abbiamo imparato quest'anno. So già che sarete educati, visto che lo siete sempre.»

«Mi dispiace che non ci vedremo più tutti i giorni» dice Logan.

A questo pensiero, mi si spezza il cuore. Questo povero bambino ha già molto di cui preoccuparsi per via della madre. Lo stringo forte, con la certezza di rivederlo perché ho intenzione di rimanere in contatto con Aileen.

Flynn ha provveduto a una cena a base di spaghetti per i bambini e i genitori. Seduti a tavola tutti insieme, sembra di stare a una grande riunione di famiglia. Se non passassi tutto il tempo a sforzarmi di non piangere, potrei quasi convincermi che sia una normale serata e che domani sarò in classe, al mio posto. Invece, sarò rintanata in una casa sulla spiaggia a Malibu, in attesa che i media perdano interesse nei miei confronti.

La mano di Flynn sulla mia schiena mi dà tranquillità. Lui mi sta sempre accanto, ricordandomi che non sono sola e che mi ama. Percepisco il suo amore in ogni sguardo, tocco e parola che dice a me o su di me. Lo conosco da dodici giorni e, in questo tempo, la mia vita è cambiata radicalmente, perlopiù in meglio.

Farei volentieri a meno dell'attenzione mediatica online e sui giornali, ma Liza ci ha assicurato che questa storia ha «le gambe corte». La gente è rimasta in gran parte orripilata dalla violazione della mia privacy.

L'hashtag di Hayden è diventato virale e chiunque conti qualcosa a Hollywood si è unito alla campagna di denuncia nei confronti dei media. Non vedo l'ora di poter ringraziare il migliore amico e socio in affari di Flynn per il suo sostegno quando saremo a Los Angeles.

«Che cosa farai adesso?» mi chiede Aileen in tono sommesso.

«Questa sera partiamo per Los Angeles. Un amico di Flynn ha una casa sulla spiaggia. Il piano è di restare nascosti per un po', poi vedremo come va.»

«So che stai vivendo un incubo, ma spero che proverai a goderti questo tempo libero e la fuga romantica con il tuo meraviglioso uomo.»

Mi sforzo di sorridere. «In effetti, lui fa sembrare il bicchiere un po' meno vuoto, vero?»

«Oh, puoi dirlo forte» concorda lei con una risata sconcia a cui mi unisco anch'io. Mi prende la mano. «Lascia che ti dia un consiglio non richiesto, Natalie. Sei in salute, hai un uomo che è pazzo di te e hai degli amici che tengono un sacco a te. Ti prego, non lasciare che questo intoppo ti rovini la vita. Promettimelo.»

«Non lo permetterò. Te lo prometto.»

«Non scordare quali sono le cose più importanti.»

Grata di queste sagge parole arrivate proprio al momento giusto, la stringo forte. «Mi prometti che resteremo in contatto?»

«Sempre. E, tanto perché tu lo sappia, alcuni genitori domani sera incontreranno il consiglio d'istituto della Emerson. Non ci arrenderemo senza combattere.»

Sono senza parole. «Tu... Voi...»

«Combatteremo per te, Nat. Insegnanti come te, che tengono ai bambini, dovrebbero avere il beneficio del dubbio, soprattutto alla luce di quello che hai già passato. Dovrebbero trattarti come un'eroina e non mortificarti per esserti costruita una vita nuova. E, da amica, ti dico che sono davvero orgogliosa per come ti sei fatta valere con quel mostro.»

Asciugo le lacrime che mi accecano. Non piangevo tanto da otto anni. «Non so che cosa dire.»

«Non devi dire niente. Siamo dalla tua parte e non saremo felici fino a quando tornerai al tuo posto.»

La abbraccio di nuovo. «Da tanto non avevo dei veri amici.»

«In molti fanno il tifo per te. Non metterti troppo comoda in California.»

Rido tra le lacrime, sbalordita dal sostegno che mi stanno dimostrando i genitori dei miei alunni.

Dopo il dolce a base di cupcake al cioccolato e gelato, i bambini mi salutano. Passo alcuni minuti con ciascuno di loro e, quando è il turno di Logan, Aileen e della figlia Maddie, ormai piango come una fontana.

«Grazie mille per tutto quello che hai fatto per noi quest'anno, Natalie» mi dice Aileen mentre mi abbraccia. «Nonostante quello che è successo, voglio che tu sappia che tu, e Flynn, avete fatto la differenza per la nostra famiglia.»

«Significa moltissimo per me. Grazie.»

Aileen abbraccia anche Flynn e lo ringrazia profusamente per l'enorme donazione che ha fatto al fondo che avevamo organizzato per lei a scuola.

«Non so di che cosa stai parlando» ribatte lui con un sorriso, facendole l'occhiolino. Continua a negare di aver donato mezzo milione di dollari, ma sappiamo bene che è stato lui.

«Come no. Non puoi capire quanto signifchi per me.» Mi lancia un'occhiata. «Prenditi cura della nostra ragazza. Teniamo molto a lei.»

Lui mi cinge con un braccio. «Sarà un piacere occuparmi di lei.»

Aileen si fa aria al viso in modo esagerato e, accompagnata dalle nostre risate, se ne va con i bambini.

Poi è il turno di Sue, la segretaria. «Tieni duro, piccola. Se ti fa sentire meglio, l'intero corpo docente e gran parte del personale ce l'ha con la signorina Heffernan. Questa storia è ridicola.»

«Grazie, anche per essere venuta oggi. Lo apprezzo molto.»

Mi sussurra all'orecchio. «Pensavo volessi sapere che il tuo amico sexy ha pagato la mensa per tutti i bambini della scuola fino alla fine dell'anno.»

Mi dà una stretta al braccio e si allontana, lasciandomi sbalordita.

L'ultima ad andarsene è Leah. «Odio questa situazione del cazzo» sbotta, con la sua solita schiettezza.

«Anch'io.»

«Tu e Fluff mi mancherete un sacco.»

«Anche tu ci mancherai. Magari potresti venire a trovarci a Los Angeles.»

«Mi piacerebbe.» Si schiarisce la voce. «Il modo in cui stai affrontando tutto questo è ammirevole. Se fosse successo a me, sarei raggomitolata a letto, invece tu… Sei fantastica, Nat. Lo pensiamo tutti e volevo solo che lo sapessi.»

La abbraccio forte. «Sei stata l'amica migliore che abbia avuto da molti anni a questa parte. Grazie per l'assaggio di normalità che mi hai dato nel nostro appartamento. Non lo scorderò mai.»

«Nemmeno io. Ma non ti sbarazzerai di me così facilmente. Ti tirerò scema ogni giorno a suon di messaggi.»

«Sì, ti prego.»

Ci stacchiamo e lei abbraccia Flynn.

«Sei la stella del cinema più simpatica che abbia mai incontrato e, se non volessi così bene a Nat, sarei verde d'invidia.»

Davanti alla sua tipica impudenza, lui scoppia a ridere. «Grazie per oggi e per essere una buona amica per Natalie. Ci vediamo presto.»

«Non vedo l'ora.» Mi stringe un'ultima volta e se ne va.

Addie ha portato Fluff a fare pipì, perciò io e Flynn restiamo soli. Gli poso le mani sul petto e lo guardo dritto negli occhi. «Grazie per tutto questo. È la cosa più dolce che abbiano mai fatto per me.»

«È il minimo che potessi fare.»

«Non ti starai ancora addossando la colpa, vero?» gli chiedo con un sorrisetto.

Il sospiro che gli sfugge mentre mi abbraccia dice tutto. «Volevo che potessi salutare i bambini, in caso non si risolvano le cose con la scuola.»

«Sono contenta di averli visti e aver provato a spiegare quello che sta succedendo. Non lo sopporterei se pensassero che me ne sono andata per colpa loro.»

«Sei stata bravissima con loro. Non ti dimenticheranno mai.»

«Lo spero. E tu… hai pagato la mensa per tutti gli alunni della scuola… Oddio, Flynn!»

Si stringe nelle spalle. «Lo sai come la penso sui bambini che non hanno da mangiare» dice brusco.

Lo abbraccio. «Sei stupendo. Davvero. Ti amo tantissimo per quello che hai fatto.»

Stretta fra le sue braccia, con la sua fronte sulla mia spalla, percepisco la tensione che lo attanaglia. È come un cavo scoperto in uno spazio ristretto. Ho paura per quello che accadrà quando la rabbia prenderà il sopravvento. Ma non ho paura per me, nemmeno per un secondo. Ne ho per lui.

Addie torna con Fluff. «Pronti per andare, ragazzi?»

Flynn mi lancia un'occhiata.

Scruto il locale, fino a poco fa pieno delle persone che contano di più al mondo per me, e prendo per mano l'uomo che è diventato il più importante della mia vita. «Sì, andiamo.» A parte qualche cara amica con cui resterò in contatto, in questa città non c'è più nulla per me.


# *Flynn*


VEDERE NATALIE CON I BAMBINI MI HA RESO ANCORA PIÙ DETERMINATO A risolvere le cose, in qualsiasi modo. Non sono abituato a sentirmi dire che non si può fare niente. C'è sempre *qualcosa* che si possa fare e combatterò con tutto me stesso contro l'ingiustizia perpetrata nei suoi confronti. Oggi ho fatto impazzire il mio amico avvocato Emmett chiamandolo una ventina di volte per avere aggiornamenti, che però tardano ad arrivare.

Emmett ha contattato l'Ordine degli Avvocati del Nebraska a proposito di quella canaglia di David Rogers e ha chiesto a un investigatore privato di indagare su di lui. Finora, è saltato fuori che era indebitato fino al collo, almeno prima di un recente e cospicuo versamento sul suo conto.

Deve aver visto Natalie con me ai Golden Globes e ha pensato di aver trovato la soluzione ai suoi problemi finanziari. Be', ha fatto incazzare l'attore sbagliato, se pensa di farla franca dopo averle rovinato la vita per arricchirsi. Lo distruggerò.

Al gemito di dolore di Natalie, mi accorgo che le sto stringendo la mano con troppa forza.

Raggomitolata a palla sulle sue gambe, Fluff alza la testa e mi mostra i suoi dieci denti.

«Scusami, tesoro.»

Natalie posa la testa sulla mia spalla. Una guardia del corpo ci sta portando in aeroporto, mentre Addie è sull'altra auto per lasciarci un po' di privacy. «Sei tutto teso.»

Guidare è una delle poche libertà che la fama mi concede, perciò non mi piace avere un autista. Tuttavia, fino a quando non avremo lasciato New York, farò tutto il necessario per assicurarmi che lei sia al sicuro. Alla luce del suo commento, mi sforzo di rilassarmi, nonostante lo stress che mi attanaglia e che di rado ho provato nella mia vita fortunata.

«Flynn…»

«Che c'è, cara?»

«Ti sento ribollire dalla rabbia.»

«Non posso farci niente. È come se la pelle fosse troppo stretta per contenermi.» Non trovo le parole per descrivere come mi sento dentro. Più io mi innervosisco però, più lei si calma. Preferisco di gran lunga questa tranquillità allo shock di ieri sera. Non voglio mai più vederla in quello stato.

«Non sopporto l'idea che ti addossi la colpa.»

«Non posso farne a meno.»

«Stai facendo tutto ciò che è in tuo potere per risolvere le cose?»

«Lo sai già.»

«Allora rilassati e lascia che le persone che paghi facciano il loro lavoro. Hai fatto tutto il possibile per me, e anche di più.» Mi cinge il braccio destro. «Stasera Aileen mi ha dato un buon consiglio.»

Le stringo la coscia. «Quale?»

«Mi ha detto di ricordarmi che sono in salute e ho un uomo pazzo di me. Almeno, credo che lo sia…»

«Lo sai che è così.»

«Ha detto che dovremmo goderci questa piccola fuga romantica dalla realtà intanto che possiamo e concentrarci sugli aspetti positivi.»

«Ha ragione.»

«Faccio fatica a vederti così turbato.»

«Faccio fatica a vedere che la tua vita è stata stravolta perché ti sei messa con me.»

«Non è per questo che la mia vita è stata stravolta, ma perché una persona di cui mi fidavo si è rivelata avida.»

«Cosa che non sarebbe successa se io non ti avessi trascinato nella mia vita.»

Con mia somma sorpresa, sposta Fluff sul sedile accanto a lei, si slaccia la cintura e si sposta sulle mie gambe. Infastidita dall'interruzione, la cagnolina si mette a ringhiare per dimostrare tutto il suo dispiacere.

Io invece vorrei ringhiare di piacere, con Natalie a cavalcioni su di me che mi costringe a guardarla in faccia. «Se ti dico una cosa, mi stai a sentire? Sul serio, però. Se qualcuno mi avesse detto che avrei perso il lavoro, la casa e l'anonimato in cambio dell'amore dell'uomo più straordinario che esista, avrei comunque scelto l'amore. Devi credermi. Lo sai da quant'era che nessuno mi amava?»

La abbraccio e la stringo a me. «Cazzo, Nat.» Vorrei darle le stelle, la luna e l'intero universo. Qualsiasi cosa pur di compensare i dolorosi anni in cui è stata sola.

«Quando stasera mi hai fatto vedere i bambini perché sapevi che ne avevo un disperato bisogno… Nessuno aveva mai fatto una cosa simile per me. So che vorresti risolvere le cose, ma nemmeno tu puoi rimettere il genio nella lampada. La mia copertura è saltata e dovrò capire come vivere d'ora in avanti. Ma sapere di averti al mio fianco, di non doverlo fare da sola, conta tantissimo. Sarebbe potuto succedere in qualsiasi momento. Chiunque avrebbe potuto fare due più due con la ragazza che ha spodestato il governatore del Nebraska. Non oso immaginare come sarebbe stato affrontare tutto da sola, senza te, Addie e il tuo esercito pronto a vendicarmi. È già tutto più sopportabile grazie a loro e a te che mi stai accanto, mi abbracci e mi dimostri quanto mi ami.»

Mi lascia senza fiato. Mi fa venire voglia di diventare un uomo migliore per meritarmi la bontà che racchiude e la fiducia che ha riposto in me. La stringo forte e inspiro il profumo inebriante dei suoi capelli che mi accarezzano il viso. Per la prima volta da quando ieri ho ricevuto il messaggio di emergenza di Addie e ho saputo quello che era successo a Natalie, faccio un respiro profondo e riesco a rilassarmi un pochino.

Sono il bastardo più fortunato della terra perché lei non mi addossa la colpa di quello che le è successo. Invece di respingermi come temevo, si è aggrappata a me e mi vuole al suo fianco. «Ti amo tantissimo, Nat. Più di quanto pensavo di poter amare qualcuno.»

«Ti amo anch'io. Ogni volta che penso di aver visto fino in fondo chi sei, tu ti superi organizzando una cena per la mia classe e pagando la mensa per tutti gli alunni per il resto dell'anno!»

«Tecnicamente, è stata Addie a organizzare tutto.»

«Di chi è stata l'idea?»

«Mia.»

«Vedi? Il mio uomo è il più premuroso e meraviglioso del mondo.» Mi prende il viso tra le mani minute e mi costringe a guardarla mentre mi bacia. Sentirmi definire *il suo uomo* mi sconvolge, non in senso cattivo ma buono. Dopo il grande passo che abbiamo compiuto l'altra notte, non mi aspettavo di passare questi giorni ad affrontare il suo incubo peggiore. Avevo sperato di passarli avvinghiato a lei, a fare l'amore più e più volte.

Da quando siamo rientrati da Los Angeles lunedì sera, nulla è andato secondo i piani.

Arrivati all'aeroporto, andiamo dritti in pista, dove ad attenderci c'è un Lear. Ho richiesto un aereo dotato di un letto, e non per ovvie ragioni. Voglio che Natalie si riposi mentre viaggiamo e, se poi dovesse succedere anche qualcos'altro, ben venga. La guardia del corpo ci fa gli auguri e ci accompagna fino all'aereo, dove veniamo accolti dall'assistente di volo, Miranda.

Pur sforzandosi di restare professionale, quando mi vede vorrebbe mettersi a urlare come ogni donna ma, per fortuna, riesce a controllarsi. Con Natalie e Addie, ci allacciamo le cinture per il decollo e, non appena siamo in volo, mi alzo e porgo la mano a Nat.

«Noi andiamo a dormire» dico a Addie. «Tu te la cavi qui?»

«Certo. Ho un sacco di lavoro da fare e poi dormirò sul divano. Ci vediamo a Los Angeles.»

«Non lavorare troppo.»

Mi rivolge un sorrisetto di compassione per quello che stiamo passando. È sconvolta quasi quanto noi ed è assetata di sangue.

Porto Natalie nella camera da letto, in fondo alla cabina.

«Cavolo» esclama lei nel vedere il letto matrimoniale. «Questa sì che è vita.»

«Sono contento che la pensi così, perché d'ora in avanti sarà la *tua* vita.»

«Sto ancora cercando di abituarmi all'idea.»

Le do un rapido bacio sulle labbra. «Prenditi tutto il tempo che ti serve. Vuoi andare prima tu in bagno?»

«Certo. Grazie.» Prende la borsa e scompare nel bagnetto annesso alla stanza.

Nel frattempo, mi tolgo la camicia, la maglietta e i jeans e li raccolgo da terra perché Natalie non inciampi. Dopo qualche minuto, riemerge indossando solo una maglietta. Si è spazzolata i capelli e profuma di dentifricio alla menta.

Quando è il mio turno, approfitto dello spazzolino e del dentifricio messi a disposizione dalla compagnia aerea e mi prendo un minuto per ricordarmi che dovrò essere delicato con lei questa notte e lasciare fuori dal letto la rabbia che mi attanaglia. Non c'è posto per quella, soprattutto considerando quello che le è accaduto in passato.

Una volta calmo, esco dal bagno e mi infilo a letto con lei. «Questo sta diventando il mio posto preferito.»

«A letto su un aeroplano?»

«No, a letto con te.» Allungo una mano ma, al ringhio e al latrato che si sente, mi ricordo che non siamo del tutto soli. «Fluff, io e te dobbiamo trovare un accordo.»

La monella digrigna le sue patetiche fauci.

«Magari domani.»

Sentire Natalie che ride come una ragazzina mi aiuta a rilassarmi. Se lei riesce a ridere, forse io riuscirò a calmarmi fino a domani, quando mi unirò alla guerra in corso. Natalie si siede e sistema Fluff ai piedi del letto.

La cagnolina si mette a guaire in segno di protesta, perché vorrebbe dormire accoccolata contro Natalie. Come darle torto.

«Sta' ferma.» Il tono severo di Nat mi eccita. Ogni cosa di lei mi eccita, che cavolo.

Soddisfatta che Fluff non si muova, si sdraia su un fianco, girata verso di me. «Come va?»

Le accarezzo la guancia e infilo le dita tra i suoi capelli lisci come la seta. «Dovrei essere io a chiedertelo.»

«Non sono io quella che sta per prendere fuoco spontaneamente per lo stress, la rabbia e tutta una serie di altre brutte emozioni.»

«Come fai a essere così calma?»

«Non lo so.» Si mordicchia il labbro inferiore, ed è uno spettacolo adorabile. «Probabilmente, quando temi il peggior scenario possibile e quello diventa realtà, poi non hai più nulla di cui aver paura. Ha senso?»

«Un sacco. Non doverci più pensare è quasi un sollievo.»

«Giusto.»

«Mi dispiace che tu abbia perso il lavoro e gli alunni. Non so se supererò mai il fatto che sia successo per causa mia.»

Mi lancia un'occhiata severa, di quelle che di solito riserva a Fluff. «Non è colpa tua e continuerò a ripeterlo fino a quando ci crederai anche tu.»

«Potrebbe volerci un po', tesoro.»

«Be', a quanto pare, non abbiamo altro da fare se non passare del tempo insieme.»

Avrei un milione di cose da fare prima della postproduzione del nuovo film, decisioni da prendere per i prossimi progetti e una sfilza di riunioni per la fondazione contro la malnutrizione che sto avviando, ma niente è più importante di lei e di qualsiasi cosa abbia bisogno.

Metterò in stand-by tutto il resto fino a quando la crisi sarà rientrata e sarò sicuro che lei stia bene davvero, e non che finga per me.

La sua mano sul mio petto reclama la mia attenzione, soprattutto quando scende fino alla pancia.

«Che cosa stai combinando?»

«Ti tocco. Va bene?»

«Cazzo se va bene.»

Con un sorriso, si mette in ginocchio e si china sopra di me, tempestandomi il petto di baci e piccoli morsi che me lo fanno venire duro come una roccia in due secondi netti.

«Nat... Che cosa stai facendo?»

«Ti tocco.»

«*Cazzo...*»

Quando scoppia a ridere, sento il cuore stretto nella morsa dell'amore. Sopporterei qualsiasi tortura abbia in mente pur di sentirla ridere, ma poi mi morde il capezzolo e non capisco più niente. Le afferro i capelli, nel tentativo di mantenere il controllo, ma lei non me lo permette.

*Porca di quella puttana...*

Scende in una scia di baci e, con la lingua, segue ogni curva e avvallamento degli addominali. Ringrazio Dio per ogni secondo passato in palestra. Ne è valsa la pena solo per questo momento. Con il mento mi sfiora l'uccello attraverso i boxer e, per poco, non vengo. Non serve altro e mi ritrovo quasi al culmine della gioia.

«Posso... posso...»

Gemo sonoramente. «*Nat.*»

Posa il viso sulla mia pancia tremante, con i capelli soffici a solleticarmi la pelle febbricitante. «Sono negata per queste cose.»

«Dio, no! Stai per farmi venire solo al *pensiero* di quello che vorresti fare.»

Con il mento sorretto da una mano, mi fissa. «Ah, sì? Davvero?»

«*Sì*» confermo a denti stretti.

Un sorriso si fa largo sul suo viso, illuminandole gli occhi di gioia, e vengo travolto dall'amore per lei.

«Sei piuttosto soddisfatta di te, eh, tesoro?» le chiedo con una risata. Cazzo, quanto è adorabile.

«Devi ammettere che far tremare un uomo come te comporta un certo brivido.»

«Un uomo come me... Che cosa vorresti dire?»

«Forte» dice, dandomi un bacio tra i pettorali. «Sexy.» Altri baci, qualche guizzo della lingua e... cazzo, dei denti. «Autorevole.» Sfrega il viso sulla scia di peli che scompare nei boxer e il mio uccello si impenna, reclamando il proprio turno. Non so di che cosa ho più bisogno, se che mi tocchi dove più la bramo o che prosegua con gli aggettivi per descrivermi dal suo punto di vista.

Che mi tocchi. In questo momento, ho decisamente bisogno che mi tocchi. «Natalie… abbi un po' di pietà.»

Infila le dita sotto l'elastico dei boxer e li abbassa lentamente, tanto che per poco non vengo per l'attrito contro la mia erezione. Non ce l'ho mai avuto tanto duro in vita mia, cazzo.

Le afferro l'orlo della maglietta e lo sollevo. «La togliamo?»

Dopo un attimo di esitazione, se la sfila dalla testa e la lancia a terra. Il suo stupendo seno ricade nelle mie mani in attesa.

Si ritrae. «No! Non prenderai il comando.»

«Che cosa?» Per una frazione di secondo, mi scordo chi sono con lei e per poco non le ricordo chi abbia il controllo. Per fortuna, mi ravvedo prima di commettere un simile errore, ma resto scottato.

«Rilassati e lascia che ti dimostri quanto ti amo.»

Con un respiro profondo, chiamo a raccolta la forza di volontà per controllare me stesso e non lei. Non mi arrendo con nessuno, ma Natalie non è nessuno. È diventata tutta la mia vita e, se vuole controllarmi, anche se per poco, allora glielo concederò. In qualche modo.

Mordicchiandosi il labbro inferiore, circonda con la mano la base del mio uccello e comincia ad accarezzarlo. Affascinata, osserva la goccia di liquido sulla punta e, nella scena più erotica a cui abbia mai assistito, china la testa e la lecca.

«Nat» ansimo. «Aspetta un attimo.»

Lei alza lo sguardo su di me.

«L'ultima volta che l'abbiamo fatto… Non farlo, se non ti va.» Non riesco a dimenticare la crisi che ha avuto senza alcun preavviso la prima volta che ha provato a prendermelo in bocca.

«Sto bene.» Circonda la punta con le labbra e mi fa a pezzi con la lingua.

Riesco a stento a trattenermi dall'abbassarle la testa. È quello che farei con qualsiasi altra donna, ma Natalie non è qualsiasi altra donna. Lei è la *mia* donna. E così, invece di afferrarle i capelli, mi aggrappo al piumone come se ne andasse della mia vita mentre lei continua a sperimentare, facendomi impazzire.

«Ti piace?» mi chiede.

«Sì. È stupendo, cazzo.»

Contenta, ci riprova e, questa volta, mi accoglie un po' più a fondo. Vorrei dirle come fare, vorrei dirle di leccarmi, schiacciarmi le palle e accarezzarmi più forte. Mi mordo la lingua per non sbraitare ordini, perché è più importante che lei si abitui alla situazione piuttosto che faccia come piace a me.

E poi, non importa quello che fa, visto che mi porta al culmine in un battibaleno.

«Piccola.» Nel vedere le sue attraenti labbra tese per accogliermi, per poco non vengo. «*Natalie.*»

Ignara dell'urgenza, lei si ritrae piano, come per torturarmi.

Mi afferro l'uccello e inarco i fianchi per evitare di venirle in faccia. «*Cazzo.*» Travolto da un orgasmo intenso e potente, mi ritrovo con il fiatone e tremante mentre lei mi guarda con una soddisfazione forse persino superiore alla mia. «Dio.»

«È stato bello?» domanda.

«Sì.» Inspiro a fondo e rido. «Ma bello non basta a descrivere come è stato.»

«Sul serio?»

Vorrei stringerla, toccarla e baciarla ovunque. «Mi passi la mia maglietta, per favore?» Mi pulisco la pancia e il petto imbrattati e la getto via. «Vieni qui.» Allargo le braccia e la stringo a me. Al contatto del suo seno sul mio petto, i miei motori si rimettono in moto.

Sentiamo Fluff che russa e scoppiamo a ridere.

«Non riesco a credere che non abbia provato a staccarmi l'uccello a morsi mentre gli dedicavi tutta la tua attenzione.»

«Non le permetterei mai di morderti in quel punto.»

«Una piccola consolazione.»

«Non c'è proprio niente di piccolo qui.»

«Se non fossi già innamorato pazzo di te, adesso lo sarei.»

«Flynn?»

«Mmh?»

«Fai l'amore con me? Come l'altra notte?»

«Non sei più indolenzita?»

«No» risponde, accarezzandomi l'addome con un dito. «Però sono un po' sofferente.»

È come se mi avesse dato una scarica elettrica. Il modo in cui mi guarda, in cui mi tocca… Non può essere vero. Le accarezzo il viso e la bacio. «Che cosa è successo alla mia Natalie timida e riservata?»

«Ha avuto un assaggio del paradiso tra le tue braccia e adesso ne vuole di più.»

«Ne sei sicura? Con tutto quello che…»

«Sono sicura.»

«Ho paura di fare qualcosa che ti spaventi.»

«Non lo farai. Tu non hai nulla in comune con l'uomo che mi ha fatto del male.»

Vorrei ricordarle che una cosa in comune con lui ce l'ho, una certa parte del corpo che al momento desidera stare dentro di lei come non ho mai desiderato altro nella vita. «Promettimi che mi fermerai se fossi spaventata, preoccupata o…»

Mi interrompe con un bacio che parte lento ma che, nel giro di pochi secondi, si trasforma in tutt'altro. Mi cinge il collo con le braccia per tenermi fermo. Questa Natalie aggressiva e passionale mi affascina. Forse potrei, potremmo… La mia mente è invasa da immagini di lei legata alla testiera del letto, con il sedere per aria, ed è il film più bello che abbia mai visto. No. Non succederà. Con lei, devo tenere a bada i miei impulsi basilari.

La sposto sotto di me e la guardo. È stupenda, rossa in viso, con gli occhi sgranati e le labbra gonfie dopo il pompino. Cazzo, quanto è bella.

«Che c'è?» mi chiede. «Qualcosa non va?»

«No, amore, è tutto perfetto.» La bacio e mi alzo per prendere un profilattico. «Merda, i preservativi sono nello zaino che ho lasciato di là.» Mi infilo i jeans, riuscendo chissà come a contenere la vistosa erezione. «Torno subito.»

«Sbrigati.»

Davanti alla sua eccitazione e fretta, mi viene ancora più duro. Nella cabina, Addie è impegnata al portatile. A giudicare dal bicchiere di vino rosso accanto a lei, sta cercando di rilassarsi. Mi fissa mentre prendo lo zaino che ho lasciato su un sedile.

«Dovresti dormire» le dico.

«Anche tu.»

«Non restare alzata fino a tardi.»

«Ehi, Flynn...»

«Sì?» Mi giro verso di lei, con lo zaino a coprire l'erezione.

«Ho sentito Liza via email. Vorrebbe programmare un'intervista in cui Natalie racconti la sua storia...»

«Assolutamente no.» Il solo pensiero mi manda in bestia.

«Secondo Liza, se sarà lei a dire come è andata, l'accanimento mediatico finirà molto prima.»

«Assolutamente no. Sentiti libera di riferirlo a Liza.»

Addie mi rivolge uno sguardo di sfida che conosco fin troppo bene.

Con un profondo sospiro, l'erezione sparisce all'istante al ricordo della situazione. «Che cos'hai da dire?» Addie mi dice sempre quello che pensa e io la incoraggio a farlo, perché è molto furba e ha a cuore il mio interesse.

«Per quel che vale, credo che dovresti riflettere sul consiglio di Liza. La paghi una barca di soldi per dirti che cosa fare in situazioni come questa e io la penso come lei. Se sarà Natalie a raccontare la storia con parole sue, nessun altro potrà farlo. Metterebbe fine a tutte le volgari insinuazioni che girano online.»

«Lo sai qual è la cosa che detesto più di tutto?»

«Che cosa?»

«Per il resto della sua vita, ogni volta che si farà il suo nome, sarà legato a questa storia. È il motivo per cui l'aveva cambiato.»

«Lo detesto anch'io. Come tutti. Ma ormai è fatta e, per quanto vorresti, non puoi fingere il contrario.»

Ha ragione, e anche Liza, ma riesco solo a pensare a Natalie e a chiederle di andare in televisione a parlare dell'esperienza più dolorosa della sua vita e, al solo pensiero, mi viene la nausea.

«Dormi, Addie.»

«Buona notte, Flynn. E buona fortuna per domani mattina, anche se non ne hai bisogno.»

«Grazie.» A questo commento, mi torna in mente che domattina verranno annunciate le candidature agli Oscar. In circostanze normali, non me ne sarei mai scordato ma, in questo istante, non riesco a pensare ad altro che a quello che sta accadendo con Natalie.

Torno in camera, dove la trovo ad aspettarmi con la testa sorretta da una mano. Nel vedere le sue spalle nude, mi torna in mente quello che stava per succedere prima che uscissi dalla stanza. Recupero la scatola di preservativi, lascio cadere a terra i jeans e torno a letto con lei.

«Che problema c'è?»

Mi sforzo di sorridere e le mostro la scatola. «Nessuno, adesso.»

«Non mentirmi, Flynn. È successo qualcosa mentre eri di là. Mi basta guardarti per capirlo.»

«Come hai fatto a conoscermi così bene e così in fretta?»

«Come hai fatto tu con me.» Mi accarezza il viso e, al suo tocco tenero, mi sento sciogliere.

La amo tantissimo e vorrei proteggerla da qualsiasi cosa possa farle del male. «Addie ha sentito Liza. Secondo loro, dovremmo rilasciare un'intervista per darti la possibilità di raccontare la storia con parole tue e mettere fine alle speculazioni.» Il suo sguardo si rabbuia.

«Oh.»

«Ho detto di no. Non ti chiederei mai di parlare di una cosa così dolorosa in televisione. Il solo pensiero mi dà la nausea. Posso solo immaginare come debba sentirti tu.»

«Se facciamo l'intervista... secondo loro la gente smetterà di parlare di me? Di noi?»

«Forse smetterà di parlare di quello che ti è successo anni fa, ma è probabile che continui a parlare di noi.»

«La farò.»

«Che cosa? No. Non la farai, fine del discorso. L'ho già detto anche a loro.»

«Flynn.» Con la mano sulla mia guancia, mi costringe a guardarla in faccia.

«Non la farai.»

«Sì, invece.»

«No! Col cazzo. Fine del discorso.»

Mi sorride. Con quel bellissimo sorriso angelico che mi fa a pezzi ogni volta.

«Perché sorridi come una svitata?»

Il sorriso si fa ancora più pronunciato. «Sei davvero carino quando sei prepotente.»

Non ha visto fino a che punto posso essere prepotente. Al pensiero di mostrarle il mio lato da dominatore, il mio uccello si ridesta.

«Farò l'intervista.»

«No.»

«Sì.»

La bacio per farla smettere di parlare, impadronendomi delle sue labbra e della sua bocca per il bacio più aggressivo che ci sia mai stato tra noi. È una questione di labbra, lingua e denti. Mi aspetto che mi respinga, scioccata che la baci in questo modo, invece risponde a ogni guizzo della mia lingua, facendomi impazzire di desiderio come mai prima.

Mi stacco dalle sue labbra e scendo, le afferro i seni e le succhio i capezzoli. Continuo ad aspettarmi che mi fermi e invece, per incoraggiarmi, inarca la schiena e mi cinge i fianchi con le gambe.

E mi perdo completamente in lei.

# CAPITOLO QUATTRO

## Natalie

C'è qualcosa di diverso. Lui è più selvaggio, indomito, famelico. Forse perché l'ho sfidato riguardo all'intervista? Qualunque sia il motivo, non mi lamento di certo. Mi piace così, un po' folle e posseduto dal desiderio. Quando mi addenta il capezzolo sinistro, vorrei implorarlo di sbrigarsi, di prendermi, di alleviare la pressione che avverto tra le gambe, ma non trovo le parole. Me le ha tolte, insieme a tutta l'aria nei polmoni.

Sto andando a fuoco. Con i capezzoli ormai turgidi, scende con i baci lungo il mio corpo. Mette le mani ovunque, mi tocca, mi accarezza e mi stuzzica. Vorrei stargli ancora più vicino.

Si sistema tra le mie gambe, divaricandole al massimo con le sue spalle larghe.

Ogni cellula del mio corpo scatta sull'attenti, consapevole di quello che sta per succedere. La prima volta che l'ha fatto, ho quasi perso la testa. Pur sapendo che cosa aspettarmi, nulla può prepararmi al primo contatto con la sua lingua o alle dita con cui mi penetra.

«Dio, adoro il sapore dolce della tua fica» dice con voce roca, provocandomi un'esplosione di calore. «Potrei vivere per sempre qui senza mai desiderare altro.» Insinua le dita più in profondità. «Sei così calda e stretta.»

Non so se a farmi più effetto sia quello che dice o quello che fa, ma l'insieme è decisamente incendiario. Sono sull'orlo di un potente orgasmo, e lui ha a malapena cominciato.

«Flynn…»

«Che c'è, cara? Parlami. Dimmi quello che vuoi.»

«Io…» Mi mancano le parole.

Quando mi succhia il clitoride, dentro di me divampa il fuoco dell'orgasmo. Lui resta con me per tutto il tempo, lo asseconda e mi aiuta a riprendermi.

Poi mi penetra e i miei muscoli si tendono per accogliere la sua grossa erezione. È la sensazione più indescrivibile che abbia mai provato, il suo corpo unito al mio in modo tanto intimo mentre lui mi scruta per capire se stia male.

Sposto le mani dalla sua schiena al costato e poi al culo sodo.

Con un gemito sommesso, lui si insinua più a fondo dentro di me, togliendomi il fiato.

Si raggela. «Oddio, Nat. Mi dispiace. Sono troppo brusco.»

Lo stringo forte e gli circondo i fianchi con le gambe per impedirsi di sfilarsi. «Non fermarti. Ti prego, non fermarti. È bellissimo.»

Allunga le mani sotto di me, mi afferra per il sedere e mi ritrovo sopra di lui, a guardargli il viso straordinario e i dolci occhi marroni. «Quanto sei sexy, cazzo.»

«Non… non so che cosa fare. Dimmi che cosa fare.»

«Scopami, piccola. Muovi i fianchi. *Sì*» sibila a denti stretti. «Così. *Cazzo*.»

È una sensazione incredibile. Con lui sprofondato dentro di me, sento i muscoli tendersi al limite per via delle sue dimensioni. E quando raggiunge un punto che scatena qualcosa… Oddio… Con le dita preme sul clitoride e fa partire un altro orgasmo. Questa volta, mi segue a ruota e, con un ultimo affondo, viene anche lui.

Mi mordo il labbro per non urlare.

Lui mi tira a sé e le nostre bocche attutiscono il mio urlo e il suo gemito.

«Cristo santo» sussurra contro le mie labbra. Mi cinge con le braccia, bloccandomi contro il suo corpo.

Poso la testa sul suo petto e sento il suo cuore che martella. Quando mi infila le dita nei capelli, avverto un fremito alla nuca. Non avevo mai pensato che la nuca potesse essere una zona erogena. Mentre lui continua a pulsare dentro di me, rabbrividisco per i postumi dell'orgasmo esplosivo.

Senza sfilarsi, Flynn ci copre con il piumone.

Il ricordo dell'uomo che mi ha fatto del male non mi abbandona mai, ma Flynn non gli lascia il campo libero. Quando stiamo così, non c'è tempo né spazio per pensare ad altro che al presente.

«È sempre così?» gli chiedo dopo un lungo silenzio. «Come tra di noi.»

«Non è mai così. Mai.»

Il fervore della sua risposta mi strappa un sorriso e i peli del suo petto mi solleticano il naso.

«Farò l'intervista.»

«No.»

«Sì.»

Mi tira piano i capelli. «Sei una birbantella.»

«E tu sei ostinato. Da tempo gestisco da sola la mia vita e non smetterò adesso solo perché ne fai parte anche tu.»

«Questo è diverso. Io ho molta più esperienza con queste cose e so che potrebbe finire molto, molto male.»

«Come potrebbe andare peggio di così?»

Fa per dire qualcosa, ma ci ripensa. «Resteresti sorpresa.»

«Non voglio passare la vita a nascondermi e a preoccuparmi di ciò che mi attende dietro l'angolo. Voglio affrontare questa cosa a testa alta e lasciarmela alle spalle.»

«So che te l'ho già detto, ma la tua forza mi lascia davvero senza parole, Nat.» Si arrotola una ciocca dei miei capelli intorno al dito.

«Il tuo amore e il tuo sostegno mi rendono più forte che mai.»

«Ne dubito.»

«Perciò farò l'intervista.»

Sospira a fondo. «Ne parliamo domani. Adesso dormi.»

«Guarda che la farò.»

Appoggiata al suo petto scosso da una risatina, mi addormento con un sorriso sulle labbra.


Mi sveglio più tardi con una forte pressione tra le gambe e la mano di Flynn sulla pancia, a tenermi ferma mentre mi penetra da dietro. Cavoli, che risveglio bollente!

«Ti faccio male?» mi chiede.

«No. Oddio, è stupendo.»

«Devi prendere un anticoncezionale, così potremo lasciar perdere questi cazzo di preservativi. Voglio sentire la tua fica calda e stretta senza niente di mezzo.»

«Flynn...» Poso una mano sulle sue dita, con cui mi tortura un capezzolo.

«Non ti piace che usi questi termini?»

«No... Non è mai stata la mia parola preferita, ma quando la usi tu...»

«Diventi bagnatissima quando ti dico cose sconce.»

Per l'imbarazzo, avvampo in viso e sul seno.

«Sì, così.» Si spinge più a fondo e sento i peli ispidi intorno al pene sfregarmi contro il sedere. Un'altra parte che, a quanto pare, è una zona erogena. Che diamine: quando mi tocca lui, tutto il mio corpo è una zona erogena.

Come se mi avesse letto nella mente, sposta la mano dalla pancia al sedere, che strizza e accarezza per poi infilare le dita tra le natiche e premerle contro l'ano, facendomi sussultare per lo shock e il piacere.

«È troppo?» mi chiede.

«No.» Ho la voce acuta e stridula.

Sposta le dita nel punto in cui i nostri corpi si uniscono e, una volta bagnate, le riporta sull'ano. Buon Dio... Il mix tra l'uccello enorme dentro di me e le dita che mi stuzzicano è quasi insostenibile. Poi lui infila l'altra mano tra le mie gambe e vengo con forza tale che devo mordere il cuscino per non mettermi a urlare.

Non appena mi riprendo dall'orgasmo incredibile, scopro che mi ha penetrato con un dito, non tanto da farmi male ma abbastanza da costringermi ad affrontare l'oscuro piacere dell'ennesima parte del mio corpo risvegliata dalla passione.

«Voglio scoparti qui» mi ringhia nell'orecchio mentre spinge il dito più a fondo.

Non riesco a immaginare come farà a starci, ma confido che mi dimostrerà quanto possa essere stupendo. Voglio dargli tutto, ogni parte di me.

Con la sua verga completamente dentro di me che mi spinge fino al mio limite fisico ed emotivo, mi scopa il sedere muovendo soltanto il dito. «È così caldo, così stretto… Non vedo l'ora che il tuo culo mi stritoli l'uccello.»

Sto perdendo la testa, un pezzo dopo l'altro. Flynn è un vero esperto, in perfetta sintonia con il mio corpo. E vengo di nuovo, più forte di prima. Lui mi segue a ruota e sussulta nel mio orecchio, affondando dentro di me con l'uccello e con il dito al tempo stesso.

Scossa dai tremiti, il cuore mi batte così in fretta che temo possa uscirmi dalla gabbia toracica.

L'annuncio del pilota mi riporta alla realtà, ricordandomi che siamo su un aereo. «Salve, signor Godfrey e signorina Bryant. Speriamo che abbiate dormito bene.»

Flynn ridacchia, strizzandomi con delicatezza un seno. «Alla grande» mi sussurra all'orecchio.

«Arriveremo all'aeroporto di Los Angeles tra quarantacinque minuti circa e prevediamo un atterraggio tranquillo. A Los Angeles sono da poco passate le 23.00.»

«Devo farmi una doccia» dice Flynn. «Vieni con me?»

«È troppo piccola per tutti e due. Va' tu per primo.»

«Sicura?»

«Sì, va' pure.»

Mi dà un bacio sulla spalla e si sfila da me, lentamente e con cautela.

Allo spasmo dei muscoli tra le gambe, rabbrividisco. Non so come farò a guardarlo in faccia dopo quello che abbiamo appena fatto. Una settimana fa, l'idea di fare sesso con un uomo era impensabile, mentre adesso faccio sesso spinto e mi piace un sacco.

Flynn mi ha dato molto su cui riflettere… e da attendere con ansia. Non vedo l'ora che mi mostri dell'altro.

## *Flynn*

Sono un cazzo di animale. È l'unica spiegazione possibile per quello che è appena accaduto. Che cosa stavo pensando? Questa donna ha subìto un'aggressione sessuale da ragazzina, sono il suo primo uomo in assoluto e la spingo a fare cose al di fuori della zona di comfort della maggior parte delle donne, figuriamoci di una che è stata violentata. Sono fortunato se non mi lascerà nell'istante stesso in cui atterreremo.

Con le mani che mi tremano, mi lavo il corpo e i capelli. Pensavo di potermi frenare, e invece ho appena dimostrato, a me stesso e a lei, che non so controllare un bel niente se non ho il comando assoluto. Se le mostrassi questo lato di me, mi lascerebbe di sicuro come ha fatto la mia ex moglie, dandomi del mostro depravato.

Se Natalie mi guardasse come ha fatto Valerie, non sopravvivrei. Sono ben consapevole delle somiglianze tra la situazione attuale e il passato, ma con la differenza che amo Natalie più di quanto abbia mai amato la donna che ho sposato. Ci ho messo anni a superare la fine del mio matrimonio e, se Natalie mi lasciasse, so già che non la dimenticherei mai.

Quello che è appena successo non dovrà ripetersi. Con lei, devo tenere a bada questa bocca di merda e le mani al loro posto. La posta in gioco è troppo alta per rischiare di farla scappare mostrandole fino a che punto la desidero.

*Voglio scoparti qui.* Dio, gliel'ho detto davvero mentre le infilavo un dito nel culo? All'idea di quello che starà pensando in questo momento, mi viene la nausea. Si è legata a una bestia che, nel poco tempo passato insieme, ha sistematicamente demolito l'ordine nella sua vita.

Se non starò attento, a breve finirà per odiarmi. Mi insapono il petto e, vedendo che ce l'ho di nuovo in tiro, impreco sottovoce. Sono abituato ad accontentare i miei straordinari impulsi sessuali, non a sopprimerli. E invece è proprio quello che farò per non spaventare una donna che ha già avuto fin troppo da temere in fatto di sesso e di uomini.

Per quel che vale poi, non so nemmeno ancora tutto ciò che le è successo, eppure la sto già spingendo a fare cose che di solito non piacciono nemmeno alle donne più vissute. E se quel mostro di Stone l'avesse sodomizzata? E se, con quello che ho fatto, avessi risvegliato dei dolorosi ricordi?

A questa possibilità, quasi mi viene un attacco di cuore. Devo saperlo. Subito. Mi sciacquo in fretta, prendo un asciugamano ed esco dal bagno.

Natalie è dove l'ho lasciata, sdraiata su un fianco, con la schiena rivolta verso di me. Sulla spalla nuda spicca il segno rosso vivo dove l'ho morsa in preda alla passione.

Orripilato e paralizzato dalla paura, faccio il giro del letto e mi siedo accanto a lei. «Stai bene?»

Risponde senza guardarmi. «Mmh mmh. Hai finito con la doccia?»

«Sì. Nat...»

«Sarà meglio che mi sbrighi, prima che ci dicano di sederci per l'atterraggio.» Si avvolge il lenzuolo intorno al corpo nudo e va in bagno. Quando chiude la porta, il rumore della serratura che scatta è come un proiettile che mi trapassa il cuore.

Sono fottuto.

C'è qualcosa che non va. Flynn sta pulsando per lo stress. Mentre scendiamo dall'aereo e saliamo sul suv che ci attende in pista, ho paura anche solo a chiedergli come va, perché sembra lì lì per esplodere. Io tengo Fluff in braccio e lui ha il telefono premuto all'orecchio. Da quando ha risposto, non ha ancora detto una parola. Addie ci saluta e sale su un'altra macchina.

«Bene» dice lui infine. «Dammi un paio di giorni e poi ne parliamo.» Segue un'altra pausa. «D'accordo.» Termina la chiamata e si mette il telefono in tasca.

«Qual è il problema?»

«Che cosa? Niente. Era il mio socio Jasper. Domattina usciranno le candidature agli Oscar ed è agitato.»

«Ormai ti conosco abbastanza da capire quando qualcosa non va, Flynn. Sei così teso che potresti spezzarti in due.»

«Non sono teso per via di Jasper.»

«Oh. Per che cosa allora? Per gli Oscar?»

«No.» Segue un lungo silenzio. «Perché non riesci a guardarmi in faccia?»

«Che cosa?»

«Da quando ci siamo alzati, non mi hai guardato in faccia neanche una volta.»

Giro la testa e lo fisso apposta dritto negli occhi. «Così?»

«Sì, così.»

«Che cosa vuoi dire?»

«Mi dispiace per prima.»

«Per che cosa ti dispiace?»

«Per quello che ho fatto e detto… Era troppo e troppo presto. Non avrei dovuto…»

«Flynn» lo interrompo, con un sospiro di sollievo. «Piantala. Mi è piaciuto tutto quello che abbiamo fatto. E, se non riuscivo a guardarti in faccia, è solo perché mi sentivo in imbarazzo per quanto mi è piaciuto.»

Mi fissa. «Ti è piaciuto.»

«Sì, e l'avresti sentito se avessi potuto urlare a squarciagola. Ma, con la tua assistente dall'altra parte di una porta sottile, ho pensato fosse necessario trattenermi.»

Si conficca le dita nei muscoli contratti delle cosce. «Devi raccontarmi quello che ti è successo, Nat. Devo saperlo, per non fare nulla che ti provochi dei flashback.»

Abbasso lo sguardo sulle mie mani. «Non so se ce la faccio.»

«Ho una gran paura di fare qualcosa di sbagliato.»

«Nulla di quello che fai è sbagliato, perché mi ami.»

«Ti amo più della mia stessa vita. Sono ossessionato da te. Voglio stringerti e baciarti e toccarti e farti urlare, ma il pensiero di fare *qualsiasi* cosa che ti spaventi… mi manda fuori di testa, Nat.»

Mi sporgo verso di lui, che mi cinge con un braccio. Il ringhio sommesso di Fluff ci strappa una risata.

«Se non altro, ha smesso di morderti.»

«Stavo impazzendo al pensiero di quello che ho detto e fatto…»

«Mi è piaciuto. Ne voglio di più.»

«*Natalie…*»

Al modo in cui pronuncia il mio nome, come se riuscisse a stento a controllarsi, mi metto a ridacchiare. Nemmeno nei miei sogni più folli avrei pensato di trovare un uomo come lui. Ci conosciamo da una manciata di giorni eppure, nel profondo, sono convinta che mi amerà per il resto della vita. E lo stesso farò io con lui.

«Stai ridendo di me?» chiede.

«Forse un pochino.»

«Lo sai che cosa succede a una monella che ride in faccia al suo uomo?»

«No» ansimo. «Che cosa le succede?»

Mi sussurra all'orecchio. «Lui le sculaccia il bel culo fino a farglielo diventare tutto rosso.»

Mi sento la gola secca e le mani sudate. «Non oseresti…» Ma so già che lo farebbe, e che probabilmente mi piacerebbe come qualsiasi altra cosa abbiamo fatto insieme.

«Mettimi alla prova.» Mi bacia, una tenera carezza in contrasto con l'intensità della conversazione. «Ma non ti toccherò nemmeno con un dito fino a quando saprò quello che ti è successo. Non sopporto la paura di spaventarti. Devo saperlo, Nat.»

Ha ragione, lo so. Come lui non vuole che io abbia paura, anch'io non voglio che lui ne abbia.

«Ne parleremo presto.»

«Domani.»

«Va bene.»

Mi prende la mano, intreccia le dita alle mie e me la tiene stretta per tutta la strada fino a Malibu.

Con mia grande delusione, la casa sulla spiaggia di Hayden non ha nulla a che vedere con quella di Marlowe Sloane. Mentre quella è accogliente, questa è tutta vetrate, legno chiaro e pareti squadrate. Non ha il fascino adorabile di quella di Marlowe, ma chi sono io per lamentarmi della villa sull'oceano da svariati milioni di dollari che ci è stata messa a disposizione all'ultimo momento? Non vedo l'ora di scoprire la vista al mattino.

«Come mai tu non hai una casa qui?» chiedo a Flynn mentre ci prepariamo per andare a letto.

Come se fosse a casa sua, Fluff corre in giro a controllare ogni cosa.

«Per un po' l'ho avuta, ma non ci venivo abbastanza spesso da giustificare le spese e l'ho venduta a Marlowe.»

«Oh! Quella era casa tua? Mi è piaciuta da pazzi.»

«Anche a me piaceva, ma non ci andavo mai. Lei la voleva, e così gliel'ho venduta.»

«È una casa fantastica.»

«Questa no?» ribatte.

«No, è stupenda!» L'ultima cosa che voglio è che pensi che non sono grata a lui e ai suoi amici per essersi fatti avanti per me da quando la mia vita è andata all'aria. Anche se abbiamo cominciato con il piede sbagliato, Hayden si è dimostrato un vero amico per entrambi negli ultimi due giorni.

Nel vedermi in difficoltà, Flynn scoppia a ridere. «Non l'avrei mai scelta nemmeno io.»

«Grazie al cielo.»

Ci scambiamo un sorriso affettuoso.

«Metto la sveglia per seguire l'annuncio delle candidature?» mi domanda.

«Assolutamente sì.»

La punta sul telefono e si infila a letto con me.

«Riuscirai a dormire con l'ansia per le nomination?»

«Sì. È una cosa entusiasmante ma, in questo momento, non è la più importante della mia vita.» Mi stringe di nuovo e, un attimo dopo, la sveglia suona e Flynn mi geme nell'orecchio.

«Forza.» Lo tiro per un braccio. «Andiamo a vedere mentre ti nominano agli Oscar.»

«Non dirlo! Mi porterai sfortuna.»

Adoro il suo lato superstizioso. Lo rende incredibilmente umano. Anche se verrà di certo nominato, non dà nulla per scontato.

«Muoio di fame» esclama.

«Anch'io ho un certo languorino.»

Facciamo razzia nel frigorifero di Hayden e, al sorgere del sole che avvolge il Pacifico con la sua luce calda, ci gustiamo una lauta colazione con caffè e mimosa. La vista è spettacolare. Alle 5.25, accendiamo la TV per vedere le candidature, che arrivano a raffica per *Mimetica* fino a quella come miglior attore per lui e come miglior film per la pellicola.

Alle nostre urla entusiaste, Fluff abbaia come se non ci fosse un domani, ma siamo troppo presi a festeggiare per sgridarla.

Lo abbraccio forte e mi sforzo di non piangere. Sono davvero fiera di lui e contenta di aver condiviso questo momento speciale.

Subito dopo la notifica di un messaggio, il telefono di Flynn inizia a squillare. Lui mette il vivavoce e risponde a Hayden.

«Flynn! Svegliati! Sei stato nominato agli Oscar e anch'io, e Jasper e il film! Siamo quelli con più nomination! Mi stai ascoltando?»

«Sono sveglio e ti sto ascoltando.» Mi fa l'occhiolino, stando al gioco con Hayden come se non sapesse già tutto. «Wow, è incredibile. Il maggior numero di nomination, eh?»

«Dodici! Ne abbiamo per tutto: sceneggiatura non originale, trucco, colonna sonora, fotografia. Cazzo, Flynn, abbiamo spaccato!»

«Che forza. Non riesco a crederci.»

«Era ora, amico mio. Per il resto della vita, saremo stati nominati agli Oscar e magari vinceremo pure...»

«Hayden! *Taci!* Non dirlo.»

«Tu e la tua superstizione del cazzo, Flynn! Torna a letto. Io vado a ubriacarmi.»

«Sono le sei del mattino e stasera hai i Critics' Choice Awards.»

«Sarò sobrio per allora. E accetterò il tuo premio quando vincerai. Oh, senti i tuoi genitori! Vorranno saperlo.»

«Va bene. Grazie della chiamata. E congratulazioni anche a te. Il film non sarebbe mai esistito senza di te.»

«Senza tutti e due. Va' a festeggiare.»

Lo abbraccio di nuovo. «Sono così *emozionata* per te e orgogliosissima!»

«Grazie. Wow. Non avevo idea che ci si sentisse così bene.»

«L'ho già detto e lo ripeto: ti meriti ogni premio del mondo per questa interpretazione.»

«Grazie, tesoro.»

Il suo telefono squilla senza sosta per le chiamate dei genitori, delle sorelle, di amici e colleghi. Poi tocca a Liza, l'addetta stampa, con le richieste di interviste che lo tengono occupato per le successive due ore. Mentre lui è al telefono, io continuo a versare champagne a entrambi. Quando finalmente, verso le undici, tutto tace, siamo ormai brilli.

Lui mi prende tra le braccia e mi stringe forte.

«Come ti senti?» gli chiedo.

«È surreale. È bellissimo sapere quanto sono entusiasti i miei genitori.»

«Sono davvero orgogliosi di te.»

«A lungo è l'unica cosa che mi importasse, renderli orgogliosi. Ma adesso voglio che lo sia anche tu.»

«Lo sono così tanto che potrei scoppiare. E anche loro.»

Mi sorride e mi dà un bacio. «Grazie per queste parole. Significano molto per me.» Mi bacia di nuovo. «Ti va di andare in spiaggia?»

«Va bene se invece andiamo in terrazzo?» Nonostante le guardie del corpo che ci aspettavano in aeroporto ieri sera e che circondano la casa, non sono ancora pronta a farmi vedere in pubblico.

«Come vuoi tu, tesoro.» Mi dà un bacio in fronte. «Su, andiamo a cambiarci.»

«Flynn?»

«Mmh?»

«Grazie per avermi portato qui e per sapere quello che mi serve prima ancora che mi serva. Grazie per tutto.»

«Non riesco a credere che sia tu a ringraziarmi quando mi sento il bastardo più fortunato della terra a poter passare oggi, stasera, domani e dopo insieme a te.»

«Siamo tutti e due fortunati.»

Mi cinge tra le sue possenti braccia. «Sì, è vero.»

# CAPITOLO CINQUE

## Natalie

Trascorriamo una giornata magica e rilassante nella piscina di Hayden. La governante, Connie, ci prepara un pranzo delizioso accompagnato da una bottiglia di chardonnay ghiacciato dell'azienda vinicola Quantum nella Napa Valley e, non appena ci serve, Flynn le dice di prendersi dei giorni di ferie pagati e che sarà Hayden a chiamarla quando dovrà riprendere servizio.

«Grazie infinite, signor Flynn. Divertitevi.»

«Chi le pagherà questi giorni?» m'informo non appena siamo soli. «Tu o Hayden?»

«Lui, ovviamente» risponde Flynn con fare impudente, strappandomi una risata.

«E lo sa?»

«Occhio non vede, cuore non duole.»

«C'è qualche legame tra l'azienda vinicola e la casa di produzione?» gli chiedo quando stappa la seconda bottiglia. Siamo seduti su una sdraio doppia a bordo piscina, affacciata sull'oceano sotto di noi. Tra il panorama incantevole e l'uomo stupendo accoccolato contro di me, i miei sensi sono in sovraccarico. Fluff è raggomitolata ai miei piedi e si gode il sole caldo.

«Sì. È nostro.»

«Che cos'altro possiede la Quantum?»

«Un sacco di proprietà, perlopiù a New York e Los Angeles, un paio di ristoranti, quattro stazioni radio e sei canali televisivi. Credo sia tutto.»

«Wow. Pensavo vi interessasse solo fare film.»

«In gran parte sì, però crediamo nella diversificazione.»

«La tua vita mi affascina, e non perché sei famoso. Sono sbalordita da tutti gli ambiti che comprende. Ogni volta che penso di avere il quadro completo, salta fuori qualcos'altro.»

Fa un'espressione strana, che però cancella subito con il sorriso che è il suo marchio di fabbrica. «Crediamo anche nel vivere appieno la vita.»

«Come avete fatto voi cinque a fondare la casa di produzione?»

«Con Hayden, lavoro fin dagli inizi. Insieme abbiamo fatto sei film e ne abbiamo prodotti altri cinque. Marlowe ha recitato in un paio dei primi ed era interessata a lanciarsi nella produzione. Con Jasper, che è direttore della fotografia, e Kristian, un produttore che è arrivato dopo, ci siamo intesi subito perché abbiamo una visione simile dei film che vogliamo girare e produrre. È stato un processo piuttosto naturale.» Rabbocca entrambi i nostri bicchieri. «Questo è un settore tosto ed è bello lavorare con persone di cui mi fido e che si fidano di me.»

«Non vedo l'ora di incontrare Jasper e Kristian.»

«Ti innamorerai dell'accento inglese di Jasper. Noi lo chiamiamo Mister Mutandine.»

«Posso chiedere come mai?»

«Lo prendiamo sempre in giro perché, ogni volta che apre bocca, le donne gli lanciano le mutandine.»

«L'accento inglese è molto sexy.»

«Che cavolo, risparmiami. Le mie sorelle hanno una cotta per lui. L'anno scorso, a Natale, Ellie gli ha chiesto di leggere un racconto per bambini e poi ha fatto la figura dell'idiota ansando e gemendo per l'accento. I miei nipoti pensavano che avesse un infarto. È stato mortificante.»

Rido così forte che per poco il vino non mi va di traverso.

«Sai» riprende lui, rigirando il vino nel suo bicchiere, «mi piace parlare dei miei amici e degli affari, ma preferirei parlare di te e della tua famiglia.»

In un istante, avverto un nodo allo stomaco e i muscoli contrarsi per la tensione.

«Nat?»

«Sì?»

«Guardami, tesoro.»

Mi costringo a incrociare il suo sguardo intenso.

«Voglio conoscerti. Voglio capirti. E, soprattutto, voglio proteggerti perché più nulla possa ferirti.»

«Nemmeno tu hai questo potere.»

«Ti sorprenderesti di quello che posso fare quando una persona a cui tengo soffre.»

«Mi hai già dimostrato di che cosa sei capace.»

«Quello era solo l'inizio.»

Non posso più rimandare, non se spero di avere una relazione seria con quest'uomo magnifico che più volte mi ha aperto il suo cuore ed è stato sincero con me. In cambio, si merita la verità, niente di meno.

«Raccontami com'eri da piccola. Voglio sapere tutto.»

«All'epoca ero April. Mi chiamavo così perché sono nata il quindici aprile e, per prendermi in giro, mi dicevano che ero destinata a diventare una commercialista, visto che è il giorno in cui si presenta la dichiarazione dei redditi.»

«Oh, non c'è da scherzare con le tasse. In famiglia diciamo sempre che, con quello che pago, potrei sovvenzionare da solo il Pentagono.»

«Oh, poverino.»

«Lo so.»

«All'epoca, prima che accadesse tutto, facevo danza, ginnastica artistica ed ero una cheerleader. Le solite cose.»

Strabuzza gli occhi, interessato. «Eri una cheerleader?»

«Sì.»

«Non è che, qualche volta, magari...»

Non mi aspettavo di ridere mentre parlo del passato, ma con Flynn è tutto così facile. «Se fai il bravo.»

«Sarò bravissimo.»

«Comunque, quando ero piccola, Oren Stone e la sua famiglia avevano un ruolo stabile nella nostra vita. Lui e mio padre erano amici d'infanzia. Secondo mia madre, che era cresciuta con loro, Oren aveva sempre avuto una strana influenza su mio padre. Da bambina non me ne rendevo conto ma, con il senno di poi, ho capito che il loro rapporto era bizzarro. Il mio terapeuta mi ha spiegato che Oren era il classico narcisista. Girava tutto intorno a lui e mio padre era il principale complice. Qualsiasi cosa Oren volesse, la otteneva: incarichi, soldi, donne, potere. Mio padre lo aiutava in tutto. Stephanie, la moglie di Oren, era una signora gentilissima che non aveva idea di quello che accadeva dietro le quinte. I miei litigavano spesso per quello che mio padre faceva per lui. Diceva sempre che non aveva scelta, se voleva tenersi il lavoro, e mia madre piangeva e lo implorava di trovarsene un altro, ma lui ribatteva che Oren aveva bisogno di lui e che non poteva abbandonarlo.»

«Facevano qualcosa di illegale?» chiede Flynn.

«Facevano di tutto. È venuto fuori durante il processo. Le mie accuse sono state solo la punta dell'iceberg. Ma sto correndo troppo.» Inspiro a fondo. «Anche se mia madre non aveva una grande opinione di Oren, adorava Stephanie e fingevamo che le nostre famiglie fossero legate. Quando Oren è diventato governatore, hanno cominciato a viaggiare spesso e mi hanno chiesto di accompagnarli in estate e durante le vacanze per aiutarli con i figli, che erano molto più piccoli di me. Siccome non ero riuscita a trovarmi un lavoretto estivo, ho accettato l'offerta. I miei genitori erano entusiasti e ricordo che mia madre mi ha detto di essere contenta che lavorassi per degli amici, persone che conoscevamo e di cui ci fidavamo.»

Quando mi sfiora il viso, mi accorgo di avere le guance rigate di lacrime. Flynn mi prende il bicchiere e lo posa sul tavolo accanto al suo, poi mi tira a sé e mi stringe, accarezzandomi la schiena. «Prenditi tutto il tempo che ti serve, tesoro.»

«Sto bene. È passato tanto tempo ormai. Così tanto che, a volte, è come se non fosse successo a me, come se l'avessi visto in un film.»

Inspiro a fondo, chiamando a raccolta il coraggio per farla finita con questa storia e voltare pagina insieme. «Passavo molti fine settimana con loro, ad aiutare con i bambini mentre loro presenziavano a eventi e altre cose legate al suo ruolo di governatore, perciò non era insolito che mi chiamassero per chiedermi di fare da baby-sitter nel weekend. Tuttavia, a essere strano era che fosse Oren a telefonare. Però Stephanie aveva l'influenza e non aveva più voce, quindi non ci ho fatto poi tanto caso.»

Le mani cominciano a tremarmi e mi fa male la pancia. «Mia madre mi ha lasciato davanti alla villa del governatore venerdì dopo la scuola. Mi ha detto che ci saremmo viste domenica e di tenere d'occhio i piccoli. Insomma, le cose che mi diceva sempre. L'avevamo fatto centinaia di volte, quindi non era nulla di particolare. Solo che… quando sono entrata in casa, c'era solo Oren e mi ha detto che Stephanie e i bambini sarebbero tornati presto.»

«Respira, tesoro. Così… Se è troppo, non sei costretta a dirmelo.»

Solo ora noto che anche i suoi occhi sono pieni di lacrime. Sentire questa storia è uno strazio per lui quanto lo è per me raccontarla. Tuttavia, sapere che Flynn è qui accanto a me, commosso come me, mi dà il coraggio di proseguire.

«Quando sono arrivata, stava bevendo. Dopo un'ora circa, mi ha detto che Stephanie e i bambini erano a New York a fare visita ai suoi genitori per il fine settimana. Confusa, ho commesso l'errore di chiedergli come mai fossi lì e lui mi ha dato un ceffone e ha risposto che sapevo esattamente come mai ero lì, che da anni ci 'provavo con lui', che ero 'arrapata' e una serie di altre cose che, all'epoca, non ho nemmeno capito.»

«Figlio di puttana» ringhia Flynn. «Per fortuna è già morto, altrimenti lo ammazzerei con le mie stesse mani.»

«Mi ha strappato i vestiti di dosso. Ho cercato di oppormi, ma lui era molto più grosso e forte di me. Per tutto il tempo, ero incredula che quell'uomo che conoscevo da tutta la vita, l'amico più caro di mio padre… Non riuscivo a credere che mi facesse una cosa simile. Mi ha picchiato e quasi strozzato e mi ha detto che mi avrebbe ammazzata se avessi fatto anche il minimo rumore.»

«Pezzo di merda» sussurra Flynn, mentre asciuga le mie lacrime e le sue.

«La prima volta è successo in soggiorno. Mi ha fatto così male che sono svenuta per il dolore. Credo che a un certo punto mi abbia pure drogato, perché ho continuato a perdere e riprendere i sensi per due giorni, come ho scoperto dopo. Ogni volta che mi risvegliavo, lui era dentro di me e mi faceva male.»

«In aereo» interviene lui titubante, «quando ti ho svegliato in quel modo, ti ho ricordato l'aggressione?»

«No. Ero così eccitata che non ci ho pensato.»

«Morirei se facessi qualcosa che te la ricordasse.»

«Lo so.» Gli stringo la mano e inspiro a fondo prima di proseguire con la storia. «Quando cercavo di oppormi, lui mi picchiava. Mi ha legato, mi ha preso a cinghiate… Pensavo che non sarebbe mai finita. E, quando pensavo che non potesse andare peggio, me l'ha infilato in gola e ho creduto di morire perché non riuscivo a respirare.»

«Basta così, Nat.» Stretta tra le sue braccia come in una morsa di metallo, le sue lacrime mi bagnano il viso e il collo. «Non devi dire altro.»

«Va tutto bene, e voglio raccontarti il resto così non ne parleremo più.»

Scosso dai brividi, inspira a fondo. Percepisco il suo dolore e, in questo istante, ho l'assoluta certezza che mi ami davvero quanto dice.

«Domenica pomeriggio, mi ha detto di alzarmi e di farmi una doccia. Mi faceva male tutto. Lui mi ha raggiunto sotto l'acqua per lavarmi, violando di nuovo il mio corpo mentre sciacquava via le sue tracce. Poi mi ha afferrato per i capelli e ha avvicinato il viso al mio. Mi ha detto che, se avessi raccontato a qualcuno quello che aveva fatto, avrebbe licenziato mio padre. Ha detto che lui sarebbe finito in prigione per certe cose che aveva fatto e la mia famiglia sarebbe finita a vivere per strada. Ha detto che nessuno avrebbe creduto a una troietta quindicenne invece che al governatore e che, se avessi detto anche solo una parola a qualcuno, mi avrebbe ucciso. Non so che cosa mi abbia preso, ma me lo sono immaginato mentre faceva la stessa cosa alle mie sorelle. Quando mi ha detto di prendere le mie cose e andarmene, sono andata dritta al commissariato, che distava quasi un chilometro dalla sua villa. Avevo una gran paura per quello che aveva detto che avrebbe fatto a me e alla mia famiglia, ma sapevo di dover proteggere le mie sorelle, altrimenti l'avrebbe fatto anche a loro e non potevo permettere che accadesse.»

«Dio, Nat. Sei incredibile. Sei stata così lucida dopo quello che avevi subìto.»

«Con il pensiero fisso a Candace e Olivia, ho raccontato ai poliziotti quello che era successo. Avevo paura che lui se la prendesse con loro o con qualche altra ragazzina, per questo sono riuscita a denunciarlo. All'inizio, non mi hanno creduto. A ben pensarci, ero una quindicenne sconosciuta che accusava il governatore del Nebraska di averla stuprata, ripetutamente. Però avevo dei lividi, per cui sono stati costretti a prendermi sul serio e mi hanno portato in ospedale. È stato quasi peggio di quello che mi aveva fatto Oren. Mi hanno dato la pillola del giorno dopo e mi hanno visitato… Mi hanno fatto malissimo e ho pianto per tutto il tempo. Hanno dovuto darmi dei punti e… È stato orrendo.» Prendo il tovagliolo che mi porge, mi asciugo il viso e mi soffio il naso. «A parte la dottoressa Richmond l'altra sera, non vedevo un medico da allora.»

«E io che ti ho chiesto di prendere un contraccettivo. Non l'avrei mai fatto, se avessi saputo.»

Gli infilo le dita nei capelli, mossa dal bisogno di toccarlo, di confortarlo. «È la prima volta che senti questa storia. Non dimenticare che per me è roba vecchia. Ormai non ci penso più tutti i giorni.»

«Passerà molto tempo prima che io non ci pensi più tutti i giorni.»

«Cambierà tutto tra noi?»

Stacca la testa dal mio petto. «Che cosa? No, certo che no.»

«Ne soffrirei, se mi trattassi in modo diverso, adesso che conosci tutti i dettagli più sordidi.»

«Cazzo, Nat. Se proprio, ti amo ancora più di prima.»

«C'è dell'altro.» Decisa ad andare fino in fondo e farla finita, proseguo. «I poliziotti hanno chiamato i miei genitori. Quando sono arrivati in ospedale, con il mio permesso, il detective incaricato del mio caso ha raccontato loro l'accaduto. Mio padre mi ha guardato come se fossi pazza. Le sue esatte parole sono state: 'Ti sei bevuta il cervello?' Si è rifiutato categoricamente di credere che il suo prezioso Oren avesse fatto ciò di cui lo accusavo. Era molto spaventato, ma solo in seguito ho scoperto perché. Era invischiato fino al collo in stronzate di ogni genere per conto di Oren e ha dovuto testimoniare contro di lui per evitare il carcere. Non so come, è pure riuscito a tenersi il lavoro per lo stato del Nebraska.»

«E tua madre?»

«Lei mi credeva. Gliel'ho letto negli occhi, ma era completamente soggiogata a mio padre. Il capo era lui, perciò lei gli ha ubbidito. Lui mi ha detto che se fossi andata avanti, se avessi denunciato Oren, sarei stata come morta per loro.»

«Come ha potuto fare una cosa del genere a sua figlia, soprattutto dopo il male che avevi subìto?»

«Non lo so. Non ho mai capito le dinamiche del suo rapporto con Oren. I poliziotti gli hanno detto che non stava più a me decidere. Oren mi aveva lavato, ma non aveva cancellato ogni traccia di sé dal mio corpo. Avevano il suo DNA e l'avrebbero incriminato. 'Proprio mentre parliamo, è in corso l'arresto di Stone' gli ha detto il detective. A quelle parole, mio padre ha trascinato via mia madre dal pronto soccorso e, da allora, non ho più visto né sentito loro e le mie sorelle.»

«Oddio, Natalie.»

«Ma la parte più triste è che non sono rimasta affatto sorpresa che avesse scelto Oren rispetto a me. Se non altro, è stato coerente.»

«Che cosa hai fatto poi? Dove sei andata?»

«Sono stata molto fortunata. Un detective mi ha portato a casa dalla sua famiglia in attesa del processo. Sono stati davvero buoni con me e, per certi versi, mi hanno salvato la vita mandandomi in terapia e aiutandomi a finire il liceo da privatista. La cosa peggiore è stata perdere le mie sorelle. Mi sono sempre chiesta che cosa gli avessero detto o che cosa sapessero. Chissà se gli manco o se pensano a me, o se mio padre le ha aizzate contro di me. Candace dovrebbe andare all'università, ma non ho mai avuto il coraggio di contattarla. Se mi odia, preferisco non saperlo.»

Dopo tutto questo tempo, sono ancora pervasa dalla tristezza. «Sono stati due anni molto difficili, ma ne sono uscita grazie alla famiglia che mi ha ospitato e all'aiuto economico di donatori anonimi che odiavano Stone e hanno voluto aiutarmi a spodestarlo. Con quei soldi, mi sono pagata la mia nuova identità e i primi due anni di università. Per gli altri due... non so come farò, adesso che il mio contratto è stato rescisso.»

«Ci penso io. Non preoccuparti.»

«Certo che mi preoccupo e sarò *io* a pensarci, non tu.»

«Mi prendi in giro? Come mai sei finita in questo casino?»

«Sono finita in questo 'casino', come lo chiami tu, perché Oren Stone mi ha stuprato quando avevo quindici anni. È da allora che me la cavo da sola e continuerò a farlo.»

«Non sei più sola, piccola» mi dice con un filo di voce, tanto che lo sento a malapena. «Adesso è tutto diverso e l'ultima cosa al mondo di cui voglio che ti preoccupi è dei debiti studenteschi che io potrei saldare domani senza pensarci due volte.»

Prima ancora che finisca di parlare, comincio a scuotere la testa. «Non voglio che tu lo faccia. Troverò una soluzione come ho sempre fatto. Mi troverò un altro lavoro.»

Fa per dire qualcosa, ma scuote la testa e si ritrae.

«Che c'è?»

«Vado a farmi una doccia.»

«Va bene.»

Si alza ed entra in casa senza voltarsi. Resto a guardarlo con la paura che, nonostante lui dica il contrario, adesso che ha sentito la mia storia, tra noi cambierà tutto.

# CAPITOLO SEI

## *Flynn*

o voglia di prendere a pugni qualcosa. Ho voglia di prendere a calci il padre di Natalie e far rinsavire quell'inutile di sua madre. Ho voglia di riesumare Oren Stone e ucciderlo di nuovo per quello che le ha fatto.

Sotto al getto d'acqua nella doccia nel bagno al pianoterra di Hayden che è grande abbastanza per sei persone, mi sforzo di contenere la rabbia, ma non posso nulla contro la disperazione che provo dopo aver sentito quello che è successo alla mia preziosa Natalie. Mollo un pugno alle piastrelle sulla parete e, siccome non mi sento affatto meglio, gliene mollo un altro.

E poi arriva lei, mi tira indietro e mi abbraccia. Sto singhiozzando. Non ricordo nemmeno l'ultima volta che ho pianto prima di incontrarla, ma ho il cuore letteralmente a pezzi per la ragazza che era un tempo e per la donna che è diventata oggi, grazie al suo coraggio e alla sua determinazione.

«È tutto a posto, Flynn.» Mi accarezza la schiena per calmarmi.

Perché mi sta confortando? Dovrei essere io a confortare lei, invece fremo dalla rabbia. Non riesco a controllare me stesso né le mie emozioni, ed è una novità. Io ho sempre il controllo. Sempre.

«Sto bene. È successo anni fa e mi sono lasciata tutto alle spalle.»

Vorrei seguire il suo esempio, lasciarmi tutto alle spalle e voltare pagina con lei, ma non so se ne sarò in grado. Come farò a non pensare a quello che ha passato, che ha subìto, ogni volta che la toccherò? E se non riuscissi a controllarmi? E se il desiderio soverchiante che provo per lei me lo facesse scordare, anche solo per un istante? Se le facessi in qualche modo del male, non riuscirei a vivere con me stesso.

Nella mente, rivedo ogni volta che abbiamo fatto sesso alla luce di quello che ho appena scoperto. Forse l'ho già spinta troppo e troppo oltre? L'ho spaventata con il mio desiderio? Tremo per la paura e la rabbia che pulsano dentro di me come un martello pneumatico.

«Oddio, stai sanguinando.» Mi mette la mano destra ferita sotto il getto d'acqua calda.

Al bruciore alle nocche sbucciate, mi riscuoto dallo stupore. «Va tutto bene.»

«Non va tutto bene. Sei ferito.»

Libero la mano con uno strattone e spengo l'acqua. «Devo… Vado a correre.»

«Non scappare da me, Flynn. Ti prego, non farlo.»

«In questo momento, non so se sono quello che ti serve.»

«Certo che sei quello che mi serve. Non avevo idea di quanto avessi bisogno di te fino a quando ti sei insinuato nella mia vita e mi hai fatto innamorare.»

«Nat…» Crollo davanti alla sua dolcezza e alla luce che emana. Come può avere una tale luce dentro dopo aver attraversato le tenebre? L'ammirazione che provo è pari all'amore che nutro per lei.

Mi abbraccia e mi fa posare la testa sulla sua spalla. «Tu sei esattamente quello che mi serve. Non scappare, ti prego. Resta con me. Sta' con me. Stringimi.»

Tremo come un albero durante un uragano. «Ho paura di toccarti.»

Mi prende le braccia e se le mette in vita.

Restiamo a lungo così, avvolti dal vapore residuo della doccia. Non so quanto tempo passi, ma comincio leggermente a rilassarmi. Il tremore scompare e, al suo posto, avverto un dolore profondo fin nelle ossa.

Natalie mi fa uscire dalla doccia e, quando mi avvolge in un asciugamano, mi asciugo in automatico. Lei va nell'armadio e torna indossando una maglietta enorme con la scritta I ♥ NY, ennesimo promemoria di quello che ha perso per causa mia.

Mi prende per mano, mi porta al lavabo e sciacqua il sangue dalle nocche. Sono così stordito che sento appena il dolore. Lei spegne l'acqua e mi accompagna in camera. «Siediti.» Indica il letto. «Torno subito.»

Che razza di problema ho? Dovrei essere io a pendermi cura di lei, non il contrario, e invece non riesco a muovermi. Non riesco a pensare ad altro che alla tempesta che infuria dentro di me mentre faccio i conti con quello che mi ha raccontato.

Natalie torna con un kit di primo soccorso e del ghiaccio. Mi spalma della pomata antibiotica sulla ferita, la fascia con una garza che fissa con un cerotto e mi fa sdraiare su una montagna di cuscini, con il ghiaccio sulle nocche gonfie.

«Mi dispiace» dico quando si accoccola contro di me.

«Non devi.»

«Mi sono preso la scena, quando dovresti averla tu.»

«Non più. Non è quello che mi hai detto? Adesso ci siamo *noi*.»

«Sì» sussurro con convinzione.

«Ci ho pensato, sai.»

«A che cosa?»

«A come sarebbe stato raccontare quello che mi è successo all'uomo che amo. Sapevo che un giorno sarei stata costretta a farlo, e ho pensato a come mi sarei sentita.»

«Come ti senti?» Devo saperlo.

«In realtà, è stato liberatorio condividerlo con te, non essere più sola come è stato a lungo. Per la prima volta da non so più quanto tempo, mi sento libera.» Mi sistema il ghiaccio sulla mano.

«Sei libera di avere ed essere qualsiasi cosa tu voglia, Natalie, ma devi permettermi di aiutarti. Ho bisogno di aiutarti. Lascia che saldi il tuo debito così non dovrai più pensarci. Lascia che mi prenda cura di te fino a quando capirai che cosa fare. Non puoi chiedermi di essere quello che non sono. Ho più soldi di quanti potrei spenderne in tutta una vita. Lasciameli usare per rendere più facile la tua. È così che sono fatto. È così che ti amo. Ho *bisogno* di prendermi cura di te.»

«Sei davvero dolce a volerlo fare.»

«Non sono dolce» ringhio, strappandole una risata.

«Sì, invece.»

«No.»

«Rassegniamoci al fatto che la vediamo diversamente. Per quanto riguarda il debito... devo pensarci su.»

«Va bene.»

«Abbiamo appena avuto il nostro primo litigio?»

«Col cazzo. Non è stato un litigio. Mi sono semplicemente comportato male. Quando litigheremo, non avrai bisogno di chiedermelo.»

Sorride e si sporge verso di me, con le labbra a un soffio dalle mie. «Ti amo anche quando pensi di comportarti male.»

«Mi sono davvero comportato male.»

«No, mi hai dimostrato per l'ennesima volta quanto mi ami facendoti carico del mio dolore.»

«Ti amo più di quanto riuscirò mai a dimostrarti.»

«E lo stesso vale per me.»

Affondo le dita nei ricci bagnati che le incorniciano il viso. «Allora sono un figlio di puttana fortunato.»

«Siamo entrambi fortunati. Qualsiasi cosa succederà e qualsiasi cosa sia già successa, possiamo contare l'uno sull'altra. Ed è più di quanto io abbia mai avuto.»

«Anch'io, piccola.» Le do un dolce bacio che parla di amore e affetto ma, quando lei mi lecca il labbro inferiore, dentro di me si accende un fuoco. Come se mi fossi scottato, mi ritraggo di scatto.

«Che c'è che non va?»

«Sono nervoso, tesoro. È meglio se ci facciamo un pisolino. Se ti toccassi...»

«Che cosa? Che cosa succederebbe se mi toccassi?»

«Non lo so, e la cosa mi spaventa. Sei preziosissima per me. Non hai idea quanto. Non sono sicuro che sarei delicato con te ed è quello che ti meriti.»

«Mi merito *te*.»

«Non così.» Il pacchetto di ghiaccio scivola a terra.

«Flynn.» Si inginocchia accanto a me.

Ho sempre paura a guardarla perché il desiderio per lei è più forte di quello di respirare, ma adesso… Adesso la desidero disperatamente. Vorrei rimediare a ogni torto che ha subìto. Vorrei realizzare ogni suo sogno. Più di ogni altra cosa però, vorrei che fosse mia in ogni modo possibile.

Si afferra l'orlo della maglietta, la solleva e se la sfila dalla testa, restando nuda a eccezione di un paio di minuscole mutandine di seta.

Mi si secca la bocca e ogni pensiero non legato alla sua squisita bellezza scompare dalla mia mente come acqua risucchiata in uno scarico. È una dea e, per qualche motivo che non capirò mai, mi ama. Mi ha fatto il dono incredibile della sua fiducia, riempiendomi di senso di colpa per tutto ciò che le sto tacendo. Non la merito. L'ho sempre saputo, ma la desidero comunque.

«Dimmi che cosa fare. Che cosa vuoi?»

Mi scruta come se stessi su un piedistallo, in attesa che le dia degli ordini. Se le dicessi quello che voglio davvero, e cioè la sua completa e totale sottomissione, la perderei. E a ragione. Perciò smorzo i miei bisogni e la metto sopra di me, con appena le mutandine di seta a separarci. Quando si abbassa sulla mia erezione, rantola.

La afferro per i fianchi, con la gentilezza necessaria dal primo uomo a cui permette di toccarla in questo modo. Mi ha fatto il dono prezioso del suo amore e della sua fiducia e voglio essere degno di lei. «Le altre volte, ho fatto qualcosa che ti ha fatto paura?»

«No. Non potrei mai avere paura di te.»

Stringo i denti per trattenermi dal dirle che, se volessi, potrei terrorizzarla. Ma non lo faccio. Non voglio farlo e non glielo dico. Non c'è spazio per i miei bisogni in questo letto né nella nostra relazione. «Quello che ho detto prima, sul fatto che ti vorrei qui.» Le strizzo le chiappe. «Lui te l'ha fatto?»

Scuote la testa. «Ne ha parlato, mi ha minacciato ma, per fortuna, non è successo.»

Chiudo gli occhi ed espiro a fondo. «Mi dispiace di averlo detto, Nat. Non ragionavo. Mi sono lasciato trasportare…»

Mi interrompe con un bacio sulle labbra. «Voglio tutto con te, Flynn. Voglio che mi mostri e mi insegni tutto. Rendimi tua in ogni modo possibile.»

Se sapesse tutti i modi in cui la desidero, non mi farebbe un'offerta simile. «Sei mia. Qualsiasi cosa accada tra noi, questo fatto non cambierà mai. L'ho capito la prima volta che hai alzato su di me i tuoi occhi stupendi, che sono riusciti a leggermi dentro fin dal primo sguardo. Ho capito che eri mia.»

«A questo proposito...»

«Che c'è?»

«Non ho gli occhi marroni.»

Non so che cosa dire.

«Porto le lenti a contatto, ma li ho verdi. E il colore naturale dei miei capelli è molto più chiaro. Non volevo essere riconosciuta come April.»

«Adesso vorresti tornare a essere lei?»

«No. April è il mio passato. Natalie è il presente e il futuro.»

«Non dovrai più nasconderti. Puoi essere chiunque tu voglia.»

«Sono contenta di essere Natalie con te.»

La tiro a me per un bacio intenso e infuocato e le nostre lingue si intrecciano in una danza erotica che, ben presto, mi porta sull'orlo della follia. Lei è come il vino più buono, il cioccolato più dolce, la droga più potente che abbia mai incontrato. Vorrei girarla e scoparla con forza fino a soddisfare la brama che sento dentro.

Ma non lo faccio. Invece, mi sforzo di restare immobile, le accarezzo i capelli setosi con riverenza piuttosto che avidità e la bacio con amore piuttosto che dominio. Le prendo i seni e le stuzzico i capezzoli. Quando chiude gli occhi e reclina la testa, sfrutto l'opportunità per mettermi a sedere e succhiare la punta turgida di un seno.

Lei urla di piacere e mi tira i capelli così forte da lasciarmi una chiazza calva. Un sacrificio di cui varrebbe la pena, pur di sapere di averla fatta godere.

«Fatti sentire, tesoro. Urla a squarciagola. Nessuno ti sentirà a parte me.» Descrivo un cerchio con la punta della lingua intorno al capezzolo e lo riprendo in bocca, lo succhio con forza e lo mordicchio fin quasi a farla soffrire, ma senza esagerare.

Lei ondeggia i fianchi sul mio uccello duro come la roccia. Infilo una mano tra noi per capire se sia pronta e scopro che ha le mutandine fradicie. «*Cazzo*» borbotto. Quanto vorrei sprofondare nella sua fica calda, stretta e bagnata. Vorrei strappare via la seta, immobilizzarle le braccia sopra la testa e prenderla. Vorrei possederla, ma non posso.

«Nat.» Infilo le dita sotto l'elastico e nel lago tra le sue gambe.

«Mmh.»

Mi sbarazzo delle mutandine, recupero un preservativo e la sistemo di nuovo sopra di me. «Così va bene?»

Annuisce, mordendosi il labbro.

Se facessimo a modo mio, oggi non l'avrei toccata, non fino ad aver recuperato il controllo di me. Se avessi rifiutato le sue avances però, avrei fatto più male che bene. «Sei tu il capo, tesoro.» Pur andando contro tutto ciò in cui credo e che sono in quanto dominatore, infilo le mani sotto la testa, le cedo il potere e resto passivo mentre lei prende il comando. Lo faccio per lei.

Si solleva, abbastanza per mettere in posizione il mio uccello, e poi si riabbassa lentamente con un sospiro, gli occhi sgranati, le labbra socchiuse e il petto che si alza e si abbassa per il fiatone. Cazzo, quanto è sexy. «Va bene così? Vado bene?»

«Sei perfetta. È bellissimo.» Devo mordermi il labbro per concentrarmi sul dolore invece che su quello che vorrei fare in questo momento. Devo mostrarmi calmo con lei, tenero, gentile.

Ci vogliono cinque minuti buoni, o forse di più, perché mi accolga fino in fondo dentro di sé. È strettissima e incandescente intorno al mio uccello, sempre più duro per lo sforzo di rimanere immobile e sotto controllo.

Natalie mi posa le mani sul petto e mi guarda, con un'adorabile espressione concentrata.

«Muovi i fianchi, cara. Come prima. Scopami.»

Inizia a ruotarli e la sento contrarsi intorno a me, mentre i muscoli cercano di accogliermi. È una sensazione incredibile, ma non posso fare a meno di pensare a tutti i modi in cui potrei renderlo ancora più incredibile per entrambi.

«Flynn… Voglio le tue mani. Toccami.»

Mi metto a sedere e la stringo a me, con il suo seno premuto contro il mio petto.

«Sì» dice lei con un sospiro, circondandomi il collo con le braccia. «Così va molto meglio.» In questa nuova posizione sprofondo ancora di più dentro di lei, fino al punto che le strappa mugolii di piacere. A mano a mano che il ritmo si fa sempre più forsennato, mi conficca le unghie nella schiena e ruota i fianchi. Adoro la sensazione di stare dentro di lei, il suo profumo, i suoi versi, il modo in cui si aggrappa a me mentre facciamo l'amore.

È proprio l'amore a fare la differenza. Posso farcela. Con lei posso essere un uomo normale, perché la amo tantissimo. Allungo una mano verso il punto in cui i nostri corpi si uniscono e mi basta sfiorarle il clitoride per farla venire con un urlo. Potrei andare avanti un'ora o anche di più se volessi, ma lei non è pronta, perciò la seguo a ruota sfruttando il suo orgasmo.

Rabbrividisce tra le mie braccia e le nostre bocche si esplorano a vicenda in un bacio appassionato. La bacio a lungo, fino a quando smette di tremare, poi mi sposto sopra di lei e la fisso.

Ha le pupille dilatate e le guance arrossate per il calore generato insieme. «Che bello» commenta sottovoce.

Annuisco, d'accordo con lei.

«È stato bello anche per te?»

«Certo, Nat. È stato stupendo.»

«Non sei costretto a dirlo se non è vero. So che hai avuto molte altre donne...»

La bacio prima ancora che finisca la frase. «Non ho mai avuto nessuna donna che amo quanto te. E questo rende tutto diverso.» La bacio di nuovo e mi sfilo con cautela da lei. «Torno subito.» In bagno, butto il preservativo e, con una smorfia di dolore, la mano ferita mi ricorda il crollo emotivo di poco fa.

Affronto questa storia e la difficile situazione come se camminassi in equilibrio su una fune, attento a non fare disastri ma sempre sbilanciato. Da un lato, non sono mai stato felice in vita mia come da quando è arrivata Natalie, che mi fa pensare di aver finalmente trovato la mia metà. Dall'altro lato però, ci sono i problemi. C'è l'altra metà della mia personalità, quella che le sto tenendo nascosta per non spaventarla.

Chino sul lavabo, mi bagno il viso di acqua fresca. La mano ferita comincia a farmi male, ma non ho tempo di pensarci con Natalie che mi aspetta nell'altra stanza. Devo concentrarmi su di lei e sui suoi bisogni mentre affrontiamo questo viaggio insieme.

È lei l'unica cosa che conta.


# Natalie


Dopo cena, Flynn stappa un'altra bottiglia di vino e ci mettiamo davanti alla tv a guardare i Critics' Choice Awards.

«Vorresti essere là?» gli chiedo dopo un'ora.

«No. Va bene così. Ho un'ottima scusa per non esserci.»

Trattengo uno sbadiglio. «Perché la tua categoria dev'essere sempre alla fine?»

«Perché è la più importante» dice, facendomi l'occhiolino.

Sono ormai mezzo appisolata quando lo incoronano miglior attore e Hayden sale sul palco al posto suo.

«Sono lieto di accettare questo premio a nome del mio amico Flynn, che stasera non ha potuto essere qui.» Non dice perché, ma non ce n'è bisogno. «Flynn mi ha chiesto di ringraziare la Broadcast Film Critics Association per questo incredibile onore. Realizzare *Mimetica* è stata un'esperienza stupenda per tutti noi della Quantum e sono del tutto obiettivo nel dire che, con questo premio, ci avete visto giusto. In questo film, Flynn ha dato la migliore interpretazione della sua carriera. Grazie per avergli reso omaggio con questo riconoscimento, che accetto volentieri a nome suo.»

«È stato davvero gentile» dico, contenta e commossa dalle parole sentite di Hayden.

«Già.»

Continuiamo a guardare fino a quando *Mimetica* vince come miglior film, poi Flynn spegne la televisione.

«È stupendo» commenta. «Abbiamo lavorato sodo per questo film, ci abbiamo messo tutti noi stessi, e vederlo riconosciuto in questo modo…» Si interrompe, come se gli venisse meno la voce.

«Si merita ogni premio e riconoscimento. Potrei guardarlo cento volte senza stancarmi.»

«Ti piace più di *Tutti insieme appassionatamente?*»

«Oddio, così è difficile…»

Scoppia a ridere. «Sono cotto, cazzo.» So che non si riferisce a tutto il vino e lo champagne che abbiamo bevuto oggi. È stata una lunga giornata per entrambi.

«Andiamo a dormire.»

Accoccolati insieme, con Flynn acciambellata tra i nostri piedi, mi concedo un sospiro soddisfatto.

«Per cos'era quello?»

«Per la felicità. È stata una giornata incredibile per te.»

«È stata una giornata incredibile per *noi.*»

«Già. Sono davvero contenta che ora tu sappia tutto.»

«Anch'io, ma rinuncerei a ogni cosa ciò che ho pur di riscrivere la storia e non farti passare tutto quello.»

«Non sai quanto significhi quello che provi per me.»

«Provo tutto per te, Natalie.»

Cullata dalle sue dolci parole d'amore, sprofondo nel sonno.

# CAPITOLO SETTE

## *Natalie*

Restiamo a letto fino a tardi e, nel pomeriggio, poltriamo in piscina. Non avevo idea che si potesse essere tanto felici. Bramo il suo tocco e lui è sempre pronto ad accontentarmi. È come se mi fossi risvegliata dopo un lungo sonno e avessi scoperto la donna che avrei sempre dovuto essere. Flynn ha aperto la porta della prigione in cui mi ero volontariamente rinchiusa.

Nel nostro angolo di paradiso, è facile dimenticare quello che sta accadendo nel mondo intorno a noi. La gente parla di me, del mio doloroso passato e della storia d'amore con Flynn e, per quanto sia incredibile, non mi importa. Che parli pure. Le chiacchiere non possono toccarmi, se non glielo permetto. Mi rifiuto di sacrificare anche un solo secondo di questa felicità per colpa delle persone che vorrebbero sezionare la vita di una donna sopravvissuta a uno stupro solo per fare ascolti, ottenere visibilità online e vendere giornali. Non ho tempo per loro, e nemmeno Flynn.

Tuttavia, Liza, l'addetta stampa, ha suggerito di nuovo un'intervista in presenza per raccontare la storia dal mio punto di vista, così da non parlarne più in futuro. Flynn si oppone categoricamente ma, secondo me, dovremmo farla. Mi ha promesso che ci penserà su, ma non sono molto ottimista.

Nonostante si sforzi di mostrarsi allegro, da quando gli ho raccontato tutto, è molto inquieto e chiuso in se stesso e a letto mi tratta con i guanti. Per quanto sia bello, è comunque diverso rispetto a prima. Non che mi lamenti; fare l'amore con Flynn è stupendo anche quando si trattiene, però è diverso.

Spero che accetti quello che mi è successo anni fa e che trovi il modo di andare avanti. Nel frattempo, cerco di avere pazienza con lui e gli lascio il tempo di elaborare il tutto. Io ho avuto otto anni per farlo; lui appena un giorno.

È la seconda mattina a casa di Hayden e sto mangiando una tazza di cereali mentre Flynn è al telefono con Addie. Non vorrei origliare, ma è difficile visto che sta urlando. Chissà che cosa lo innervosisce tanto per rivolgersi a lei in questo modo.

«Non voglio parlarne. Non ci andrò.» Si passa le dita nei capelli e cammina avanti e indietro per il terrazzo. «Nel caso, Hayden lo ritirerà al posto mio.» China il capo sul petto. «Lo so, Addie. Lo so che sono dei colleghi e che è importante, ma questo lo è di più. Non ho altro da dire a riguardo. Devo andare. Ci sentiamo dopo.»

Si infila il cellulare nella tasca posteriore dei pantaloncini e rientra.

«Che c'è che non va?»

«Niente.»

Inclino la testa, con aria interrogativa. «Non sembrava niente.»

Posa le mani sul bancone, con un sospiro. «A fine mese ci saranno i SAGS e, da quando ho detto che non ci andrò, Addie è sommersa di telefonate.»

«Perché non ci andrai?»

«Lo sai il perché.»

«No, Flynn. Non ci nasconderemo come se avessimo fatto qualcosa di male. Non è così.»

«Non ti getterò in pasto a quella follia. Col cazzo. E non ci andrò senza di te.»

Metto giù il cucchiaio, sposto la tazza e lo raggiungo, abbracciandolo da dietro con la testa posata contro la sua schiena. «Hai lavorato sodo per questo, Flynn. Il film conta tantissimo per te e non puoi perderti la consegna dei premi.»

«Sì che posso.»

«Non te la perderai. Se è per me che ti preoccupi, resterò a casa a fare il tifo dal divano.»

«Non ti lascerò a casa e non ho intenzione di sottoporti ad altre cazzate.»

«Mi vuoi guardare, per favore?» Gli tiro una spalla, costringendolo a voltarsi verso di me.

A malincuore, ubbidisce.

«Non possiamo nasconderci. Non è così che voglio vivere.»

«Non posso proteggerti da quello che diranno, dalle domande che ti faranno. Ti aggrediranno di nuovo.»

«Allora lasciami fare prima l'intervista per raccontare la storia a parole mie, così non ci sarà nient'altro da dire.»

«Non mi piace l'idea.»

«Lo so, ma voglio mettere fine a questa situazione e andare avanti con la nostra vita.»

«E se l'intervista avesse l'effetto contrario? Se gettasse benzina sul fuoco e peggiorasse le cose?»

«Se mettiamo bene in chiaro che non ne parleremo mai più, la faremo finita. Gli altri dicano pure quello che vogliono ma, per noi, sarà un argomento morto e sepolto.»

Con la guancia che gli pulsa per la tensione, riflette sulle mie parole e, dopo un lungo istante in cui non capisco che cosa pensi, risponde: «Carolyn Justice. È l'unica di cui mi fidi per gestire la cosa come si deve.»

Carolyn Justice è una dea e sono sua fan da anni. «Va bene.»

«Ne sei sicura, Nat? Non farlo per me, ti prego. Io e la mia carriera ce la caveremo benissimo senza dire niente a nessuno su questa storia.»

«Ne sono sicura, e lo faccio per noi, per avere un po' di pace e mettere fine a questa follia mediatica. Se facciamo l'intervista e rispondiamo a tutte le domande, magari la gente passerà oltre e noi potremo andare ai SAGS senza preoccuparci di essere bombardati dai giornalisti.»

Segue un altro lungo silenzio. «Faccio organizzare tutto a Liza.»

«Ce l'hai con me?»

Sorpreso, sgrana gli occhi. «Avercela con *te*? Perché mai dovrei avercela con te?»

«Perché ti sto spingendo a fare qualcosa che non vuoi fare.»

Mi posa le mani sulle spalle e mi tira a sé per un abbraccio. «*Non* ce l'ho con te. Non potrei mai. Sei impavida e favolosa e ogni giorno mi stupisco della tua forza e del tuo coraggio. Ce l'ho con me per averti messo in questa posizione. Ce l'ho con la gente che sguazza nel dolore altrui. Non capirò mai come sia possibile che una persona a cui hai confidato le tue faccende più intime possa svenderti al miglior offerente.» Abbassa lo sguardo su di me e mi dà un bacio in fronte. «*Non* ce l'ho con te.»

Mi accoccolo contro di lui. «Eri così inquieto.»

«Ho un sacco di cose per la testa, tesoro. È stato bello, passare del tempo con te a rilassarci, dormire e fare altre cose.»

All'ultima parte, scoppio a ridere.

«Ma, uno di questi giorni, dovrò tornare al lavoro.»

«Mi chiedevo quando sarebbe successo.»

«C'è in programma una riunione per la fondazione e, a un certo punto, dovrò andare in ufficio con Hayden. Si sta occupando della postproduzione del nuovo film che non ha ancora un titolo. Devo prendere delle decisioni per i progetti futuri. Ho un sacco di cose da fare.»

«Mi dispiace se ti ho impedito di lavorare.»

«Non l'hai fatto. Ho amato ogni secondo trascorso insieme e non vedo l'ora di passarne altri.»

«A proposito della fondazione, mi chiedevo...»

«Che cosa?»

«Sarebbe possibile, e sei liberissimo di rifiutare se non è una buona idea...»

Al sorriso che gli illumina gli occhi, per l'ennesima volta rimango colpita da quanto sia bello. Nonostante il passare dei giorni, non la smetto di stupirmi di poterlo abbracciare, baciare e poter fare l'amore con lui ogni volta che voglio. «Quale idea, tesoro?»

«Mi piacerebbe avere un ruolo nella fondazione.» Mando giù il groppo che ho in gola. «Se a te sta bene.»

«Certo che mi sta bene. Avrei dovuto pensarci io.»

«Non te l'avrei chiesto, se non pensassi di poter dare un contributo.»

«Mi piacerebbe molto che avessi qualsiasi ruolo vorrai.»

Mi gira la testa per la gioia, un po' come la sera prima del mio primo giorno a scuola. «Grazie.»

«Sarà meglio che chiami Liza e la renda felice... e anche Carolyn. Ne sei proprio sicura?»

«Sì. Già che ci sei, chiama anche Addie. Dille che andremo ai SAGS perché il mio ragazzo è un papabile vincitore e ho bisogno dell'aiuto suo e della sua amica consulente d'immagine.»

«Come vuoi, tesoro.» Mi bacia, mi stringe la mano e va nell'altra stanza a fare le telefonate.

*Flynn*

DEVO FARE QUALCOSA. NON SOPPORTO DI RESTARE SEDUTO IN ATTESA degli eventi. Sono un tipo a cui piace giocare d'anticipo e, con la situazione attuale che mi costringe a reagire, sto per perdere la testa.

Malgrado la mia riluttanza, Liza e Natalie mi hanno convinto a fare l'intervista con Carolyn. Anche se in passato con lei è sempre andato tutto bene, temo che peggioreremo le cose invece di risolverle. So che è una paura irrazionale perché Carolyn è una professionista consumata, ma non posso farci niente.

Vado nello studio e chiudo la porta. Mi lascio cadere in poltrona, metto i piedi sulla scrivania e cerco di ricompormi. Perdere la testa non migliorerà la situazione per Natalie.

Mi serve uno strizzacervelli ma, siccome non ne conosco uno da chiamare così su due piedi, opto per l'alternativa migliore e telefono a mio padre. Non temo di interromperlo, perché lui accetta sempre le chiamate dei figli, qualsiasi cosa stia facendo.

Risponde al secondo squillo. «Ciao.»

«Ciao, papà. È un brutto momento?»

«Per niente. Qual è il problema?»

«Che cosa ti fa pensare che ci sia un problema?»

«Sei mio figlio da trentatré anni. L'ho capito quando hai detto 'Ciao, papà' che c'era un problema.»

Nonostante la gravità della situazione, riesce a strapparmi un sorriso. Poggio i gomiti sulla scrivania e mi passo la mano libera nei capelli, più e più volte.

«Flynn, dimmi qualcosa.»

«La amo tantissimo.»

«Lo so, figliolo. Io e tua madre l'abbiamo capito la prima volta che vi abbiamo visto insieme che lei è quella giusta per te.»

«Non sopporto di vederla affrontare tutto questo perché ha commesso l'errore di mettersi con me.»

«Che cosa ne dice lei?»

«Più io mi agito, più lei sembra calma, e la cosa mi fa impazzire.»

Mio padre scoppia a ridere. «Chissà perché, non sono sorpreso. Non dimenticare che lei, purtroppo, ci è già passata e probabilmente sa come gestire la cosa meglio di te.»

«Una volta era più che sufficiente.»

«Certo, però ormai è successo e lei lo sta affrontando. È questo che conta.»

«Lei e Liza mi hanno convinto che un'intervista con Carolyn Justice gioverebbe alla situazione.»

«E secondo te no?»

«Ho paura che possa peggiorare tutto.»

«So che ti piace condurre le danze, Flynn, ma in questo caso temo che dovrai seguire le indicazioni di Natalie. Lei sa che cosa è in grado di sopportare o che cosa no. Se è decisa a concedere l'intervista, lasciagliela fare. Potrebbe esserle d'aiuto, raccontare la storia con le sue parole invece di lasciare che siano gli altri a farlo al posto suo.»

Non avevo considerato questo punto di vista. «E se peggiorasse le cose?»

«Come potrebbero peggiorare? Di che cosa hai paura, in realtà?»

«Che venga ferita di nuovo senza che io riesca a prevederlo.»

«Lo sai qual è stata la parte peggiore dell'essere padre?»

Resto stupito dal cambio di discorso. «No. Quale?»

«Non poter proteggere i miei figli da qualsiasi dolore e sofferenza. A tutti piacerebbe avere una sfera di cristallo per predire il futuro e fare in modo che le persone a cui teniamo stiano alla larga dai pericoli. Ma, in mancanza di essa, possiamo solo fare del nostro meglio e stare loro accanto quando le cose non vanno secondo i piani.»

«Non sono abituato ad aspettare che succeda qualcosa. Sono più abituato a farlo succedere.»

«Lo so, figliolo» dice lui, con una risatina sommessa. «E so anche quanto debba essere doloroso per te prendere esempio da qualcun altro. Ma lascia che ti faccia una domanda: stai facendo tutto il possibile per sistemare le cose per lei?»

«Sì, cazzo.»

«I tuoi avvocati si stanno occupando della scuola che l'ha licenziata e del tizio che ha rivelato il suo segreto?»

«Sì» confermo a denti stretti.

«Allora che altro potresti fare che non stai già facendo?»

«Potrei andare a Lincoln e picchiare a sangue l'uomo che l'ha tradita.»

«Non farlo, per favore. Non mettere in pericolo te, lei e la tua reputazione immacolata facendo una stupidata che ti darà un sollievo momentaneo ma che, in fin dei conti, peggiorerebbe ulteriormente le cose.»

Ha ragione. Lo so, ma ciò non significa che la cosa mi piaccia.

«Flynn? Dimmi che mi stai ascoltando e che non farai nulla di stupido.»

«Non lo farò.»

«Natalie ha bisogno che tu sia forte per lei e che le faccia da guida per introdurla nel mondo della celebrità e insegnarle a gestire tutto ciò che comporta.»

«Lo so. Ci sto provando.»

«Ricorda che non sarà sempre così. Quando succederà qualcos'altro, la gente passerà al prossimo scandalo.»

«Da un momento all'altro, speriamo.»

«Tieni a mente che, per quanto sia brutta la situazione, adesso tu hai lei e lei ha te. Questa è l'unica cosa che conta davvero.»

«Grazie, papà. Mi hai detto quello che avevo bisogno di sentire.»

«Speravo che mi avresti chiamato. Non volevo essere io a disturbarti, con tutto quello che stai affrontando.»

«O te o uno strizzacervelli.»

Scoppia in una risata fragorosa. «Sono contento che tu abbia scelto me.»

«Anch'io.»

«Ci vediamo presto?»

«Sì.»

«Tieni duro, figliolo. Vi vogliamo bene e, se avete bisogno, noi ci siamo.»

«Grazie. Vi voglio bene anch'io.»

Al termine della chiamata, sono molto più calmo di prima. Mio padre mi è stato accanto in molti momenti difficili della mia vita ed è stato la mia roccia quando ho intrapreso la strada insidiosa della recitazione e della produzione. È sempre stato la voce della ragione e, oggi, ne avevo proprio bisogno.

Ora, devo solo mettere in pratica i suoi consigli e seguire l'esempio di Natalie. Posso farcela. O almeno, posso provarci.

## Natalie

È SORPRENDENTE QUANTO SI MUOVA TUTTO IN FRETTA QUANDO C'È DI mezzo la più grossa stella del cinema mondiale. Carolyn Justice è arrivata con un volo notturno da New York e l'intervista avverrà negli uffici della Quantum a mezzogiorno. Io indosso il mio fidato vestito nero, ho i capelli sciolti e mossi e, data l'abbronzatura dopo le lunghe giornate al sole, ho messo solo del mascara e del lucidalabbra.

Spero di non fare la figura della provincialotta in televisione.

Flynn indossa un completo grigio ardesia e una camicia bianca, senza cravatta. Anche lui è abbronzato e ha un aspetto fantastico. D'altra parte però, ce l'ha sempre. Da quando ieri abbiamo preso questa decisione, è silenzioso e chiuso in se stesso e, non appena ci lasceremo questa storia alle spalle, spero proprio che torni alla normalità.

Al nostro arrivo alla Quantum, finalmente conosco Liza, che è più giovane di quanto mi aspettassi. È minuta, con un caschetto nero lucente, un tailleur da paura e dei traballanti tacchi da dieci centimetri. Nonostante l'aspetto severo e professionale, è accogliente e spiritosa e mi piace subito.

Non appena Flynn fa le presentazioni, lei mi abbraccia. «Sono davvero felice di conoscerti, Natalie.»

«Grazie dell'aiuto per tutta questa storia.»

«È un piacere, e il mio lavoro. Lavorare per quest'uomo non è poi un gran sacrificio.»

Prendo Flynn a braccetto. «È un grande.»

«Non potrei essere più d'accordo con te. E voglio che tu sappia che stai facendo la cosa giusta oggi e hai scelto la persona perfetta con cui parlare.»

«È stato Flynn a sceglierla.» Parliamo di lui come se non fosse qui accanto a me, a fremere per la tensione che lo attanaglia da ieri, quando ho insistito per fare l'intervista.

«Ha scelto bene.»

Ellie, la sorella di Flynn che lavora per la Quantum, viene a salutarci e mi accoglie con un abbraccio, come se fossimo vecchie amiche. «È proprio uno schifo» commenta, senza mezzi termini.

«Già, però speriamo che questo ci aiuti.»

«Tutta la famiglia è dalla tua parte, Natalie. Spero che tu lo sappia.»

«Grazie mille.» A tanta dolcezza, per poco non scoppio in lacrime. Da tanto non avevo una famiglia alle spalle e i Godfrey sono proprio le persone giuste da avere accanto.

Allo scoccare di mezzogiorno, Carolyn fa il suo ingresso nella sala riunioni con una squadra di produttori, cameraman, truccatori, parrucchieri e un sacco di altra gente che parla al telefono e sbraita ordini dandosi un'aria importante. La giornalista, bionda e con due caldi occhi azzurri che la rendono abbordabile, è nota per essere una maestra delle interviste, in grado di porre sempre le domande giuste e far piangere anche gli uomini più robusti incalzandoli sulle questioni più intime.

Un membro della troupe viene a microfonarci, ma Flynn gli scaccia la mano dal mio vestito e si occupa personalmente di me. Un gesto possessivo piuttosto buffo, ma lui non è dell'umore per ridere.

Una volta sistemati i microfoni, Carolyn ci raggiunge e abbraccia Flynn. «È un piacere rivederti.»

«Anche per me, Carolyn. Grazie per aver accettato.»

«Grazie a *te*. Questa è l'intervista dell'anno. La volevano tutti. È un grande onore che tu abbia scelto me.»

«Ti ho scelto perché in passato sei stata giusta con me e spero che farai lo stesso con Natalie.» Pur mostrandosi amichevole e affascinante come sempre, la mette comunque in guardia.

«Ma certo.» Lei si volta verso di me, porgendomi la mano. «È un piacere incontrarti, Natalie.»

«Piacere mio.» Sono abbagliata. Guardo tutti i giorni il suo talk show fin da quando andavo all'università. «Sono una tua grande fan.»

«Grazie! È bello sentirtelo dire. Prima di cominciare, c'è qualche argomento del tutto off limits?»

Lancio un'occhiata a Flynn. Da come gli pulsa la guancia, capisco che è molto teso, e lo sarà ancora di più nel corso della prossima ora.

«No, però non scenderò nei dettagli dell'aggressione.»

«Capisco, e non ti avrei mai chiesto di farlo.»

Prendo la mano ferita di Flynn e la stringo tra le mie mentre raggiungiamo le sedie predisposte sotto le luci piazzate dalla troupe di Carolyn. I fili e i cavi sul pavimento mi ricordano il giorno in cui ci siamo incontrati, e lo dico a Flynn.

Lui abbozza un sorriso, che però non gli illumina gli occhi. Non vedo l'ora di farla finita, per il suo bene e per il mio.

Seduti di fronte a Carolyn, non gli mollo la mano. Ho bisogno del suo conforto quanto lui del mio.

Carolyn ha preparato un'introduzione nella quale riassume gli eventi della settimana scorsa e ci presenta, sottolineando che si tratta dell'unica intervista esclusiva che io e Flynn rilasceremo.

«Vorrei cominciare chiedendo a te, Natalie, come è cambiata la tua vita da quando hai incontrato Flynn.»

Mi coglie alla sprovvista, perché pensavo che il cambiamento fosse abbastanza ovvio. Guardo Flynn, che tiene lo sguardo fisso davanti a sé con espressione impassibile.

«La mia vita è cambiata completamente» rispondo. «Con poche eccezioni, in meglio. Sono estremamente fortunata ad aver conosciuto Flynn, a far parte della sua vita e ad averlo nella mia.»

Lui mi stringe delicatamente la mano.

«Siamo tutti curiosi di sapere come vi siete incontrati. Vi va di raccontarcelo?»

Ci scambiamo un'occhiata e lui mi fa cenno di rispondere pure, perciò racconto la storia di Fluff che mi è sfuggita nel Greenwich Village e di come l'ho inseguita finendo sul set di Flynn. «Gli sono sbattuta addosso e mi sono ritrovata per terra, senza fiato, mentre Fluff lo mordeva.»

«La cagnolina ti ha *morso*?»

«Già.» Solleva il braccio, dove i segni sbiaditi sono ancora visibili. «A quattordici anni, sa ancora il fatto suo.»

«E in bocca le rimangono solo dieci denti» aggiungo.

Carolyn scoppia a ridere. «Che cosa hai pensato quando ti sei resa conto che la tua cagnolina aveva morso *Flynn Godfrey*?»

«Aveva paura che avrei fatto causa a lei e a Fluff per privarle di tutti i loro beni» dice Flynn con il suo tipico umorismo che ormai ho imparato ad aspettarmi. È bello riaverlo, dopo aver visto il Flynn teso e stressato.

«Che non sono molti» specifico. «Ovviamente, ero mortificata. Fluff non aveva mai morso nessuno e ha cominciato proprio con *Flynn Godfrey*?»

«È stato piuttosto divertente» interviene Flynn.

«E come siete passati dal morso della cagnolina a presentarvi insieme sul red carpet dei Golden Globes una settimana dopo?»

Flynn mi guarda. «È bastata un'occhiata a Natalie per capire che la volevo nella mia vita.»

Carolyn si fa aria al viso. «Wow. Datemi qualcosa da bere. E una sigaretta.»

Scoppiamo tutti a ridere.

«Tu non fumi» le ricorda Flynn.

«Sarebbe il giorno giusto per cominciare! Natalie, come si frequenta una persona come Flynn?»

«Con cautela» rispondo, strappando loro una risata.

«Mi ha fatto sudare sette camicie.»

«Quando hai capito che poteva nascere qualcosa di speciale?»

La domanda è rivolta a me. «Nei primi giorni passati insieme, in diverse occasioni Flynn mi ha dimostrato chi è veramente. È difficile non farselo piacere, soprattutto quando sfodera il fascino dei Godfrey.»

«Immagino che sia formidabile.»

«Puoi dirlo forte.» Ormai mi sembra di chiacchierare con una vecchia amica, ed è per questo che Carolyn è così brava nel suo lavoro e stimata nell'ambiente.

«Puoi descriverci com'è stato venire a sapere che il tuo doloroso passato era stato reso pubblico dopo esserti fatta vedere con Flynn ai Golden Globes?»

Grazie a Liza, ero pronta a questa domanda. «Naturalmente, ho sofferto molto nel rivivere un periodo della mia vita che preferirei di gran lunga dimenticare ma, per certi versi, è stato anche liberatorio. Non devo più preoccuparmi che qualcuno scopra chi ero un tempo. Ora il mondo intero lo sa e, per quanto sia scioccante, la vita va avanti.»

«Tuttavia, hai perso il lavoro alla scuola privata Emerson di New York. È corretto?»

«Sì.» Al solo pensiero, avverto una fitta al petto.

«Potrai fare qualcosa a riguardo?»

«Stiamo vagliando tutte le opzioni» interviene Flynn. «Compreso intraprendere le vie legali.»

È la prima volta che ne sento parlare. Mi schiarisco la voce. «I genitori dei miei alunni hanno chiesto il mio reintegro al consiglio d'istituto. Siamo in attesa di sapere se il consiglio ribalterà la decisione della preside.»

«Se ti offrissero di nuovo il tuo lavoro, accetteresti?»

«Non… non lo so. Dipende da diversi fattori.»

«Puoi dirci come ti muoverai nei confronti dell'avvocato che ha venduto la tua storia ai media?»

A rispondere è Flynn. «Puntiamo a tutto, dalla radiazione dall'Ordine degli Avvocati fino a un'incriminazione civile e penale. Non sarò soddisfatto fino a quando avrà sofferto almeno la metà di quello che ha passato Natalie.»

«Anche per chi è rimasto scioccato dal modo in cui la tua storia è venuta alla luce, è difficile non lasciarsi commuovere dal tuo coraggio e dalla tua forza d'animo. Puoi parlarci delle decisioni che hai preso in seguito all'aggressione? È vero che l'aggressore ha minacciato la sicurezza e il benessere della tua famiglia?»

«Sì, ma in realtà non ho avuto scelta. Avevo, e ho ancora, due sorelle più piccole ed ero assolutamente certa che, se non l'avessi denunciato, prima o poi lui avrebbe rivolto le sue attenzioni a loro. Non potevo permettere che accadesse, perciò l'unica possibilità era andare alla polizia.»

«Non hai più contatti con la tua famiglia da quando hai preso quella decisione, giusto?»

«Sì. Mio padre lavorava per il governatore e ha preferito un amico di vecchia data alla sua stessa figlia.» Nonostante il tono pratico con cui lo dico, anche dopo tutti questi anni, mi fa ancora male pensare a mio padre che trascina via mia madre dall'ospedale e dalla mia vita, abbandonandomi traumatizzata, violentata e sola.

«E quanti anni avevi, Natalie?» Carolyn ha ammorbidito la voce e ha gli occhi lucidi di lacrime.

«Quindici.»

«Che cosa hai fatto? Come sei andata avanti? Hai mai pensato di non sporgere denuncia contro Oren Stone? Scusami, sono tre domande.»

Davanti alla sua espressione confusa, scoppio a ridere. «Per mia fortuna, sono stata accolta dalla famiglia di uno dei detective assegnati al mio caso. Sono stati molto buoni con me. E ho potuto contare sul sostegno finanziario dei detrattori di Stone, che hanno voluto aiutarmi a spodestarlo. E non hai mai pensato di non denunciarlo o di non testimoniare contro di lui. Dopo le cose che mi ha fatto... be', nessuno dovrebbe farla franca.»

«Sono curiosa di sapere come il tuo nome sia diventato di dominio pubblico. Eri minorenne e, di solito, il nome delle vittime di violenza sessuale non viene dato alla stampa.»

«Pensiamo che sia stato l'entourage di Stone a divulgarlo, nella speranza che decidessi di non testimoniare. Al momento del processo, ormai non era più segreto. In più, ero la figlia di uno dei suoi principali aiutanti, quindi non c'è voluto molto perché il legame venisse a galla.»

«E quando hai sentito che era morto in prigione dopo essere stato stuprato, che cosa hai pensato?»

«Che era stato il karma. La gente ottiene quel che le spetta nella vita. Se sei una brava persona, ti capiteranno cose belle ma, se sei cattivo, avrai ciò che meriti. Ci credo davvero.»

«Non potrei essere più d'accordo» conferma Carolyn convinta, e ho la certezza che la mia storia l'abbia commossa davvero. «Devo chiederti una cosa, però. Torniamo alla settimana prima dei Golden Globes. Hai appena incontrato Flynn ed è sbocciata una storia d'amore travolgente. Lui ti chiede di partecipare a un evento pubblico. Non hai avuto paura di essere scoperta dopo tutti gli sforzi per cambiare nome, aspetto fisico e costruirti una nuova vita?»

«Se devo essere del tutto sincera, forse sono stata ingenua, ma credevo che l'avvocato a cui avevo dato migliaia di dollari che non potevo permettermi di scialacquare mi avrebbe protetto visto che era il suo lavoro. Aveva il dovere etico di mantenere il mio segreto e non ho mai pensato che non l'avrebbe fatto, nemmeno per un secondo.»

«Flynn, prima che la storia diventasse di dominio pubblico, eri a conoscenza del passato di Natalie?»

Lo sento irrigidirsi accanto a me. Non vorrebbe stare qui e non vorrebbe parlarne, eppure lo sta facendo perché gliel'ho chiesto io e, per questo, lo amo.

«Sapevo che era stata violentata. Non conoscevo tutta la storia fino a quando l'hanno saputa tutti. In quel frangente, il nostro rapporto era agli inizi e non eravamo ancora arrivati a quel punto.»

«Natalie, prima o poi avresti raccontato la tua storia a Flynn?»

«Non lo so. A un certo punto probabilmente avrei dovuto spiegargli come mai la mia famiglia non faccia più parte della mia vita. Le mie amiche più care non lo sapevano ed è una cosa di cui non parlo, o meglio non *parlavo*, prima che venisse fuori. La famiglia che mi ha accolto dopo l'aggressione mi conosce ancora come April. Non li vedo da anni ormai. Si sono trasferiti a Seattle quando sono andata all'università.»

«Il punto» interviene Flynn quasi ringhiando, «è che spettava a *Natalie* decidere quando e che cosa dirmi. Invece la scelta le è stata negata da una persona di cui lei si fidava e non sarebbe dovuto accadere.»

«Posso solo immaginare come ti sarai sentito, Flynn, quando la storia è diventata di pubblico dominio.»

«Non ho mai pensato di essere capace di uccidere qualcuno, ma in questo caso…»

«Non possiamo certo darti torto» ribatte Carolyn. «Chiunque lo farebbe. Allora, che programmi hai adesso, Natalie?»

«In realtà, non ne ho, a parte stare qui a Los Angeles con Flynn. Non vediamo l'ora dei SAGS.»

«Avete intenzione di andarci? Avevo sentito il contrario.»

«Hai sentito male» anticipo Flynn. «Ci saremo e io farò il tifo per Flynn. In *Mimetica* è stato stupendo e si merita tutte le lodi che sta ricevendo.»

«Non potrei essere più d'accordo» dice Carolyn. «È di gran lunga il miglior film dell'anno.»

«Grazie» borbotta Flynn sottovoce.

«E congratulazioni per tutte le nomination del film agli Oscar, Flynn. Qualche pronostico?»

«Nessuno» risponde lui, strappandoci una risata.

Con il gomito posato sul ginocchio e il mento sulla mano, Carolyn si sporge verso di me. «Devo chiedertelo: com'è uscire con la più grande stella del cinema dell'universo?»

A questa domanda, che pare posta da una fan, scoppio a ridere, anche perché anch'io lo consideravo così. «Quando ho cominciato a frequentare Flynn, la mia coinquilina a New York mi ha chiesto se sarei mai riuscita a vederlo in modo diverso da Flynn Godfrey, stella del cinema. Per me però, lui è solo Flynn, l'uomo più dolce, gentile, sexy e premuroso che abbia mai incontrato, e sono davvero fortunata a passare del tempo con lui, in particolare in questi ultimi giorni. Il suo sostegno è stato incredibile.»

«Wow, che attestazione di stima» commenta Carolyn. «Che cosa ne pensi, Flynn?»

«Il fortunato sono io.» Si porta la mia mano alle labbra e, quando mi sfiora le nocche con le labbra guardandomi negli occhi, mi immagino ogni donna in America perdere i sensi.

«Flynn, più volte hai ribadito che non ti saresti più sposato. Hai cambiato idea a riguardo dopo aver conosciuto Natalie?»

«Assolutamente sì.»

Carolyn non si aspettava una risposta tanto definitiva. «Sento forse odore di fiori d'arancio?»

Lui risponde senza staccare gli occhi dai miei. «Il prima possibile.»

«È una proposta quella che abbiamo appena sentito?» Per poco Carolyn non si mette a saltare per l'eccitazione. Lui le ha servito un grosso scoop su un vassoio d'argento.

«No.» Alla sua reazione, Flynn scoppia a ridere. «*Quando* chiederò a Natalie di diventare mia moglie, sarà un momento privato e personale solo per noi due, senza nessun altro.»

«E io sarò la prima a saperlo?» chiede lei con un sorriso speranzoso.

«Dopo i miei genitori.»

«Mi sembra giusto. A proposito dei tuoi genitori, Natalie, hai incontrato Max ed Estelle?»

«Sì, e sono meravigliosi proprio come appaiono, come anche le sorelle di Flynn, i suoi cognati e i nipoti. Sono una famiglia incredibile e mi hanno accolto a braccia aperte.»

«Un'ultima domanda prima di lasciarvi andare. Dopo tutti questi anni, se potessi rivolgerti alla tua famiglia nel Nebraska, che cosa diresti?»

Non ho la minima esitazione. «Direi alle mie sorelle che gli voglio bene e che mi mancano tantissimo. E che mi piacerebbe sentirle in qualsiasi momento.»

«Possono contattare Natalie tramite la mia società, la Quantum

Productions, qui a Los Angeles» aggiunge Flynn. «Saranno sempre le benvenute, ovunque saremo.»

Carolyn si allunga verso le nostre sedie e posa una mano sopra le nostre, che ancora ci stringiamo. «Grazie mille per questa chiacchierata. Spero che tu sappia quanto siamo rimasti sbalorditi dal tuo coraggio e dalla tua forza. Faccio il tifo per voi due e anche per te, Flynn, in questa stagione dei premi.»

«Grazie, Carolyn» dice lui.

«Sì, grazie per averci intervistato.»

«È stato un piacere.»

«Stop» annuncia il regista.

«È andata alla grande, ragazzi» esclama Carolyn e, una volta liberati dai microfoni, ci abbraccia, stringendomi un secondo più a lungo di quanto mi aspettassi. «Ti ammiro, Natalie. Davvero.»

«Grazie.»

«Hai trovato un bravo ragazzo.»

«Lo so» dico, con un sorriso rivolto a Flynn.

Lui mi cinge con un braccio e mi dà un bacio sulla tempia. «Possiamo andare, Carolyn?»

«Certo. La manderemo in onda la settimana prossima. Vi faremo sapere quando. Grazie ancora, e buona fortuna per gli Oscar. Non che tu ne abbia bisogno.»

«Non portargli sfortuna» intervengo. «È molto superstizioso.»

«Non era mia intenzione. È solo la verità.»

Flynn le dà un bacio sulla guancia. «Sei stata impeccabile oggi. Non lo dimenticherò.» Mi guida fuori dalla sala riunioni. «Ti va di vedere il mio ufficio?»

«Va bene.»

Situato in fondo a un lungo corridoio, si affaccia sulla città di Los Angeles. «Guarda» mi dice lui e indica in lontananza la scritta di Hollywood. Sulla sinistra, si vede l'oceano.

L'ufficio è enorme e moderno, con tre pareti di vetro per sfruttare appieno la vista eccezionale. Come a casa, sulla scrivania ci sono pile e pile di fogli. «Fammi indovinare: Addie non può entrare nemmeno qui.»

«Giusto. L'ufficio di un uomo è sacro.»

«E disordinato. Mi piacerebbe mettere le mani in tutti e tre i tuoi cosiddetti uffici. Li renderei presentabili in un battibaleno.»

Mi fissa con orrore. «Non osare!»

È un sollievo rivedere il suo lato giocoso, che mi mancava. «Sarà meglio che fai il bravo con me, altrimenti potrei essere tentata di farlo.»

Mi cinge da dietro. «Sono sempre bravo con te, piccola.»

Mi rilasso tra le sue braccia. «Sì, hai ragione.»

Mi solletica il collo con il viso, scatenando una reazione a catena che risveglia le parti principali del mio corpo. «A cosa stai pensando, tesoro?»

«A quello che hai detto prima. A Carolyn.»

«Ho detto un sacco di cose.»

«Puoi dirlo forte.»

«Intendi sul fatto di sposarci?» chiede.

«Ehm, sì…»

«Sei rimasta sorpresa?»

«Un pochino.»

Mi mette le mani sulle spalle e mi costringe a voltarmi verso di lui. «Secondo te, in che direzione stiamo andando? Ti sposerei anche oggi, se non pensassi che sia troppo presto per te.»

«Oh, davvero?»

Mi prende il viso tra le sue manone e mi bacia. «Ci puoi scommettere il tuo bel culetto. Voglio che tu sia mia, per sempre. Voglio sapere che trascorreremo insieme il resto della nostra vita e non riuscirò a rilassarmi del tutto fino a quando avrai il mio anello al dito.»

«Così mi lasci senza fiato, Flynn.»

«È un sì?»

«Aspetta: questa era una *proposta*?» Il cuore mi batte così in fretta che ci poso sopra una mano, nella speranza di calmarlo.

«Diciamo che era più una spedizione esplorativa. La proposta vera e propria sarà molto più romantica e includerà un anello strabiliante, che renda giustizia alla donna che amo e con cui voglio passare il resto della vita. Quindi no, non era una proposta ufficiale. Ipoteticamente però, se lo fosse stata… che cosa risponderesti?»

Lo amo tantissimo quando mi mostra il suo lato vulnerabile e il fatto di non dare nulla per scontato con me. «Risponderei…»

«*Cazzo*, Nat! Mi stai uccidendo.»

«Sì. Ti direi mille volte sì.»

Mi solleva e mi bacia. «Solo mille?»

«Cento milioni.»

Mi bacia di nuovo. «È una bella cifra, ed è più o meno il tuo valore quando accetterai.»

«Non mi interessa quello. Spero tu sappia che…»

Un altro bacio. «Sì, tesoro. Lo so.» Mi rimette a terra e mi stringe a sé. «Abbiamo davvero parlato di quello che credo?»

«Sì. E, nonostante quello che pensi, anch'io ti sposerei oggi.»

«Ti amo, Nat. Non sai quanto cazzo ero orgoglioso di te durante l'intervista. Mi stupisci ogni giorno che passa e non faccio che pensare a tenerti per sempre qui tra le mie braccia, al tuo posto.»

«Non c'è altro posto al mondo in cui vorrei stare.»

«Nemmeno a New York nella tua classe?»

Ci penso su per un secondo, ma non ci metto molto a decidere. «Nemmeno lì.»

Mi stringe più forte, tanto che fatico a respirare. Ma chi ha bisogno di ossigeno quando Flynn Godfrey ti professa il suo amore eterno?

Quando qualcuno bussa alla porta interrompendoci, lui si stacca solo in parte da me e mi tiene un braccio sulle spalle. «Avanti.»

Addie fa capolino. «Scusate l'interruzione.»

«Ce l'hai?» le chiede Flynn.

«Per chi mi hai preso? Certo che ce l'ho.»

«Perdonami se ho dubitato di te.»

Non ho idea di che cosa stiano parlando.

Addie si fa avanti e gli consegna un pacchetto e un foglio.

Nel vedere la mia foto, resto sorpresa. «Che cos'è?»

«Questo, amore mio, è il tuo permesso di guida provvisorio appena rilasciato dallo stato della California. Oggi, imparerai a guidare.»

# CAPITOLO OTTO

## Flynn

È così nervosa che le tremano le mani con cui stringe il volante della berlina grigio metallizzato Mercedes che le è piaciuta tanto quando siamo venuti per i Golden Globes. Quando le avevo detto che sarebbe stata sua ogni volta che fossimo stati in città, lei mi aveva confessato di non saper guidare.

La mia povera, dolce Natalie si è persa molti dei riti di passaggio che noialtri diamo per scontato e voglio rimediare, cominciando con l'insegnarle a guidare.

«E se andassi a sbattere e rovinassi la macchina? Tu adori le tue auto.»

Seduto sul sedile del passeggero, le prendo la mano e aspetto che mi guardi. «Non amo le mie auto neanche lontanamente quanto amo te.»

Inarca un sopracciglio. «Nemmeno la Bugatti?»

Sta sfoderando l'artiglieria pesante. Deglutisco a fatica. «Nemmeno la Bugatti.»

Scoppia a ridere. «Stai mentendo. Quella la adori più di qualsiasi altra cosa.»

«No, tesoro, amo *te* più di qualsiasi altra cosa. Le auto sono oggetti, si possono sostituire e sono assicurate. Contro *tutto*.»

«Se ne sei sicuro.»

«Certo. Voglio che tu scopra quanto è divertente guidare e poter andare ovunque tu voglia ogni volta che vuoi.»

In un SUV poco distante, ci sono le guardie del corpo che ci resteranno appiccicate fino a quando un altro scandalo sostituirà la storia del passato di Natalie in prima pagina. Siamo nel parcheggio della Quantum e c'è un sacco di spazio per fare pratica con le basi.

Le illustro le caratteristiche della macchina e dove si trova tutto. «Guidare è una questione di prevedibilità. Qualsiasi cosa tu faccia, dev'essere quello che si aspetta l'auto dietro di te. Capisci? In altre parole, non fermarti a un semaforo verde o mentre svolti e non fare niente per cui chi ti sta dietro possa finirti addosso.»

«Ok. C'è altro?»

«All'inizio va' piano, per farti un'idea della macchina e di quello che può fare.»

«Non riesco a credere che la mia prima auto sia una Mercedes.»

«La mia era una Jaguar. Mio padre è stato fuori di testa per tutto il tempo. L'ho accusato di pensare più alla macchina che a me, e lui non ha negato.»

Le strappo una risata con questa storia, proprio come speravo.

«Proviamo.» Indico la chiave e lei la gira, avviando il motore. «Adesso metti il cambio su Drive.»

«Ne sei sicuro?»

«Sì. Fammi fare un giro, tesoro.» Le faccio l'occhiolino e, quando sorrido perché colga l'allusione, lei arrossisce in modo adorabile.

Facciamo un centinaio di giri nel parcheggio e, come previsto, lei è cauta e coscienziosa. È il vantaggio di imparare a guidare a ventitré anni e non a sedici, quando sei troppo stupido per capire in quanti modi potresti morire. Natalie è adulta fin da quando aveva quindici anni, perciò si approccia alla guida con una sensibilità più matura.

«Che ne dici?» le chiedo dopo un'ora che giriamo in cerchio. «Ti va di andare in strada?»

«Intendi una *vera* strada con altre auto? Non credo di essere pronta.»

«Certo che lo sei. Andrai alla grande.» Faccio un segno alle guardie del corpo sul suv per avvisarle.

«Flynn, sul serio, non è una buona idea.»

Le do un bacio sulla guancia. «È un'ottima idea. I miei genitori ci aspettano per mangiare insieme e dobbiamo muoverci.» Indico l'uscita.

Lei stringe i denti e si avvia in quella direzione. Invece di venti minuti, il tragitto fino a Beverly Hills ne dura quaranta, con lei che guida così piano che per miracolo non scoppio a ridere mentre gli automobilisti furiosi ci superano uno dopo l'altro, mostrando il medio alla mia ragazza.

«La gente qui è cattiva» commenta lei, rompendo un lungo silenzio.

«Più che altro, si aspetta che le altre auto raggiungano almeno il limite di velocità.»

«Lo so che mi stai prendendo in giro e non pensare che me ne scorderò più tardi, quando vorrai mettermi le mani addosso.»

«Non ti prenderei mai in giro, tesoro.»

«Dice l'uomo che non vuole andare in bianco.»

Sono pazzo di lei. Amo il modo in cui battibecca con me e mi rimette al mio posto, senza badare a chi sono né a quello che possiedo. Per la prima volta da quando sono adulto, ho trovato una donna che tiene davvero a *me* e non a tutto ciò che comporta il mio lavoro. È un miracolo, il mio personale miracolo. E vedere l'estrema concentrazione con cui segue le indicazioni per Beverly Hills me la fa amare ancora di più.

«Piantala di fissarmi.»

«No. Sei bella quando sei concentrata.»

«Forse volevi dire quando sono terrorizzata.»

«Non c'è bisogno di essere terrorizzata, e sei sempre bella.»

«Già. Come dici tu.»

«Stai andando alla grande. Che ne pensi finora?»

«È spaventoso.»

«È divertente. Aspetta di guidare una *vera* macchina.»

«Questa non è una vera macchina?»

«Questa, amore mio, è una *berlina*. Possiamo fare di meglio.»

«È il massimo a cui intendo arrivare.»

«Vedremo.» La guardo e mi godo lo spettacolo del suo bel viso, con le labbra corrugate in una smorfia adorabile. «Ti secca che l'abbia fatto?»

«Che cosa? Costringermi ad affrontare il traffico di Los Angeles quando non avevo mai guidato un'auto in vita mia?»

«Sì» confermo, con una risata per il suo tono indignato. «E averti fatto avere il permesso di guida.»

«Mi chiedo come tu abbia fatto a farmi avere a mia insaputa un documento dal valore legale.»

Sbuffo. «Tutto è possibile, se sai a chi chiedere.»

«Avrai un'impiegata solo per i rapporti con la motorizzazione, con le sessanta macchine che possiedi.»

«Ho i miei agganci.»

Fermi a un semaforo in attesa di svoltare a sinistra verso Beverly Hills, lei mi guarda con il suo dolce sorriso adorante che mi ferma il cuore ogni cazzo di volta. «Grazie.»

«Per cosa?»

«Per aver usato le tue conoscenze per farmi avere il permesso di guida, per avermi lasciato guidare un'auto costosissima e bellissima, per l'invito a casa dei tuoi genitori e, soprattutto, per essermi stato accanto durante l'intervista quando era l'ultimo posto al mondo in cui avresti voluto stare.»

Non appena scatta il verde, lei svolta, con espressione concentrata, e io le do indicazioni fino alla casa dei miei. Arrivati al cancello, le dico il codice per aprirlo.

«Non riesco a credere che tu mi abbia dato un'informazione simile.»

«Perché non avrei dovuto? Ti affiderei la mia vita.» La fastidiosa vocina nella mia mente mi ricorda che, anche se è così, non le ho confidato la verità su di me. Non appena l'imponente cancello in ferro battuto è aperto, Natalie imbocca il vialetto.

«Dove devo parcheggiare?»

«Qui va bene.»

Ferma la macchina, spegne il motore e, con un gran sospiro di sollievo, appoggia la testa al volante.

Le concedo un secondo per riprendersi. «Ehi, Nat.»

Solleva la testa e mi guarda.

«Quello che hai detto prima, riguardo all'intervista…»

«Sì?»

Allungo una mano per sistemarle una ciocca di capelli dietro l'orecchio e sfrutto l'occasione per accarezzarle la guancia. «Non volevo fare l'intervista, ma non era l'ultimo posto al mondo in cui avrei voluto stare. Voglio stare ovunque tu sia e, se ciò significa fare qualcosa anche se non vorrei, ben venga.»

Lei mi fissa come se stesse facendo l'inventario del mio viso. «Sei vero? Tutto questo è vero? Non è che a un certo punto ti trasformerai in un bastardo violento?»

Mi sento di nuovo in colpa per quello che le sto tacendo. «Non è nei miei programmi.»

«Me lo prometti?»

«Sì, piccola. Te lo prometto.» Sto per baciarla, quando qualcuno bussa sul finestrino dietro di me. Con un gemito di frustrazione, mi volto e vedo mio padre con un sorriso ebete che sbircia nell'abitacolo. Divertito, abbasso il finestrino. «Ciao, papà.»

«Ciao, figliolo. Natalie.»

«Ciao, Max.»

«Che cosa state combinando?»

«Stavo per baciare la mia ragazza, prima che qualche maleducato mi interrompesse.»

Natalie ridacchia come la ragazzina che era un tempo, prima che l'innocenza le venisse rubata. Un suono che è come musica per le mie orecchie.

«Non fermarti per colpa mia» ribatte Max.

«Ormai il momento è passato» dico, facendo l'occhiolino a Natalie. «Rimandiamo?»

«Certo.»

«Adesso ti fai scarrozzare in giro dalla tua signora?» s'informa mio padre mentre lo seguiamo in casa. «Non è da te, figliolo.»

«Natalie sta imparando a guidare e se la cava benissimo.»

Da come si ammorbidisce la sua espressione, mio padre capisce al volo che guidare è una delle cose a cui lei ha dovuto rinunciare. «Meraviglioso.» La abbraccia, le dà un bacio e la accoglie in casa come se fosse una vecchia amica che non vedeva da tempo. Gli voglio davvero bene. È l'uomo migliore che conosca e, per tutta la vita, mi sono sforzato di renderlo fiero di me.

Natalie resta impressionata dalla casa. Con fare furtivo, osserva tutto mentre mio padre le fa strada tra gli ampi locali fino alla veranda sul retro, dove mia madre e la governante, Ada, stanno apparecchiando un banchetto.

«Guarda chi c'è, Estelle» esordisce Max.

Mia madre si interrompe e viene ad abbracciare Natalie. «Oh, cara. Ero così in pensiero per te.» Si ritrae per guardarla in faccia, con le mani posate sulle sue spalle. «Come stai?»

«Bene.» Natalie mi lancia un'occhiata. «Flynn si sta prendendo cura di me.»

«Sarà meglio.» Mia madre si avvicina e le do un bacio sulla guancia. «Tutta questa situazione è oltraggiosa. Spero che lascerete in mutande quel tizio del Nebraska.»

«Ci stiamo lavorando, mamma. Non preoccuparti.»

«Ero davvero in pensiero. Sono… sono fuori di me. Anche passando altri cinquant'anni in questo ambiente, non capirò mai come sia possibile che la stampa possa *pagare* per una storia simile.»

Mio padre la cinge con un braccio. «Calmati, Estelle.»

Lei inspira a fondo. «Mi dispiace. Non voglio rovinare questi momenti insieme rimuginando su qualcosa che esula dal nostro controllo.»

«Volevo dirvi che il vostro sostegno significa molto per me» dice Natalie a entrambi. «Da tanto non avevo dei genitori su cui contare e, in realtà, vedervi oltraggiati mi conforta molto.»

«Adesso ce li hai, cara» ribadisce Max con fermezza. «Saremo noi i tuoi genitori. In effetti, questo ruolo ci viene abbastanza bene. Chiedi pure ai nostri figli.»

Natalie sbatte più volte le palpebre, toccata nel profondo dalla gentilezza di mia madre, e la abbraccia. «Grazie mille.»

«Com'è andata l'intervista con Carolyn?» s'informa lei dopo un lungo abbraccio, alla fine del quale abbiamo tutti gli occhi lucidi.

«Bene» risponde Natalie. «È stata molto gentile e rispettosa.»

«Sono contento che sia finita» aggiungo io.

«Quando andrà in onda?» chiede mio padre.

«La settimana prossima. Ci faranno sapere quando.»

«Che cosa vi offro da bere?» chiede lui, alleggerendo l'atmosfera con il suo tono gioviale.

Durante l'ora in cui ci rilassiamo con i miei genitori, mio padre mi informa che le celebrità hanno messo in piedi un piano segreto per boicottare sul tappeto rosso dei SAGS i giornalisti di *Hollywood Starz*, che per primi hanno diffuso la storia di Natalie.

Mentre rientriamo a Malibu, lo riferisco anche a lei. Al volante ci sono io, perché Natalie non debba affrontare il famigerato traffico dell'ora di punta.

«Wow, quindi snobberanno quei giornalisti per quello che mi hanno fatto?»

«Già e, quando succede una cosa simile in diretta, il messaggio che passa è importante: se superi il limite, ne paghi le conseguenze.»

Siccome non risponde, le lancio un'occhiata e vedo che si sta mordicchiando il labbro inferiore.

«Che c'è che non va, Nat?»

«Penserai che è da stupidi dopo che ho fatto i capricci per andare ai SAGS.»

«Che cosa sarebbe da stupidi?»

«È solo che... Hai lavorato sodo per *Mimetica* e tutti dicono che vincerai di nuovo.»

«No, non portarmi sfortuna!»

Sorride, ma è ancora turbata. «Non voglio che la serata riguardi me. Deve riguardare te e i risultati incredibili che hai raggiunto.»

Dio, è davvero dolce e perfetta. Vorrei portarla a letto e non lasciarla alzare fino a quando avrò saziato l'ardente desiderio che mi provoca. «Riguarda *noi*, tesoro. Tutto riguarda noi adesso. Qualsiasi cosa succeda con i premi che restano, l'unica cosa che mi importa è che poi tornerò a casa con te. I premi arrivano in seconda posizione, e con un bel distacco.»

«Ti chiedi mai come abbia fatto a succedere tutto questo così in fretta?»

«Tutto questo? Intendi il fatto che mi sia innamorato pazzamente di te, con la speranza che la cosa sia reciproca?»

«Sì» conferma, con una risata. «È proprio quello che intendevo, e non c'è bisogno di sperare. Sono innamorata pazza come te.»

«Non mi chiedo come sia successo, perché so esattamente com'è andata: tu mi sei finita addosso e quella matta della tua cagnolina mi ha morso, infettandomi con la pozione d'amore numero tal dei tali. E il resto, come si dice, è storia.»

«Povera Fluff. Si è fatta una reputazione ingiusta.»

«Se la merita tutta.»

Il nostro «battibecco» viene interrotto dallo squillo del suo telefono.

«Controlla chi è prima di rispondere.» Sono sempre all'erta per gli instancabili paparazzi. Sarebbero capacissimi di aver rintracciato il suo numero.

«È Leah. Ciao, come va?»

Non riesco a sentire quello che dice la sua coinquilina di New York, ma Natalie la ascolta assorta. «Quando decideranno, secondo te?» chiede. «Wow, tienimi aggiornata e ringrazia Sue per le informazioni.» Segue un'altra pausa. «È bellissimo. C'è il sole e fa caldo tutti i giorni. Oggi ho imparato a guidare, e abbiamo fatto un'intervista con Carolyn Justice.»

Alle urla ben udibili di Leah, scoppio a ridere.

Parlano ancora un paio di minuti e poi si salutano.

«Che cosa succede?» le chiedo appena termina la chiamata.

«Secondo la nostra amica Sue, che lavora in direzione, il consiglio d'istituto sta seriamente pensando di revocare la decisione della signorina Heffernan di licenziarmi. A quanto pare, Aileen e gli altri genitori hanno presentato dei validi motivi.»

«È fantastico, Nat.» Lo è davvero e sono felice per lei, ma il pensiero che torni a New York è davvero deprimente.

«Già.»

«Dovrebbero reintegrarti. È la cosa giusta da fare.»

«Lo so.» Si passa le dita nei capelli lunghi mentre guarda il paesaggio fuori dal finestrino.

Vorrei sapere che cosa farà se le ridaranno il lavoro, ma non glielo chiedo. Ho paura della risposta.

«Ti va di fare una passeggiata in spiaggia?» le domando una volta rientrati. Da quando siamo arrivati, non ci siamo mai allontanati da casa, ma Natalie ha adorato la spiaggia la prima volta che ce l'ho portata e, siccome Addie mi ha dato il pacchetto che aspettavo, posso portare avanti i miei piani. Ho le farfalle nello stomaco, per la gioia e l'eccitazione.

«Possiamo? Non hai portato il cappello da mafioso russo.»

«Qui attirerebbe troppo l'attenzione. Però ho un cappellino dei Dodgers e degli occhiali da sole. E ci sono loro.» Indico le guardie del corpo, parcheggiate nel vialetto dietro di noi.

«Va bene, se pensi che si possa fare.»

Una volta indossati maglietta e pantaloncini, usciamo con Fluff, entusiasta di riaverci a casa. O meglio, di riavere Natalie. La mia presenza viene tollerata. A fine giornata, la spiaggia è in gran parte deserta, quindi è tutta per noi, oltre alla scorta che ci segue a una certa distanza. Ho chiesto un po' di privacy per quello che ho in serbo.

Tenendoci per mano, avanziamo lungo la battigia, con l'acqua fredda a lambirci i piedi.

«L'acqua è mai calda?» chiede lei.

«D'estate diventa fredda in modo tollerabile.»

«È davvero bello. Se vivessi qui, passerei tutto il giorno a guardare l'oceano.»

«Vorresti vivere qui?»

«Non lo so» risponde con una risatina nervosa. «Non so più dove sia il mio posto.»

È la battuta perfetta per la conversazione che avevo in mente. «Io sì.»

«Che cosa?» Fissa l'oceano, ignara dello sguardo rapito con cui fisso i suoi capelli mossi dalla brezza. Non mi stancherò mai di scrutarla, di parlarle, di tenerla per mano, di fare l'amore con lei e di tutte le altre cose che facciamo insieme. «So dov'è il tuo posto.»

«E dove sarebbe?»

«Con me.» Mi fermo, mi giro verso di lei e mi inginocchio.

Fluff comincia ad abbaiare. «Flynn! Che cosa stai facendo?» chiede lei, senza fiato.

Sollevo gli occhiali da sole in cima alla testa. «Natalie, ti amo più di quanto immaginavo fosse possibile. Quando l'altro giorno ho saputo quello che ti stava facendo la stampa, è stato come se mi avessero strappato il cuore dal petto. Non riuscivo a pensare, a respirare né a fare niente fino a quando sono arrivato da te.»

Lei si asciuga le lacrime dal viso. «Non mi aspetto che tu faccia tutto questo per come è andata con la stampa.»

«Credi che lo faccia per quello? Amore mio, lo faccio per ciò che è successo al parco, quando tu e quella belva della tua cagnetta mi avete travolto e la mia vita è cambiata dopo un solo sguardo negli occhi più belli che abbia mai visto. Lo faccio perché ogni secondo che passo lontano da te è la tortura peggiore che abbia mai provato. E lo faccio perché semplicemente non riesco a vivere senza di te. Potresti cavarmi da questa situazione e avere pietà di me? Natalie, mi vuoi sposare?»

«I tuoi genitori... Sei sicuro che vogliano tutte le stronzate che comporto?»

«Li hai sentiti oggi. Sono entusiasti di accoglierti in famiglia. E poi, saranno impegnati a festeggiare perché una donna che li ha fatti innamorare al primo sguardo mi ha finalmente reso migliore.»

«Sì, Flynn» dice, ridendo e asciugandosi le lacrime. «Voglio sposarti.»

«Perché?»

Mi scruta, con la testa inclinata. «Perché?»

«Dimmi perché mi vuoi sposare.»

«Perché ti amo tantissimo...» Non riesce a concludere la frase, perché mi alzo e la bacio.

«È tutto quello che dovevo sentire.»

«Lasciami finire.» Mi prende il viso tra le mani e mi fissa dritto negli occhi, come se volesse mostrarmi la sua anima. «Non ti amo per gli stessi motivi del resto del mondo. Ti amo per le *altre* cose che soltanto io posso vedere. Ti amo perché sei gentile, generoso e spiritoso, perché non ti prendi troppo sul serio ma prendi sul serio il lavoro. Ti amo per come ti prendi cura della tua prozia Sally...»

«Come fai a saperlo?»

«Non mi dirai che i giornali hanno mentito?»

«No» confermo con una risata. «Su quello hanno ragione.»

«Ti amo per ciò che sei, non per ciò che hai. Per me, quello non conterà mai quanto te.»

«Ed è proprio per questo che per te, amore mio, ho infranto la promessa di non sposarmi più e sono pronto a scambiare delle nuove promesse con te.»

La sollevo e, dopo una giravolta, la rimetto a terra e, consapevole delle guardie del corpo che ci osservano, le do un bacio fin troppo casto per i miei gusti.

«Non riesco a credere che stia succedendo. Ci sposeremo davvero?»

«Certo. Che hai da fare domani?»

«Cioè *il giorno dopo oggi*? Vuoi che ci sposiamo domani?»

La amo tantissimo e non ho il minimo dubbio che sia la cosa migliore per entrambi. «Sì. Stiamo vedendo che cosa riusciamo a organizzare per domani o lunedì.»

«Stiamo? Stiamo chi?»

«Io e Addie, ovviamente.»

«Sto andando in iperventilazione. Non sembra anche a te?»

Ridendo, la stringo tra le braccia e la bacio. «Oddio! Ho dimenticato la parte più importante della proposta.» Dopo aver controllato almeno venti volte che ci fosse ancora, tiro fuori dalla tasca dei pantaloncini l'anello che ho recuperato prima di uscire. Le prendo la mano sinistra e le infilo al dito l'anello che ho fatto fare apposta per lei.

«Flynn, oddio! È stupendo.» Senza trattenere le lacrime, ammira il diamante unico da quattro carati incastonato su un anello di platino che ho scelto per lei. In momenti come questo, è comodo avere un cognato gioielliere. Da giorni io e Hugh eravamo in combutta e l'anello le sta alla perfezione.

«Allora, domani o lunedì? A meno che tu non voglia fare le cose in grande. In quel caso, potresti convincermi ad aspettare uno o due mesi, ma non di più.»

«Non mi interessa fare le cose in grande.»

«Io l'ho già fatto una volta e mi ha dato un sacco di grattacapi per un solo giorno di festa.» La stringo a me e, con il mento posato sui suoi capelli, guardo il sole che scende verso l'orizzonte. «Se a te non importa, io di certo non voglio passarci di nuovo. Dovremmo sfruttare questa pausa per farlo.»

«E i tuoi genitori? E le tue sorelle e i tuoi nipoti?»

«Qui non si tratta di loro. Si tratta di me e di te. Daremo una festa a cose fatte per festeggiare. Io non ho bisogno di nessun altro. E tu?»

«A parte Leah e Aileen, non ho nessun altro.»

«Adesso sì, tesoro. Hai me e una famiglia che ti vorrà bene e ti proteggerà per sempre. Non sei più sola.»

«Dev'essere un sogno. Una cosa così bella non può essere vera.»

«Invece lo è, e sono passato dal giurare pubblicamente di non sposarmi più al desiderio così forte di sposarti che non sopporto l'idea di aspettare nemmeno due giorni prima che diventi mia moglie.»

«Flynn… Oddio. È una follia.»

«Quindi è un sì?»

«Sì!» Ride, nonostante le lacrime. «È un sì.»

La sollevo di nuovo da terra e la faccio fare una giravolta, mentre lei urla dalla gioia e, ovviamente, Fluff abbaia e cerca di addentarmi le gambe. Il suono delle risate di Natalie è la musica più dolce che abbia mai sentito. La metto giù e, assicuratomi che sia stabile, prendo il telefono. Con un braccio intorno a Natalie, ci incamminiamo verso casa.

«Allora?» esclama Addie appena risponde.

«Via libera, per il prima possibile.»

«Flynn… È fantastico. Congratulazioni a tutti e due. La prima disponibilità era lunedì. Organizzo tutto e ti chiamo domani per i dettagli.»

Lavorerà senza sosta, ma so che non le dispiace. Ha un debole per le storie d'amore. «Sei la migliore, Addie.»

«Lo so! Ancora congratulazioni. Sono davvero contenta per voi.»

«Grazie. Anch'io.» Infilo il telefono in tasca e concedo tutta la mia attenzione a Natalie mentre rincasiamo con calma.

«Sei felice, Nat?»

«Sono felicissima. Non avevo idea che si potesse esserlo così tanto.»

«È l'unica cosa che conta per me. Per sempre.» Prima di sposarla però, devo parlare con Hayden e lasciare il club. E dovrò occuparmi anche della stanza dei giochi nel seminterrato di casa mia, anche se quello può attendere. È chiusa a chiave e lei non potrà mai scoprirla. Nella mia nuova vita con Natalie, non c'è posto per quello che succede nel club né nella stanza dei giochi.

# CAPITOLO NOVE

## *Natalie*

Tornati a casa, troviamo Marlowe seduta in terrazzo ad aspettarci. Non appena ci vede, salta in piedi. «Eccovi qui!»

«Ciao, Mo.» Flynn saluta l'amica nonché socia in affari con un bacio. «Che succede?»

«Ho portato la cena. Mi siete venuti in mente e ho fatto un salto per vedere come state.»

Lui solleva gli occhiali da sole. «Come stiamo, Nat?» Gli brillano gli occhi di gioia, come non accadeva da prima che la mia storia diventasse pubblica.

Sollevo la mano sinistra per mostrarle l'anello che ancora stento a credere di avere al dito.

Marlowe caccia un urlo e ci abbraccia. «Oddio! Flynn Godfrey si è *fidanzato*! Sarà la notizia del secolo!»

«Sss.» È divertito dalla sua reazione. «Per ora non lo faremo sapere al mondo intero.»

«Dobbiamo festeggiare! Possiamo fare una festa? Ti prego? O volete restare soli? Perché, in quel caso, inviterò i ragazzi da me e festeggeremo per voi.»

Flynn mi guarda. Mi basta un'occhiata per capire che preferirebbe stare solo con me, ma stiamo parlando dei suoi migliori amici e soci in affari, due dei quali non li ho ancora conosciuti. «Una festa sembra divertente.»

«Urrà!» Marlowe batte le mani, contenta. «Ho lasciato il cellulare in casa. Vado a fare qualche telefonata.»

Rimasti soli, Flynn mi cinge con un braccio e mi bacia. «Sei sicura che ti stia bene?»

«È perfetto. Questa serata, l'anello, la vista, il mio stupendo fidanzato… Abbiamo molte cose per cui festeggiare.»

«Adoro vederti raggiante di felicità.»

«Sono felice grazie a te. Perché mi ami.»

«Ti amo tantissimo, cazzo.»

«E poi ti chiedi come mai sono raggiante.»

Restiamo abbracciati fino al ritorno di Marlowe. «Vengono tutti, e porteranno da bere e da mangiare. Adoro quando una festa si organizza da sola, senza che io faccia niente a parte decidere di farla.»

Il suo entusiasmo è contagioso. Che cosa ci faccio nella casa sulla spiaggia di Hayden Roth a Malibu a festeggiare con Marlowe Sloane e il mio nuovo fidanzato, Flynn Godfrey? È surreale, ma è anche la mia vita adesso. La mia nuova vita. Con una punta di rimpianto, penso ai miei alunni a New York e spero che se la cavino senza di me.

«Tutto a posto, tesoro?» mi chiede lui, come sempre attentissimo a me.

«Sì.» Non stavo così bene da otto, lunghi anni.

«Ehi, Mo, che cosa hai fatto per cena?»

«*Enchiladas*! Che altro?»

Flynn scoppia a ridere. «Marlowe sa cucinare solo messicano. Secondo noi, è stata rapita da una famiglia latinoamericana.»

«Che posso dire? I *tamales* mi scorrono nel sangue. Margarita per tutti in arrivo!» Torna dentro per preparare da bere.

A Flynn suona il telefono e, quando controlla, fa una smorfia. «Devo rispondere.»

«Vado ad aiutare Marlowe.» Faccio per allontanarmi, ma lui mi tira indietro per un bacio.

«Adesso va bene. Puoi andare.»

Mi fa girare la testa con il suo amore, totale e soverchiante nel senso migliore possibile. Una volta dentro, trovo Marlowe in cucina che prepara i drink con il frullatore.

«Posso aiutarti?»

«Aprimi quella bottiglia di tequila.»

«Certo.» Svito il tappo e gliela passo. «Marlowe?»

«Sì?»

«Hai un buon dottore da consigliarmi da queste parti? Preferibilmente donna.»

«Stai male?»

«No. Mi serve solo, sai...» Sto per condividere un'informazione piuttosto personale con una stella del cinema che conosco da poco, però lei mi piace e la considero un'amica. «La pillola.»

«Ah. Capisco. Conosco la dottoressa migliore della storia.» Prende il cellulare e, prima che io possa aggiungere qualcosa, fa una telefonata, spiega chi sono e quello che mi serve e mi prenota un appuntamento alle sette e mezzo di lunedì mattina. Il tutto senza spegnere il frullatore.

Sono piuttosto sorpresa dalle sue doti multitasking e del tutto terrorizzata dall'appuntamento.

Terminata la chiamata, Marlowe torna a concentrarsi sul frullatore, in cui aggiunge una generosa quantità di tequila. «La dottoressa Breslow ti vedrà alle sette e mezzo, prima che lo studio apra alle pazienti. Sarai dentro e fuori prima di chiunque altro. Lei ti piacerà.»

«Dev'essere bello chiamare il sabato sera e trovare appuntamento come prima cosa il lunedì mattina.»

«La celebrità ha i suoi vantaggi» mi dice, facendomi l'occhiolino. «La segretaria è una mia fan e io le faccio avere i biglietti per le premiere. È uno scambio di favori.»

«Grazie.»

«Figurati. La dottoressa ti aiuterà.» Si versa un margarita, lo assaggia e, dopo averlo dichiarato perfetto, me ne versa un bicchiere e mi scrive l'indirizzo dello studio medico.

«Non ho mai bevuto un margarita.» Nell'istante in cui pronuncio queste parole, mi sento un'insulsa campagnola accanto a lei.

«Be', non sai cosa ti sei persa. Provalo.»

Contenta che sia rimasta impassibile alla mia confessione, assaggio il drink amaro. «Mmh, com'è buono.»

«Vedi? Vacci piano, però. Lo sai quello che si dice della tequila…»

«Che cosa?»

«Che ti fa togliere i vestiti. Non che Flynn obietterebbe qualcosa.»

«Obiettare a che riguardo?» chiede lui mentre ci raggiunge e prende il bicchiere che gli allunga l'amica.

«Natalie che scopre i poteri della tequila.»

«Hai ragione.» Mi fa l'occhiolino. «Non avrei niente da obiettare.»

Suona il campanello e Marlowe corre ad aprire.

«Che cos'è quello?» chiede Flynn, adocchiando il foglietto che ho in mano.

«Marlowe mi ha preso appuntamento dalla sua dottoressa lunedì mattina alle sette e mezzo. È fattibile?»

«Certo, non ho niente fino alla riunione per la fondazione alle nove.»

«Ho un po' paura. Verrai con me?»

Mi cinge con un braccio e mi dà un bacio in fronte. «Certo che verrò, tesoro.»

Nel sapere che ci sarà lui a tenermi la mano, sento subito placarsi l'ansia.

Marlowe ricompare con due uomini incredibilmente belli, entrambi armati di una confezione da dodici lattine di birra e di bottiglie di vino, che lasciano sul bancone.

Flynn li accoglie con un abbraccio. «Jasper, Kristian, voglio presentarvi Natalie.»

Alto, biondo e con un fisico asciutto e muscoloso, Jasper mi abbraccia come se fossimo vecchi amici. «Natalie» dice con il pronunciato accento inglese da cui Flynn mi ha messo in guardia. «È un piacere conoscere la donna che ha finalmente reso degno il nostro amico.»

Nel vedere che mi faccio aria al viso per l'accento, Flynn alza gli occhi al cielo.

«È un piacere anche per me, Jasper. Ho sentito molto parlare di te.»

«Che cosa ha detto di me?» s'informa Kristian. Lui ha i capelli scuri e due penetranti occhi azzurri.

Cerco disperatamente di ricordare qualcosa. «Mi ha parlato della Lamborghini.»

«Già.» Scoppia a ridere e mi abbraccia. «La odia.»

«Non ha detto proprio che la 'odia'.»

«Sì, invece» interviene Flynn. «Adesso togli le mani dalla mia fidanzata.»

«*La tua cosa?*» chiedono Jasper e Kristian in coro.

«Avete sentito bene, ragazzi» dice Marlowe. «Ormai gli asini volano!»

«Mi dispiace» dice Jasper, barcollando in modo esagerato. «Mi serve un momento.»

«Chiudi la bocca» ribatte Flynn e, ridendo, gli rifila per scherzo una spinta.

Il campanello suona di nuovo e Marlowe torna con l'ennesimo uomo stupendo. Questo ha i capelli castani, gli occhi di una sfumatura dorata e indossa un completo nero che gli calza a pennello sul corpo muscoloso, come se fosse fatto su misura. Probabilmente è così.

«Emmett!» strilla Jasper. «Non ci crederai. Il nostro Flynn si è *fidanzato!*»

Emmett si blocca di colpo. «Che cosa hai detto? Si è *cosa?*»

«Faglielo vedere, Natalie» dice Kristian.

Sollevo l'anello a beneficio di Emmett.

Lui lo fissa, sposta lo sguardo su Flynn e poi di nuovo sull'anello.

«Porta da bere a questo poveretto, Mo» aggiunge Jasper. «È rimasto senza parole per lo shock.»

«Ti sei fidanzato sul serio» commenta Emmett.

«Serissimamente. Emmett, ti presento la mia fidanzata, Natalie Bryant. Natalie, il nostro consulente legale, Emmett Burke.»

Lui mi stringe la mano. «Lieto di conoscerti.»

«Anch'io. Grazie per l'aiuto di questa settimana.»

«Credimi, è stato un piacere strapazzare quel bastardo di David Rogers. Gli abbiamo reso la vita un inferno, ed è solo l'inizio.»

«Grazie.»

Addie arriva con Ellie, la sorella di Flynn, e poco dopo è il turno di Hayden, armato di alcune borse della spesa e un'altra confezione di birra.

«Presti la casa sulla spiaggia a un amico, e come ti ringrazia lui? Organizzando una festa scatenata.»

«Sei fortunato che ti abbiamo invitato.» Flynn lo saluta con una stretta di mano virile.

«Ci sono grandi notizie» esclama Jasper.

Hayden si apre una lattina di birra e ne tracanna metà. «Che cosa?»

«Il nostro Flynn si è *fidanzato*.»

La birra va di traverso a Hayden, che inizia a tossire mentre Jasper ride e gli dà delle pacche sulla schiena.

Non so come interpretare la reazione di Hayden. Non appena smette di tossire, fissa Flynn in silenzio, in un lungo momento di imbarazzo.

«Be'» dice infine, «allora ti devo fare le congratulazioni.»

«Grazie» risponde tirato Flynn, palesemente scontento della reazione del suo migliore amico.

Come la prima volta che l'ho incontrato, non posso fare a meno di notare quanto sia bello e burbero Hayden. Chiamo a raccolta il coraggio per parlargli. «Hayden, volevo ringraziarti per il sostegno che mi hai dato su Twitter questa settimana. Ha significato molto per me.»

«Figurati. Siamo tutti dalla tua parte. Non riesco ancora a credere che sia successo davvero.»

«Nemmeno noi, ma il sostegno che ci ha travolto ha reso tutto più sopportabile.»

«Ne sono felice.»

«Com'è andata l'intervista con Carolyn?» s'informa Kristian.

«Bene» risponde Flynn. «Natalie ha un talento naturale e Carolyn ci ha fatto le domande giuste. Speriamo di mettere fine a tutta questa follia.»

Hayden scoppia a ridere.

«Che c'è di così divertente?» chiede Flynn.

«Aspetta che si sappia che ti sei fidanzato. Non hai ancora visto la vera follia.»

«Non si saprà.»

«Che cosa intendi?»

«Ci sposeremo lunedì sera a Las Vegas. Quando uscirà la notizia, i giochi saranno fatti.»

A questo annuncio, cala un silenzio scioccato.

«Lunedì» ripete Marlowe dopo un minuto buono. «È tra due giorni.»

«Già.»

«Che fretta c'è?» chiede Hayden.

Riesco a percepire la tensione che emana Flynn. «Nessuna fretta. Vogliamo solo fare così.» Mi cinge con un braccio. «Dove sono le *enchiladas*, Mo? Sto morendo fi fame.»

Con queste parole, fa passare il messaggio che non parlerà oltre dei nostri piani.

# *Flynn*

SONO FURIOSO CON QUEL CAZZONE DI HAYDEN. NON MI ASPETTAVO CHE facesse i salti di gioia al mio annuncio, ma nemmeno che mettesse in discussione la nostra scelta a quel modo davanti a Natalie. Sono passate ore, e fumo ancora dalla rabbia. Sono in terrazzo con i ragazzi, a giocare a poker e fumare i sigari cubani portati da Kristian. Le ragazze sono rimaste dentro a ridere, chiacchierare e bere. Tengo d'occhio Natalie, ma sembra che si stia divertendo con le mie amiche e mia sorella.

«Passo» annuncia Emmett.

Jasper lascia cadere le carte sul tavolo. «Anch'io.»

Kristian lo imita. «Io pure.»

Siamo rimasti io e Hayden. Lo fulmino con uno sguardo infuriato, smanioso non solo di stracciarlo a poker, ma di chiarirmi con lui prima della fine della serata. Lui scruta a lungo le carte, poi le depone sul tavolo. «Passo.»

«Sul serio?» Nonostante la vittoria facile, mi trattengo a stento dal saltare dall'altra parte del tavolo e tirargli il collo.

Si stringe nelle spalle. «Non ci sto con la testa.» Poi, a bassa voce, aggiunge: «Che cosa cazzo stai facendo, Flynn?»

«Che cosa sto facendo? Pensavo di giocare a poker.»

«Lo sai a cosa mi riferisco. Vuoi *sposarti*? Con una ragazza che hai conosciuto due settimane fa? Che non sa niente del tuo vero stile di vita?»

«Chiudi la bocca, Hayden. Quel che faccio non sono cazzi tuoi.»

«Oh, quindi adesso è così? Capisco.»

«Non capisci proprio niente.»

«Capisco che stai per commettere un grosso errore e non vuoi stare a sentire nessuno.»

«Hai ragione. Non voglio.» È già tanto se resto seduto e non cedo alla fantasia di prima di scavalcare il tavolo e picchiarlo a sangue.

Emmett si schiarisce la voce.

«Hai qualcosa da dire?» gli domando.

«Mi stavo solo chiedendo, e non arrabbiarti anche con me, ma hai pensato a un accordo prematrimoniale?»

«No, non ci ho pensato. Io amo lei e lei ama me. Non è una questione di soldi.»

«*Flynn...*» Con un'unica parola, Jasper comunica tutta una serie di cose che non voglio sentire.

«Sei davvero disposto a cederle la metà di quello per cui hai lavorato sodo quando finirà male?» s'informa Hayden.

«*Quando* finirà male? Cavoli, grazie per la fiducia. Ti sono davvero grato.»

«Lo sai che si preoccupa solo per te» interviene Kristian in tono pacato. «Come tutti noi.»

«Non ho bisogno che si preoccupi per me. E nemmeno voi. Probabilmente era troppo aspettarmi un minimo di sostegno dai miei amici più cari.»

«Non è giusto» ribatte Hayden. «Ti abbiamo sempre coperto le spalle, e lo sai. Ma adesso sei *tu* a voltare le spalle a tutto ciò che sei e in cui credi per una donna, quindi scusaci se te lo facciamo notare.»

«Non è così» nego, anche se le parole di Hayden rispecchiano le mie preoccupazioni più grandi su me e Natalie.

«Le hai parlato del club della Quantum?» chiede Hayden.

Lancio un'occhiata dentro casa, verso le ragazze. «Non ce n'è bisogno. Lascio il club.»

L'annuncio è accolto da un silenzio di tomba.

«Devo andare» esclama Hayden e si alza.

«Hai bevuto, amico» dice Kristian. «Resta a dormire qui.»

«Non dormirò qui.»

«Allora vieni da me, ma non guidare fino in città.»

«Va bene, però voglio andarmene. Subito. E quando ti andrà di tornare al lavoro, Flynn, mi servirebbe un po' d'aiuto per il film che dovremmo chiudere.»

«La settimana prossima» rispondo laconico.

«Bene.»

Jasper si alza. «Ho portato io Kris, quindi vado anch'io. È stata una bella serata. Congratulazioni, Flynn. Sono davvero contento per voi.»

«Grazie.»

Hayden entra in casa senza più rivolgermi la parola.

Mentre loro tre se ne vanno, Emmett rimane. L'alterco con Hayden mi ha scombussolato, anche se non sono del tutto sorpreso dalla sua reazione. Ha diffidato della mia storia con Natalie fin dall'istante in cui l'ho incontrata.

«Lo sai che è solo preoccupato per te» esordisce Emmett dopo un lungo silenzio.

«Vorrei che lo fosse un po' meno.»

«Sfortunatamente, ci ricordiamo tutti fin troppo bene come sei stato dopo che hai divorziato.»

«Stavolta è diverso, Emmett. Amo già Natalie più di quanto abbia mai amato Val. Non è affatto la stessa cosa.»

«*Affatto?*» ripete lui, con un sopracciglio inarcato. «Quello che ti ha causato problemi con Val non si può spegnere e accendere come un interruttore. È ciò che sei. Ciò che *siamo*. Hai già provato a vivere al di fuori di questo stile di vita con conseguenze disastrose per te e per Val, e nessuno di noi vuole più vederti in quelle condizioni.»

«Lo so, e vi sono grato per i vostri timori, ma questa volta è diverso.»

«Se lo dici tu. Senti, Flynn, non sono affari miei e nemmeno di Hayden. Tu sei nostro amico e teniamo a te, nulla di più. Non sei mai stato uno stupido ma, se sposerai questa donna, o qualsiasi altra donna, senza proteggere te stesso e il tuo considerevole patrimonio, allora sei uno stupido.»

Ha ragione. Lo so bene e, se uno dei miei più cari amici pensasse di sposare una donna che conosce da un paio di settimane senza un accordo prematrimoniale, andrei fuori di testa. Ma non riesco neanche a immaginare di parlarne con Natalie. A lei non interessano i soldi. Lo so fin nel profondo dell'anima, ed è uno dei motivi per cui la amo così tanto.

«Non potrebbe fregarle di meno dei soldi, Em.»

«A tutti frega dei soldi, Flynn. Soprattutto a chi non ne ha.»

Detesto questa conversazione e le emozioni che mi suscita.

«C'è un modo per evitarlo, sai» azzarda Emmett.

«Quale?»

«Intestale un sostanzioso conto corrente e falle firmare un contratto per cui, se il matrimonio finisse, non avrà altro.»

Scuoto la testa prima ancora che finisca la frase. «Non mi sposerò come se stringessi un accordo di lavoro. Sarebbe una mancanza di rispetto verso di lei e quello che rappresentiamo l'uno per l'altra.»

«Lo capisco, e ti confesso che ti invidio per aver trovato una persona che ti faccia sentire così. Ma, in quanto tuo amico e consulente legale, sarei negligente se non ti dicessi di ripensarci.»

«Apprezzo la tua preoccupazione, la tua amicizia e i tuoi consigli legali.»

«Però mi stai comunque mandando a cagare, giusto?» chiede ridendo.

«Nel modo più gentile possibile.»

«Mi sembra giusto. Il mio dovere l'ho fatto. Se cambi idea, chiamami. Posso mettere insieme qualcosa domattina.»

«Non cambierò idea.»

«Allora vado.» Si alza e mi porge la mano, che gli stringo subito. «Grazie per questa bella serata.»

«Ci siamo divertiti. Proprio quello che ci ha prescritto il medico dopo la settimana che abbiamo passato.»

«Lo sai che ti auguro il meglio, Flynn. Natalie sembra davvero una bella persona.»

«Non hai idea di quanto sia fantastica.» Lo guardo. «Tienimi aggiornato su Rogers e sulla scuola di Natalie.»

«Certo. Ancora congratulazioni.»

«Grazie.»

Dopo che se n'è andato, resto seduto a lungo a fissare l'oceano scuro e il riflesso della falce di luna. I miei amici mi hanno fatto venire dei dubbi e, per questo, alla luce di quanto sono sicuro di Natalie, sono furioso. Non mentivo quando ho detto che sono certo, fin nel profondo, che il nostro rapporto non riguardi i soldi, la fama, la celebrità o qualsiasi altra cazzata per cui in passato le donne si sono interessate a me.

No, con Natalie, contiamo solo noi due e quello che abbiamo trovato insieme.

«Che cosa ci fai qui fuori tutto solo?» mi chiede quando mi raggiunge.

«Mi godo il panorama, che è appena migliorato in modo esponenziale. Se ne sono andati tutti?»

«Sì. Ti ringraziano per la serata.»

Allungo la mano e la faccio sedere sulle mie gambe. Non appena ce l'ho tra le braccia e il suo profumo familiare mi invade le narici, riprendo fiato. Non può esserci nulla di sbagliato in tutto questo. È la cosa più *giusta* che abbia mai conosciuto in vita mia.

«Come mai sei silenzioso?»

«Così.»

«Ti sei divertito con i tuoi amici?»

«Sì. E tu?»

«Sono davvero simpatici. Li adoro tutti.»

«E loro adorano te.»

«Anche Hayden?»

«Certo. Pensa che tu sia favolosa.»

«Come no. È uscito come una furia, tanto che mi chiedo se avete discusso riguardo ai nostri piani per lunedì. E, nel caso ti interessi, Addie gli è corsa dietro.»

È incredibilmente acuta e sagace, ed è uno dei motivi per cui la amo così tanto. «È un po' preoccupato per la fretta, non per te. Questa settimana, ti sei guadagnata l'ammirazione eterna di tutti.»

Posa la testa sulla mia spalla. «Avrei preferito guadagnarmela alla vecchia maniera.»

«E cioè?»

«Amandoti come ti meriti per il resto della vita.»

Ecco perché non ci sarà alcun accordo prematrimoniale tra noi. «Sai che cosa non abbiamo ancora fatto?»

«Che cosa?»

«Non abbiamo festeggiato come si deve il fidanzamento.»

«E come si festeggia come si deve un fidanzamento? Non mi è mai capitato e non ne ho idea.»

Tenendola stretta, mi alzo ed entro in casa. «Vieni con me, amore, e te lo faccio vedere.»

# *Natalie*

Flynn mi porta in casa, supera Fluff acciambellata sul divano, va dritto nella camera al pianterreno in cui dormiamo e mi mette giù accanto al letto.

«Spogliati, tesoro.»

Mi scruta mentre mi tolgo il top e i pantaloncini e si sfila la maglietta dalla testa.

Lascia cadere a terra i pantaloni corti e si avvicina.

«Aspetta. Non ho finito di spogliarmi.»

«Alle parti migliori ci penso io.» Si affretta a togliermi reggiseno e mutandine e fa un passo indietro per ammirarmi, facendomi arrossire tutta. «Mmh, guarda che cosa potrò amare per il resto della vita. La donna più sexy del mondo.»

Non so se mi spingerei a tanto, ma lui mi fa credere che sia vero con il modo in cui mi tocca e mi accarezza, tanto che sono pronta a implorarlo di darsi una mossa.

Tenendomi per il torace, china la testa e mi bacia sul collo con le labbra morbide, delicate e davvero persuasive. Gli darei tutto ciò che vuole, a patto che non smetta di toccarmi. Mi ha promesso una vita di piacere, amore, risate e tutte le cose stupende che abbiamo scoperto insieme, e non vedo l'ora di riscuotere il premio.

«Flynn...»

«Mmh?»

«Volevo solo dirti...» Faccio fatica a parlare, con un lobo tra i suoi denti e il seno nelle sue mani.

«Che cosa volevi dirmi, tesoro?»

«Sono davvero entusiasta di sposarti. Di stare con te. Di avere tutto con te.»

«Anch'io. Mi hai fatto desiderare cose che avevo detto di non volere più.»

«Voglio renderti felice.»

«Non sono mai stato più felice.»

«Intendo anche qui.» Indico il letto e lo guardo in faccia, per valutare la sua reazione.

«Tu sì che sai come attizzarmi, tesoro.»

«Insegnami qualcosa di nuovo. Qualcosa che non abbiamo ancora fatto.»

Dopo un gemito sommesso, mi dà un bacio appassionato.

Gli cingo il collo con le braccia, mi premo contro di lui e socchiudo le labbra per accogliere la sua lingua. Mi tocca ovunque, alimentando con le carezze il mio desiderio convulso, e poi mi solleva, reggendomi per il sedere.

Con le gambe a circondargli la vita e la sua lingua in bocca, perdo la cognizione del tempo, dello spazio e di qualsiasi cosa a parte quello che sto facendo in questo istante con l'amore della mia vita.

Si stacca da me, con il fiato corto. «Vuoi qualcosa di nuovo?»

Annuisco. «Voglio sapere tutto. Insegnami.»

«È ufficiale: così mi fai morire. Cazzo, quanto sei dolce.»

Non dovrebbe piacermi quando è così crudo, invece lo adoro. Adoro ogni cosa che dice e fa.

Mi fa sedere sul letto. «Girati.»

Ubbidisco incerta, dandogli le spalle. «Così?»

«Sì. Adesso scivola avanti con il sedere e sdraiati, con la testa fuori dal letto.»

Pur non capendo che cosa abbia in mente, mi metto nella posizione indicata.

Si china su di me e risucchia un capezzolo nella bocca calda.

Gli accarezzo le gambe, mossa dal bisogno di toccarlo mentre mi fa impazzire con le labbra che stuzzicano i capezzoli a un ritmo lento e costante.

«Apri la bocca» dice, con voce roca.

Non appena lo faccio, si afferra l'uccello e lo infila poco per volta nella mia bocca. In questa posizione, riesco ad accoglierlo più che in passato.

«Piano, piccola. Vacci piano. Prendimi più che riesci.»

Mi formicolano le labbra tanto sono tirate intorno alla sua verga, che accarezzo con la lingua strappandogli un sussulto.

«Dio, sì, Nat. Così. Se vuoi che ci fermiamo, dammi un colpetto sulla gamba.» Mi prende una mano e mi mostra come fare. «In questo punto. Va bene?»

Gli do un colpetto per dire che ho capito. Sono talmente intenta ad aprire sempre di più la bocca che quasi non mi accorgo quando si china in avanti, mi infila le mani sotto le cosce, mi solleva le gambe e me le divarica. Solo quando allarga il mio sesso per la sua lingua, capisco le sue intenzioni.

Come faccio a concentrarmi sul respiro e su di lui nella mia bocca mentre mi fa una cosa simile? Dio, è stupendo. Inarco i fianchi, perché ne voglio di più. Lui fa scivolare la mano nel lago di umori tra le mie gambe, mi scopa con le dita e intanto comincia a muovere i fianchi, pianissimo, sfilandosi e poi affondando di nuovo nella mia bocca.

Quando lo lecco, lo sento tremare e, quando gli sfioro le palle, si fa ancora più grosso e duro tra le mie labbra.

Con la lingua instancabile sul mio clitoride, continua muovere le dita dentro e fuori da me. Poi, al sovraccarico di sensazioni quando ne preme uno contro l'ano reclamandovi l'accesso, vengo travolta da un orgasmo e mi dimeno sotto di lui, gemendo contro la sua verga e facendolo urlare.

Non appena mi riprendo da queste sensazioni incredibili, mi ritrovo con il suo dito nel culo e la lingua sul clitoride.

Quando finalmente il mio corpo smette di contrarsi, lui sfila il dito e, mentre si raddrizza, toglie il pene dalla mia bocca. Luccica per via della mia saliva ed è così duro che gli arriva fino all'ombelico mentre prende un preservativo. Sono ancora scossa dai postumi dell'orgasmo, quando lui sale sul letto, mi solleva e mi penetra in un colpo solo, facendomi venire di nuovo. È così grosso e duro che sento i muscoli tendersi per accoglierlo.

«Ti amo tantissimo, Nat. Cazzo, quanto ti amo» ringhia a bassa voce contro il mio orecchio, ed è come una scarica elettrica, che scatena una nuova ondata di desiderio in ogni cellula del mio corpo. L'amante cauto, esitante e timoroso di farmi paura è scomparso e, al suo posto, c'è l'indomito Flynn Godfrey. E io lo amo così. Adoro sapere di averlo reso tale chiedendogli qualcosa di nuovo. Adoro sapere che sarà mio per sempre e che nessuno lo conoscerà mai come lo conosco io.

Affonda dentro di me e si blocca, con la testa reclinata e gli occhi chiusi. «Non ho mai provato niente di tanto bello, Nat. Mai.»

«Nemmeno io.»

«Ti piace? Ti piace sul serio?»

«Non ne ho mai abbastanza di te.»

«Dio, mi fai impazzire quando dici queste cose.» Si china per succhiarmi un capezzolo e allunga la mano verso il clitoride.

In un attimo, sento crescere di nuovo la tensione. Mi contorco sotto di lui, nel tentativo di farlo muovere, ma non si lascia convincere. «Flynn…»

«Che c'è, cara?»

«Ho bisogno che ti muovi.»

«Lo farò.»

«Adesso.»

Sorride e mi bacia.

Gli tiro i capelli, nella speranza di distrarlo perché la smetta di torturarmi, invece si fa ancora più duro dentro di me. Con un gemito, chiudo gli occhi e mi sforzo di respirare. Com'è possibile che diventi sempre più grosso? È come se mi stesse impalando.

«Non mi muoverò fino a quando verrai di nuovo.»

«Non so se ci riesco un'altra volta.»

«Allora sarà una lunga notte.»

«*Flynn...*»

Preme i fianchi contro i miei, scatenando sensazioni quasi orgasmiche. «Posso restare così tutta la notte.»

«Aiutami tu. Fammi venire.»

Gli sfugge un altro di quei gemiti sommessi che mi piacciono tanto. «Adoro quando parli così.»

«Lo vedo. Sei ancora più grosso.»

Infila le braccia sotto le mie gambe e le divarica ulteriormente, sprofondando dentro di me. Poi mi succhia un capezzolo e lo mordicchia. Dev'esserci un collegamento diretto con il punto in cui i nostri corpi si uniscono, perché esplodo. Come una bomba. Vengo così forte da urlare per il piacere assoluto che mi travolge.

Lui mi lascia andare le gambe e ricomincia a muoversi, fino a venire a sua volta. Affonda più volte dentro di me e poi mi crolla addosso: grosso, pesante, sudato e tutto mio.

«Mi hai annientato» dice dopo un lungo silenzio.

«E tu mi hai demolito.»

«Che ne pensi del sesso da fidanzati?»

«Ho un po' paura di come sarà quello da sposati.»

Solleva la testa e mi sorride. «Lo scoprirai presto.»

«Non vedo l'ora.»

# CAPITOLO DIECI

## Natalie

L unedì mattina, Flynn mi accompagna di buon'ora in città per l'appuntamento dalla dottoressa. Gli ho detto che sono troppo nervosa per guidare e, per fortuna, lui non ha insistito. Nonostante mi abbia preparato del caffè da bere lungo il tragitto, non riesco a smettere di sbadigliare. Siamo rimasti svegli fino a tardi per «festeggiare» e la sveglia è suonata prestissimo, così da avere il tempo di lavarmi e prepararmi mentalmente.

Ieri siamo rimasti a letto tutto il giorno, alzandoci solo per una doccia e mangiare qualcosa. E così, oltre a essere stanca, sono anche piuttosto indolenzita, motivo per cui temo ancora di più la visita. Fino a quando avrò visto la dottoressa, non riesco nemmeno a pensare ai piani per la serata.

«Non sei costretta a farlo se non vuoi» mi dice Flynn. «So che sarà traumatico e detesto l'idea che tu faccia per me una cosa che ti mette tanto in ansia.»

«Non lo faccio solo per te, ma anche per me. Per avere la libertà che tutti gli sposini si meritano.»

Cambia posizione sul sedile, come se stesse scomodo.

Abbasso lo sguardo e vedo che ha un'erezione. «Non serve altro?» chiedo, con una risata.

«Basta un tuo sguardo e mi viene duro. Ma quando parli di libertà sessuale… Be', sono umano.»

«Mi stupisco che non sia completamente sfinito dopo ieri.»

«È sorprendentemente resiliente. È impossibile tenerlo a freno.»

Mi viene la ridarella al pensiero di aver provocato un uomo per la prima volta in vita mia e, per giunta, un esperto in materia.

Mi prende la mano, se la porta alle labbra e mi mordicchia le dita. «Ieri ci siamo proprio divertiti.»

«Già.»

«E stasera ci divertiremo ancora di più.»

«Non riesco neanche a immaginarlo.»

Siccome non ribatte, mi chiedo che cosa abbia in mente. In fatto di sesso sono una neofita, però ho retto abbastanza bene il suo ritmo, fino a quando ci siamo addormentati verso le quattro. Mi preoccupo al pensiero di renderlo felice a letto. Chissà se gli basterò per il resto della vita. Dio, lo spero sproprio. Se dovesse tradirmi, ne morirei.

Con una stretta allo stomaco, ripenso a quando mi ha raccontato dell'infedeltà reciproca alla fine del suo matrimonio e che far provare all'ex moglie la sua stessa medicina non è stato tra i suoi momenti migliori.

«Che c'è?»

Mi costringo a sorridere. «Niente. Ho solo fifa per la visita.»

«Sicura che non ci sia dell'altro?»

«Sì.» Gli dico quello che ha bisogno di sentire, ma i timori continuano a gravarmi addosso quando entriamo in un grande palazzo di mattoni. Le segretarie ci accolgono con grande professionalità, nonostante fissino Flynn come ragazzine davanti a una celebrità. Abbiamo deciso che non avrei messo l'anello qui, perché la notizia del fidanzamento non trapeli prima di essere pronti a renderla pubblica. La mano mi sembra già spoglia senza lo splendido anello che ho messo in borsa, in una tasca chiusa con la cerniera.

Compilo un modulo con la mia storia medica, mi faccio pesare e misurare la pressione, poi vengo accompagnata in una stanza per attendere la dottoressa, che arriverà a momenti.

Mi siedo su una sedia, con Flynn su quella accanto a tenermi per mano.

Per fortuna, l'attesa non è lunga. La dottoressa bussa e poi entra. È più giovane di quanto mi aspettassi, una vera californiana del Sud con i capelli biondi e gli occhi azzurri.

«È un vero piacere conoscervi» dice mentre ci stringe la mano.

«Dottoressa» esordisce Flynn, «come il resto del mondo, ormai sa quello che ha vissuto Natalie in passato, ma deve sapere anche che questa è la prima volta che vede un medico da quando è stata visitata dopo lo stupro. È molto nervosa e, per questo, mi ha chiesto di essere qui.»

«Ma certo, capisco benissimo. Natalie, che cosa la porta qui oggi, a parte il fatto che è proprio il momento di fare un controllo?»

«Mi... mi interesserebbe prendere la pillola.»

«Questa è la sua prima relazione sessuale?»

Annuisco. «Sì.»

«E state usando una protezione?»

«Sì» risponde Flynn al posto mio.

«Bene. Buono a sapersi.» Si informa sul mio ciclo e su eventuali problemi di salute, ma per fortuna non ne ho. «Bene.» Prende un camice da un armadietto e lo mette sul lettino. «Deve togliere tutto, d'accordo?»

Nonostante stia già tremando, annuisco mentre lei va alla porta. «Torno tra un minuto.»

Dopo che è uscita, fisso a lungo il camice, ripensando all'ultima volta che ne ho indossato uno. La sola vista mi riporta alla ragazzina a pezzi e traumatizzata di quella notte di tanti anni fa.

«Tesoro?»

Mi ero quasi scordata che ci fosse anche lui.

«Il lettino, il camice... Mi è tornato tutto in mente.»

«Lasciamo perdere, Nat. Almeno per oggi.»

«No, voglio andare fino in fondo. Dovrò farlo comunque prima o poi, se avremo dei bambini.» Mi giro verso di lui. «Perché avremo dei bambini, vero?»

Mi rivolge un dolce sorriso. «Tutti quelli che vorrai, tesoro.»

Il modo in cui mi guarda mi scalda il cuore. «Allora devo superare la fobia verso i dottori.» Afferro l'orlo del vestito che mi sono messa in previsione della riunione di più tardi.

«Faccio io.» A partire dal vestito, mi sveste un pezzo per volta, mi infila il camice di cotone e me lo lega in vita. «Sei sicura che vuoi che resti?»

«Sicurissima. Spero solo che poi vorrai ancora fare sesso con me.»

Mi abbraccia e mi tira a sé, con il mento posato sui miei capelli. «Vorrò sempre fare sesso con te.»

Siamo ancora così quando la dottoressa bussa ed entra.

«Si sieda sul lettino, per favore.» Va al lavabo, si lava le mani e si prepara per la visita.

Scossa da un violento tremore, faccio come mi ha detto. Non so se ce la farò.

«Signor Godfrey, lei può mettersi lì.» Indica uno sgabello che posiziona dietro la testa del lettino.

«Vieni qui, tesoro.»

Mi allungo verso le sue braccia e lui mi circonda la testa, così che nessuno dei due riesca a vedere quello che accadrà più in basso.

«Tutto bene?»

Inspiro il profumo sexy della sua colonia, che mi calma subito. «Sì.»

La dottoressa mi spiega in anticipo tutto quello che farà, a partire dall'esame senologico che mi avrebbe mortificato se Flynn non avesse tenuto la testa bassa, accostata alla mia. Ho la sensazione che nemmeno lui abbia voglia di guardare mentre la dottoressa mi parla dell'autopalpazione e dell'importanza della prevenzione.

La sto a sentire, ma tengo gli occhi ben chiusi e prego che si sbrighi, così da farla finita il più in fretta possibile. Poi si sposta tra le mie gambe, abbassa la parte finale del lettino e mi sistema le gambe sulle staffe.

Assalita dai flashback dell'ultima volta che mi è successo, mi manca il respiro. Inizio a piangere, e non è ancora successo niente.

«Calma, tesoro» mi dice in tono pacato Flynn, accarezzandomi il viso e i capelli.

«Procediamo?» s'informa la dottoressa.

«Sì» rispondo. «La prego.»

Mi spiega la procedura del Pap test e mi chiede se può cominciare.

«Sì.» Chiudo gli occhi e stringo i denti.

Flynn mi tiene la mano e mi sussurra tutte le cose divertenti che faremo a Las Vegas, che domani a quest'ora saremo sposati e quanto mi ama.

Indolenzita dopo aver fatto l'amore ieri, trasalisco quando la dottoressa infila lo speculum, ma lei prende i campioni necessari con rapidità ed efficienza e finisce prima che io possa cedere all'isteria che minaccia di venire a galla.

«Come va, Natalie?»

«Bene» riesco a dire, nonostante la mascella serrata.

«Ora userò due dita per valutare l'utero e le ovaie.» Come prima, è rapida ma scrupolosa. «Sembra tutto a posto, Natalie. Si può sedere adesso.»

Continuo a tremare, ma provo un enorme sollievo. Ce l'ho fatta. Sono andata fino in fondo. La dottoressa mi spiega le varie opzioni contraccettive e, dopo averne parlato con Flynn, scegliamo l'iniezione da ripetere ogni tre mesi, che sarà pienamente efficace tra una settimana, e un'infermiera arriva a farmela.

Con mia sorpresa, la dottoressa mi consegna una ricetta. «Prenda questo la prossima volta che deve andare dal medico. La aiuterà a calmare i nervi.»

«Grazie mille per la pazienza.»

«Non c'è di che. Spero lei sappia che è molto comune per chi subisce un'aggressione sessuale sviluppare una fobia nei confronti dei medici in seguito allo stupro e alla successiva visita in ospedale. Lei non è l'unica, cara.» Mi dà il suo biglietto da visita. «Mi chiami pure se posso fare qualcosa per lei. In qualsiasi momento. Sul retro c'è il mio cellulare.»

«Grazie mille.»

«Sì, grazie» ripete Flynn. «Le siamo grati per la sua sensibilità.»

«È stato un piacere conoscervi.» Fa per uscire dalla stanza, ma ci ripensa. «Quello che le è successo questa settimana, Natalie... Situazioni come questa potrebbero riaprire vecchie ferite. Abbia cura di lei e mi chiami, se potrò aiutarla.»

«Lo farò. Grazie ancora.»

«Si prenda tutto il tempo che le serve» conclude, poi esce e richiude la porta.

Mi tremano così tanto le mani che Flynn deve aiutarmi a rivestirmi. In silenzio e con gesti determinati, mi infila il vestito dalla testa e poi, circondandomi con le braccia, posa la testa sulla mia spalla, come se gli servisse un momento per ricomporsi.

Gli infilo le dita nei capelli.

«Mi dispiace tanto, Nat. Non avrei mai dovuto fartelo fare.»

«Prima o poi avrei dovuto.»

«Ma non per forza oggi.»

«Io sono contenta di averlo fatto. Ho superato la prima volta e, a breve, saremo protetti.»

Estrae un foglio dalla tasca, lo apre e me lo dà.

«Che cos'è?»

«La prova che sono sano. Me l'ha mandata stamattina il mio medico. Ho fatto gli esami a New York.»

«Un nuovo inizio per la nostra vita coniugale.»

«Giusto.»

«Hai detto di averli fatti a New York, però mi hai chiesto di sposarti solo due giorni fa.»

«L'ho capito la terza volta che ti ho visto che non sarei più tornato indietro. Sei la donna per me.» Piega le ginocchia e mi guarda dritto negli occhi. «Stai bene? Capirei, se volessi posticipare i piani di oggi perché non te la senti.»

«Adesso che è finita, sto bene, e non ti tirerai indietro dallo sposarmi oggi.»

Con un sospiro di sollievo, mi abbraccia. «Grazie al cielo.»

# Flynn

GUARDARE NATALIE DURANTE LA VISITA È STATA LA TORTURA PEGGIORE DI tutta la mia vita. Non riesco neanche a immaginare come sia stato per lei mentre andiamo agli uffici della Quantum per incontrare i futuri membri del consiglio di amministrazione della mia fondazione contro la malnutrizione.

Dopo la reazione di Natalie nello studio della dottoressa avevo pensato di posticiparla, ma era troppo tardi con tutte quelle persone impegnate ormai per strada.

Durante il tragitto lei è silenziosa, e non la spingo a parlare. Sta affrontando l'ennesima ferita riaperta, e il pensiero mi fa venire voglia di prendere a pugni qualcosa.

Nel portarla di nuovo in ufficio, sono turbato per via dei segreti nascosti nel seminterrato del palazzo. Come a New York, il nostro club BDSM è proprio qui sotto, anche se Natalie non lo verrà mai a sapere. È una parte della mia vita che non posso condividere con lei e che mi lascerò alle spalle, dove è giusto che stia.

Dopo aver assistito al trauma che le ha provocato la visita medica, sono ancora più convinto che non ci sia spazio nella nostra relazione per il mio ormai ex stile di vita, quindi perché parlargliene? Lei non capirebbe senza averlo provato e, con quello che ha passato, non introdurrò il rapporto dominatore/succube nel nostro letto. Troverò il modo di farne a meno, perché fare a meno di lei non è un'opzione.

Arrivati all'ultimo piano del palazzo, dove si trovano gli uffici amministrativi, sono tutti entusiasti per le candidature agli Oscar. La receptionist mi informa che i miei genitori ci aspettano nel mio ufficio. Sono contento di poter parlare con loro del matrimonio prima della riunione.

Tenendoci per mano, entriamo e li troviamo seduti sullo stesso divano a bere una tazza di caffè. Quando ho chiesto a loro e alle mie sorelle di far parte del consiglio di amministrazione della fondazione, hanno accettato con entusiasmo. I miei balzano subito in piedi per salutarci, riservando baci e abbracci a Natalie. Adoro la confidenza con cui la trattano e il modo in cui l'hanno accolta nella nostra famiglia. È proprio quello che le serve in questo momento, e loro l'hanno capito.

«Sono contento che siate riusciti a venire con qualche minuto d'anticipo.»

«Hai detto di avere delle notizie che non c'entrano niente con la fondazione» commenta mio padre, con gli occhi che gli brillano. «Quando dici così, attiri sempre la nostra attenzione.»

Lancio un'occhiata a Natalie e poi torno a fissare loro. «Io e Natalie ci sposeremo questa sera.»

Di rado ho visto i miei senza parole, ma l'annuncio li lascia del tutto scioccati.

Poi, quando mia madre scoppia a piangere, capisco che andrà tutto bene.

«È una notizia meravigliosa, figliolo» esclama mio padre. «Congratulazioni a tutti e due.»

«Già» conferma mia madre. «Siamo davvero emozionati per voi.»

Accanto a me, una volta capito che non obietteranno, Natalie si rilassa.

«Che storia travolgente» commenta mio padre, il suo modo per chiedere se non siamo stati affrettati. Non lo direbbe mai direttamente. Non è così che fa.

«Posso vedere l'anello, Natalie?» chiede mia madre.

«Abbiamo deciso che non l'avrei messo stamattina perché la notizia non si diffonda prima del dovuto.» Lo prende dalla borsa, se lo infila e allunga la mano verso mia madre.

«È bellissimo.» Poi si rivolge a me. «Ben fatto, caro.»

«Tutto grazie a Hugh. È stato fondamentale.»

«Dove avete intenzione di sposarvi?» s'informa mio padre.

«Andremo a Las Vegas in serata.»

«Che emozione» commenta mia madre. «Ti starà girando la testa, Natalie.»

«Nel senso migliore possibile» conferma lei, guardandomi con un sorriso.

«Daremo una festa» sentenzia mia madre. «A casa nostra. Permetteteci di festeggiare insieme a voi. Quando volete nelle prossime due settimane.»

Lancio un'occhiata a Natalie, che sembra gradire l'idea. «Va bene, mamma, sarebbe bello. Niente di folle, però. Solo i famigliari più stretti.» Che, nel nostro caso, includono almeno duecento amici intimi.

«Ma certo.» Batte le mani. «Avevo perso le speranze che ti saresti sposato di nuovo ma, dopo aver conosciuto la dolce Natalie, l'avevo detto a Max che il nostro ragazzo l'avrebbe portata all'altare.»

«E tu sai quanto tua madre adori avere ragione.»

«Mi piace prevedere il futuro» dice lei. «E prevedo che voi due sarete felicissimi insieme. Benvenuta in famiglia, Natalie, e grazie per aver reso Flynn felice come non l'avevamo mai visto.»

«Anche lui mi ha reso felice, e grazie a voi per questa accoglienza calorosa. Non so spiegarvi quanto significhi per me fare di nuovo parte di una famiglia.»

«Aspetta di passare un po' di tempo con i Godfrey» dico.

«Fatemi pure vedere il vostro lato peggiore.»

«Non diciamo alle ragazze che l'ha detto» ribatte mia madre, suscitando una risata generale.

Chiacchieriamo per qualche minuto, fino a quando un'impiegata ci avvisa che gli altri sono arrivati. I miei vanno avanti e io mi concedo un minuto da solo con Natalie.

«È andata bene, no?» le chiedo.

«Sono meravigliosi. Non hanno battuto ciglio.»

«Non lo farebbero mai. Sanno come sono fatto e che, più di ogni altra cosa, conosco me stesso e so quello che voglio.» Per l'ennesima volta, la mia coscienza fa capolino per ricordarmi la parte di me che sto negando per sposarmi con Natalie. «Ti sta bene aspettare a parlarne fino a cose fatte? Mi fido della mia famiglia e delle tue amiche, ma non vorrei che la voce si spargesse quando non siamo pronti.»

«Mi sta benissimo. Come vuoi tu. Di certo sai meglio di me come gestire un annuncio di questo tipo.»

«Volevo dirti che, alla riunione, ti nominerò presidentessa della fondazione.»

Si immobilizza per lo shock. «*Cosa* farai?»

«Voglio che sia tu a supervisionare ogni cosa. Tutti dovranno rispondere a te.»

«Sei serio.»

«Serissimo.»

«Ma io non so niente di come si gestisce una fondazione.»

«Nemmeno io. Lo scopriremo insieme. Avendo insegnato in una grande città, ne sai molto più di me riguardo al problema che speriamo di risolvere. Sei più qualificata per guidare i nostri sforzi.»

«Sono anni che ti interessi alla questione e sulla porta ci sarà il tuo nome. Dovresti occupartene tu.»

«Sulla porta ci saranno i *nostri* nomi e non mi sono interessato al problema quanto farò d'ora in avanti.»

«I nostri nomi?»

«La chiameremo la Fondazione Flynn e Natalie Godfrey.»

«Flynn, non so che cosa dire. La fiducia che riponi in me…»

«Ho trovato la persona migliore per questa impresa, che mi sta a cuore quanto te. Puoi fare la differenza, Nat. Ma, se non ti va, lo capisco benissimo.»

«Mi piacerebbe provarci, ma sappi che potrei combinare qualche casino prima di ambientarmi.»

«Non combinerai nessun casino. Lo staff eccezionale della Quantum sarà a tua disposizione.»

«E se…»

«E se che cosa?»

Alza lo sguardo su di me, con espressione incerta. «Se riavessi il mio lavoro a New York?»

«In quel caso, dovremo prendere una decisione. A ogni modo, voglio che tu sia coinvolta nella fondazione e sono tranquillissimo nel metterti al comando e darti uno stipendio a partire da oggi. Ma solo se lo vuoi anche tu.»

«Sono onorata dalla tua fiducia e mi piacerebbe molto provarci. Grazie.»

«Allora andiamo a conoscere il nostro nuovo consiglio di amministrazione.»

# CAPITOLO UNDICI

*Natalie*

È stata una delle giornate più surreali della mia vita. Con il sole che tramonta dietro l'orizzonte, siamo sul divano di un aereo privato diretti a Las Vegas, Fluff dorme sulle mie gambe e io sono accoccolata contro Flynn.

Sono rimasta sbalordita quando mi ha chiesto di dirigere la fondazione ma, una volta smaltito lo shock, l'entusiasmo per questa sfida ha preso il sopravvento. Sono uscita dalla riunione con una lista di tre pagine di cose da fare che mi terrà impegnata per i prossimi sei mesi.

Flynn è stato bravo a capire che mi serviva qualcosa in cui riversare le energie dopo aver perso il lavoro e quello che abbiamo in programma per aiutare i bambini malnutriti è una causa davvero meritevole, che richiede attenzione.

L'ho visto con i miei alunni, perlopiù di buona famiglia e con genitori dediti al lavoro, eppure ogni tanto qualcuno veniva a scuola senza aver fatto colazione e senza soldi per il pranzo.

Mi si spezzava il cuore per il senso di silenziosa vergogna che nessun bambino dovrebbe mai conoscere.

«A che cosa stai pensando, tesoro?»

«Alla mia lista di cose da fare.»

«Sapevo di assumere la persona giusta per questo lavoro. Sei già lanciatissima.»

«Quindi è un lavoro?»

«Certo. Ti ho detto che ti avrei messo sul libro paga della Quantum. E l'ammontare dello stipendio per il primo anno è pari a una volta e mezzo il tuo debito studentesco.»

Scoppio in una risata spontanea e spensierata. «Ci sai proprio fare, Flynn Godfrey.»

«Grazie, tesoro. Sono contento che la pensi così.»

«Declino la tua generosa offerta e mi offro *volontaria* per la fondazione. Sai, il mio futuro marito è ricco da far schifo e, tecnicamente, non ho bisogno di lavorare.»

«Oh, bella mossa, amore.»

«Grazie.» Adoro ogni secondo in compagnia di quest'uomo straordinario. Qualsiasi cosa facciamo, mi rende più felice di quanto sia mai stata o abbia mai sperato di essere.

«Ma non succederà. Se fai un lavoro, vieni pagata. È così che funziona e, a proposito di tuo marito ricco da far schifo…»

«Vorrai farmi firmare qualche carta. Dammela pure.»

«No, non voglio farti firmare niente.»

«Sii serio, Flynn. Prima di andare all'altare, chiunque abbia un po' di cervello e quello che possiedi tu farebbe firmare un accordo prematrimoniale alla fidanzata che conosce da un paio di settimane.»

«Be', allora non ho neanche un po' di cervello, perché non ci sarà nessun accordo.»

È così categorico che mi viene il dubbio che ne abbia già discusso con qualcun altro. «È per questo che Hayden se n'è andato a quel modo l'altra sera?»

«In che modo se n'è andato?»

«Incazzato. Immaginavo che c'entrassi io, visto che gli faccio quell'effetto.»

Flynn ragiona su quanto rivelarmi.

«I tuoi amici ti hanno detto che sei uno stupido a non fare un accordo prematrimoniale?»

«*Stupido* non è la parola che hanno usato.»

Alzo gli occhi al cielo. «Per quel che vale, sono d'accordo con loro. Sarei più tranquilla se ci fosse un documento a tutelarti. Giusto in caso.»

«In caso di che?»

Lo fisso, per fargli capire che non riuscirà a farmela. «Non fare l'ottuso.»

«Quanto adoro il tuo vocabolario, signorina Bryant. E, per tua edificazione, questo matrimonio durerà per sempre, quindi mi rifiuto di cominciarlo facendo dei piani per la sua fine.»

«Pur apprezzando la tua totale e assoluta fiducia in me e in noi, saresti prudente a farmi firmare un documento in cui si dica che non voglio i tuoi soldi. Io voglio solo te.»

«Ed è proprio per questo che non ti chiederò di firmare niente. Ti credo quando dici che vuoi solo me. Sei l'unica donna con cui sia uscito che sta con me per un giusto motivo. Tutto ciò che possiedo è tuo.»

Gli occhi mi si riempiono di lacrime. Com'è possibile che stia accadendo davvero? «Ti amo tantissimo. Quello che rappresenti per il resto del mondo e quello che hai non contano niente per me, non come quello che rappresenti per me e che mi doni ogni giorno con il tuo amore.»

Mi bacia.

Lo abbraccio per impedirgli di ritrarsi, ma Fluff non gradisce.

Si sveglia ringhiando e abbaiando, facendoci ridere.

Gli accarezzo la guancia. «Mi spaventa a morte l'idea che morda questo viso famoso in tutto il mondo.»

«Una o due cicatrici mi darebbero carattere.»

«Sei perfetto così come sei.»

Poco dopo, atterriamo a Las Vegas, dove ad attenderci c'è una limousine che ci porta in città. Resto abbagliata dalla Strip con le sue luci, lo splendore pacchiano e l'energia palpabile. Flynn, che è già stato qui un milione di volte, si diverte a osservarmi mentre vedo tutto per la prima volta.

Arrivati al Bellagio, entriamo da un ingresso dedicato e veniamo accompagnati a un ascensore che ci porta direttamente in una suite imperiale con finestre alte fino al soffitto affacciate sulla Strip e sulle sofisticate fontane per cui è famoso l'albergo. Mi avvicino subito per godermi il panorama.

Flynn mi raggiunge e mi abbraccia da dietro. «Che ne pensi, tesoro?»

«È stupendo. Non so dove guardare, con tutto quello che c'è da vedere.»

«Mi piacerebbe essere persone normali, così ti porterei a fare una passeggiata tra le fontane e ti mostrerei il casinò, dove potresti sfidare la sorte ai tavoli.»

Mi giro verso di lui. «Non vorrei essere nessun altro. Sono contenta di stare in questa bellissima suite e averti tutto per me.»

«Mi avrai tutto per te non appena avremo concluso una cosuccia.»

«Quale cosuccia?» chiedo con un sorriso schivo, anche se lo so benissimo.

Suona il campanello. «Aspetta.» Mi bacia e va ad aprire una porta che non avevo notato.

Torno a guardare fuori dalla finestra quando, riflesso sul vetro, vedo un certo movimento alle mie spalle. Mi volto e mi trovo davanti quattro persone e un appendiabiti. «Cos'è tutto questo?»

«Non potevo chiederti di sposarmi senza un abito favoloso e, come minimo, i capelli acconciati come vuoi tu. Oh, e dei fiori. Stanno arrivando.»

«Lasciami indovinare: Addie?»

«Con un piccolo aiuto da parte mia.» D'un tratto, è così insicuro che è adorabile. «Spero che vada bene.»

Mi sollevo in punta di piedi e lo bacio. «È perfetto. È tutto perfetto.»

«Allora, ti lascio a prepararti. Ci vediamo tra poco?»

«Sì.»

Un'ora più tardi, indosso un magnifico abito di seta bianco di uno stilista che non ho mai sentito nominare. Mi calza a pennello però, per questo l'ho scelto. È velatamente sexy, con un profondo scollo a v che di certo il mio futuro marito apprezzerà. Il corpetto è tempestato di cristalli e perle, ma il resto è semplice e squisito, e mi si addice moltissimo.

Ho portato gli orecchini e la collana di diamanti che Flynn mi ha regalato prima dei Golden Globes e, con le mani tremanti, me li metto. Ho il terrore di perderli, nonostante lui mi abbia detto di non preoccuparmi perché sono assicurati. A ogni modo, morirei se smarrissi queste pietre preziose.

Ho deciso di tenere i capelli sciolti, che mi rappresentano più di qualsiasi raccolto elaborato; lunghi e mossi, proprio come piacciono a me. Non mi sono mai sentita davvero me stessa, la versione nuova e migliore di me, come da quando sto con Flynn, perciò questa sera voglio essere bella per lui.

Chissà quali minacce hanno subìto per mantenere il segreto le persone che mi stanno aiutando. Spero che nessuna di loro ceda alla pressione e vuoti il sacco. Di certo l'entourage di Flynn avrà pianificato come rilasciare la notizia.

Tuttavia, al momento, non mi interessa. In questo istante, riesco a pensare soltanto che sto per sposare l'uomo più meraviglioso che conosca e non vedo l'ora di passare il resto della vita con lui.

Quando tutti se ne vanno, mi do un'ultima controllata allo specchio e sono pronta. Non so se aspettare in camera o andare a vedere se anche Flynn è pronto.

A risolvere il dubbio, sento bussare piano alla porta. Con le farfalle nella pancia per l'entusiasmo, vado ad aprire. Flynn indossa un completo nero sexy con una cravatta sottile. Si è pettinato i capelli e si è rasato. È stupendo e mi guarda in un modo che mi toglie il fiato.

«Natalie, sei bellissima. Fatti vedere.» Mi prende per mano e mi porta nell'enorme soggiorno, più grande di tutto il mio appartamento a New York. Senza lasciarmi, si posa l'altra mano sul cuore. «Sono l'uomo più fortunato della terra ad averti trovato. E sapere che mi ami...»

«Ti amo tantissimo e non vedo l'ora di diventare tua moglie.»

«Allora rendiamo la cosa ufficiale, che ne dici?» Mi consegna un bouquet di rose bianche, bocche di leone e altri fiori che non conosco.

Poi usa il telefono della stanza e, qualche minuto dopo, il campanello suona di nuovo. Questa volta arrivano un uomo con un completo elegante che lascia entrare per prima una donna. Entrambi hanno i capelli grigi e un sorriso caloroso e cordiale.

«Natalie, ti presento il giudice Henry Gallagher e sua moglie, Teresa. Sarà lui a sposarci e, insieme, ci faranno da testimoni.»

Stringo loro la mano. «Piacere di conoscervi, tutti e due.»

«Anche per noi» risponde lui. «Siamo grandi ammiratori del suo lavoro, signor Godfrey.»

«Mi chiami Flynn, la prego.»

«Ho alcuni documenti da farvi firmare» aggiunge il giudice.

Tolte di mezzo le scartoffie, ci spostiamo davanti al caminetto per la cerimonia. Quando Flynn mi porge le mani con un sorriso emozionato, lascio i fiori su un tavolo e gliele prendo.

D'un tratto, mi rendo conto che lo stiamo facendo davvero: ci stiamo sposando. Ma non sono affatto nervosa, perché so senza ombra di dubbio che sto facendo la cosa giusta e, dal sorriso sul bel viso di Flynn, capisco che per lui è lo stesso. Gli stringo le mani.

«Flynn e Natalie, siete qui questa sera per sposarvi. Vi scambiate le promesse di vostra spontanea volontà?»

«Sì» rispondiamo all'unisono.

Flynn mi stringe le mani.

«Natalie, ripeti dopo di me.»

Recito le promesse, ascolto quelle di Flynn e, con le lacrime agli occhi, mi lascio infilare al dito una fede in platino in pendant con l'anello di fidanzamento. Ho un momento di panico al pensiero di non averne una per lui, ma ovviamente Flynn ha pensato anche a quello.

Con un sorriso, tira fuori una fede uguale alla mia e me la dà, facendomi l'occhiolino.

Mentre gliela metto al dito, vengo colpita dall'enormità di questo gesto e mi gira la testa per la gioia. Da tanto non provavo nulla che potesse definirsi tale ma, in questa lussuosa suite di Las Vegas mentre sposo l'uomo dei miei sogni (e dei sogni di ogni donna, che diamine), per la prima volta da non so più nemmeno quando provo una gioia vera.

E poi lui mi bacia e il giudice ci dichiara marito e moglie. Sono la moglie di Flynn Godfrey.

Lui tira fuori il telefono e chiede di scattarci una foto alla signora Gallagher, che ce ne fa una decina e ne domanda una con Flynn. Ovviamente lui la accontenta e consegna loro una busta. «Un pensierino per ringraziarvi del vostro tempo.»

Non appena li congediamo, arrivano due camerieri in smoking. Uno spinge un tavolo apparecchiato per due e l'altro porta un secchiello di ghiaccio con due bottiglie di champagne. A parlare è il più anziano. «Quando desiderate, signor Godfrey.»

«Ci dia una decina di minuti, grazie.»

«Ma certo.»

Se ne vanno, chiudendosi la porta alle spalle e lasciandomi sola con mio marito. Mio *marito*. Qualcuno mi dia un pizzicotto, per favore. Lui mi abbraccia e affonda il viso tra i miei capelli. «Salve, signora Godfrey.»

Infilo le braccia sotto la sua giacca e lo stringo a mia volta. «Salve, signor Godfrey.»

«Come ci si sente?»

«È surreale. Stupendo. Perfetto.»

«Anche per me.»

«Non lo dimenticherò mai, Flynn. Nessun dettaglio. Questa storia travolgente…»

«Ci ha cambiato la vita.»

Annuisco. «È incredibile.» È la parola che preferisco per descrivere lui e la nostra relazione.

Senza staccare gli occhi intensi dai miei, mi dà un dolce bacio e capisco che si sta trattenendo perché ha altri piani prima di consumare il matrimonio.

«Dobbiamo occuparci di una cosa.»

«Quale?»

Riprende il telefono di tasca. «Aiutami a scegliere la più bella.» Passiamo in rassegna le foto che ci ha scattato la signora Gallagher.

«Questa.»

«È venuta bene.» La manda a Liza, con la didascalia 'Via libera'.

«Che cosa succede?»

«Lei renderà pubblica la foto con un'unica frase: 'Flynn Godfrey ha sposato Natalie Bryant a Las Vegas questa sera'. Non diremo altro.»

«Non c'è altro da dire.»

«Oh, tesoro, avrei molto altro da dire, ma lo terrò per te. Non c'è bisogno che gli altri lo sentano.»

«Posso mandare la foto a Leah e Aileen, così non lo scopriranno da Twitter?»

«Ma certo. Te la giro.»

Me la invia e scrivo un rapido messaggio di gruppo alle mie amiche di New York, che rispondono all'istante.

Leah: *CHE COOOOSAAAA??? MI PRENDI IN GIRO? ODDIO! Sono così felice per voi! Siete bellissimi, e raggianti. Congratulazioni, Nat. Non so dirti quanto sono emozionata per te.*

Aileen: *Sto piangendo per due belle persone che si meritano una vita piena di felicità. Baci da me, Logan e Maddie*

Leggo le risposte a Flynn. «Dovresti dirlo ai tuoi amici. E alla tua famiglia.»

«Hai ragione.» Non appena manda un messaggio di gruppo, il suo cellulare esplode di notifiche.

Aimee, sua sorella: *Mai dire mai! Bravi. Benvenuta in famiglia, Natalie!*

Marlowe: *Fantastico! Congratulazioni, ragazzi! Non vedo l'ora di festeggiare ai SAGS. Vi voglio bene!*

Kristian: *Congratulazioni! Bella foto. Spero che siate sempre felici.*

Annie, sua sorella: *Sbarra la porta! Sei stato hackerato? Rapito dagli alieni? Sopraffatto dall'amore? Sono felice per te, fratellino. Benvenuta nella folle famiglia Godfrey, Natalie!*

Emmett: *Mazel tov! I migliori auguri per una lunga e felice vita insieme.*

Estelle: *Congratulazioni, cari. Siamo emozionati e lieti di accogliere Natalie nella nostra famiglia. Io e il papà vi vogliamo bene! Baci*

Jasper: *Ben fatto, amico! Natalie, ti sei trovata un bravo ragazzo. I miei migliori auguri.*

Ellie, sua sorella: *Benvenuta in famiglia, Natalie! Chiunque riesca a sopportare Flynn tutto il giorno gode del mio rispetto e della mia ammirazione infiniti. Sono felice per voi! Vi voglio bene.*

Addie: *Sono felicissima per voi. Godetevi ogni minuto!*

«Addie ci ha dato davvero un buon consiglio» commento. Nessuno di noi accenna al fatto che l'unico a non rispondere è Hayden, il suo migliore amico.

«Basta telefoni.» Spegne il suo e lo lascia sul tavolo. «Non so tu, ma io sto morendo di fame.»

«Ho un certo languorino anch'io.»

Apre la porta ai camerieri, che entrano con una cena a base di *Caesar salad*, gamberi grigliati, un risotto da far venire l'acquolina in bocca e del manzo tenerissimo con gli asparagi. Stappano una bottiglia di champagne e ci riempiono i calici.

Flynn alza il suo per un brindisi e facciamo cin cin. «A mia moglie.»

«A mio marito.»

Mi bacia. «Suona bene.»

«Anche secondo me.»

Assaggio ogni piatto, nonostante lo stomaco sottosopra per il nervosismo e l'eccitazione per la serata che ci attende. Non vedo l'ora di restare completamente sola con lui, mio marito. Vedere l'anello al suo dito e sapere quello che rappresenta mi commuove.

«Ti piace la fede?» mi chiede, leggendomi nel pensiero.

«La adoro. È bellissima. Come tutto. Non riesco a credere a quello che tu e a quella maga di Addie siete riusciti a mettere insieme con due giorni di preavviso.»

«È brava in quello che fa.»

«C'è la tua firma ovunque, Flynn. Prenditi la tua parte di merito.»

«Che sarebbe così.» Unisce il pollice e l'indice. «Io ho scelto gli anelli e ho detto sì o no a qualche vestito, nella speranza che ce ne fosse uno che ti piacesse.»

«Adoro questo vestito. Non vorrei togliermelo mai.»

Inarca un sopracciglio. «Te lo toglierai. Molto presto.»

La minaccia velata e al tempo stesso allegra nel suo tono mi strappa una risata. «Grazie dell'avvertimento.»

Condividiamo un dessert al cioccolato peccaminoso e, tra lo champagne e le fragole che lo accompagnano, i miei sensi vanno quasi in sovraccarico. Finito di mangiare, i camerieri tornano a sparecchiare, portano via il tavolo e ci lasciano l'ennesimo secchiello con una bottiglia di champagne.

«Ci serve una canzone» esclama Flynn.

«Una canzone?»

«Per il primo ballo da marito e moglie. Quale usiamo? Scegli tu.»

«Mmh, è una decisione da non prendere alla leggera. Per il resto della vita, sarà la canzone che avremo ballato la prima notte di nozze.»

«Ecco perché lascio la scelta a te.»

«Così mi metti addosso una pressione enorme.»

«Confido in te, tesoro.»

«Posso guardare quelle che ho nel telefono?»

«Assolutamente.»

Mentre le passo in rassegna, scartandole una dopo l'altra, lui abbassa le luci. «Quale hanno usato i tuoi al loro matrimonio?» gli chiedo.

«*Moon River*. La adorano.»

«Bella.»

Scruta oltre la mia spalla. «Aspetta. Cos'era quella? *Laugh/Love/Fuck*. Può andare.»

«La canzone del nostro matrimonio non conterrà una parolaccia.»

Mi cinge tra le braccia e preme l'erezione contro la mia schiena. «Perché no?»

«Perché no. Punto.»

«Guastafeste.»

«Forse, ma ormai devi sopportarmi.»

«Non sono mai stato più felice in vita mia di sopportare qualcuno.»

Sorrido alle sue dolci parole, mentre con i baci sul collo mi fa venire la pelle d'oca su tutto il corpo. «Non riesco a concentrarmi se fai così.»

«Scusa» dice, ma non si ferma.

«Che mi dici di questa?» Seleziono *I wont't give up* di Jason Mraz e la faccio partire.

«Mi sembra perfetta data la situazione, visto che si intitola *Non mi arrendo*.»

«Quindi abbiamo un vincitore?»

«Sì.» Mi prende il telefono, lo inserisce nell'impianto audio della stanza e mi porge la mano. «Mi concedi questo ballo, signora Godfrey?»

«Certo, signor Godfrey.» Lo raggiungo e, avviluppata dal suo amore, infilo le mani sotto la sua giacca e poso il viso sul suo petto. «Flynn...»

«Che c'è, cara?»

«Voglio solo dirti che, per la prima volta dopo tutto quello che mi è successo, mi sembra di aver ritrovato la strada di casa. Il vortice di pensieri nella mia mente si è placato e mi sento... calma, in pace. Ed è tutto merito tuo e di quello che abbiamo trovato insieme.»

«Nat... Non avresti potuto dire altro per rendermi più felice, soprattutto dopo quello che è successo da quando mi hai incontrato.»

«È un sollievo non avere più nulla da nascondere e, anche se avrei preferito che andasse diversamente, sono contenta che non ci siano segreti tra noi.»

Mi stringe più forte mentre ondeggiamo a ritmo della musica. «Non rinuncerò a noi, Nat. Mai. Qualsiasi cosa accada.»

«Nemmeno io.»

# CAPITOLO DODICI

*Flynn*

Quando dice che non ci sono segreti tra noi, mi sento morire. Le sto nascondendo una cosa enorme, che avrebbe potuto farle cambiare idea sul matrimonio. Ma non importa, perché mi sono lasciato tutto alle spalle per concentrarmi sul futuro con Natalie.

Ora, l'unica cosa che conta è lei. Il mio passato e il suo non graveranno sul futuro che ci costruiremo. Ho fatto delle scelte e farò funzionare questo matrimonio, a qualsiasi costo.

Con lei calda, soffice e arrendevole tra le mie braccia, la canzone finisce e ne parte un'altra. Vorrei che questo momento non finisse mai, il nostro primo ballo da coppia sposata. Sarà anche il primo, ma non sarà certo l'ultimo. Ci attendono un sacco di cose e mi rifiuto di passare anche solo una parte di questa serata a pensare al passato.

Le accarezzo con il naso i capelli lisci come la seta e mi concentro sul suo lungo collo, che bacio fino a sentirla tremare tra le mie braccia.

Adoro il modo in cui mi risponde, il fatto di strapparle una reazione anche con le carezze più innocenti. Adoro il fatto che nessuno oltre a me potrà più toccarla. Adoro il fatto che si sia fidata a farmi essere il primo a toccarla dopo la brutale aggressione che ha subìto da ragazzina.

Mi ha fatto un dono inestimabile e, ogni giorno della mia vita, cercherò di essere degno di lei. Mi cinge il collo con le mani e mi guarda, con gli occhi che traboccano di amore, fiducia e desiderio. Finora ho cercato di essere paziente, di regalarle una favola romantica da ricordare per tutta la vita, ma ora la desidero con una disperazione che non riesco più a contenere.

«Natalie…»

«Mmh?»

«Voglio fare l'amore con mia moglie.»

«Tua moglie approva.»

«Ti amo tantissimo.»

«Anch'io ti amo.»

Le prendo il viso tra le mani e la bacio con dolcezza e reverenza. Prima che le cose vadano fuori controllo, la prendo per mano e la porto in camera, che lo staff dell'hotel ha trasformato mentre cenavamo. A lume di candela, il letto è ricoperto di petali di rosa rossi e, su un tavolo, c'è un altro secchiello con una bottiglia di champagne.

«Wow» commenta lei con un sospiro. «Hai pensato a tutto.»

«Per questo ho voluto venire qui. Nessuno ci sa fare come a Las Vegas.»

«Lo vedo.» Da come si mordicchia il labbro inferiore, capisco che qualcosa la turba.

«A che cosa stai pensando?»

«Non ho portato niente di speciale da mettermi questa sera. Non ho niente all'altezza di…»

La bacio, perché non sopporto quando si preoccupa. «Natalie, cara, l'unica cosa di cui ho bisogno sei tu. Posso aiutarti a togliere il vestito?»

«Sì, grazie.» Raccoglie i capelli con le mani e li sposta davanti, offrendo la schiena nuda al mio sguardo famelico. La cerniera è nascosta da una lunga fila di bottoncini che, per fortuna, sono solo di bellezza. Se dovessi aprirne cento, andrei fuori di testa. Abbasso la cerniera e, tra i lembi dell'abito aperto, sbuca la curva sensuale della sua schiena. Siccome non porta il reggiseno, la seta le scivola lungo le spalle e le braccia, lasciandola coperta solo dalla vita in giù.

«Come si toglie?»

Mi sorride voltando appena la testa, dimena i fianchi e l'abito cade a terra. E così vedo che indossa un perizoma di seta bianco, una giarrettiera e delle autoreggenti.

«Girati. Subito.»

Senza togliersi i tacchi alti che mi arrapano da matti, si volta con le mani sui fianchi e il seno fiero ben dritto. Per un secondo, il mio cuore si ferma. «Madre santissima. Per poco non mi fai venire un infarto. E avevi detto che non ti eri portata niente.»

Mi guarda con un sorriso lezioso e soddisfatto. «Ti ho detto una bugia.»

Con le mani sul suo petto, mi sforzo di tenere a bada il fortissimo desiderio di buttarla sul letto e prendermi ciò che voglio. «Da dove diavolo arriva tutto questo?»

«Era tra le varie scelte insieme ai vestiti. La tua assistente è davvero scrupolosa.»

«Dio, la adoro.»

Quando Natalie reclina la testa e scoppia a ridere, sfrutto al volo l'opportunità, le afferro il seno e le succhio un capezzolo. Il dominatore che è in me si muove sul filo del rasoio, pronto a scatenarsi e prendersi ciò che è mio. Voglio averla, possederla, dominarla. Voglio ogni parte di lei e voglio che lei si arrenda a me in ogni modo possibile.

Soprattutto però, voglio che non abbia mai paura di me, perciò reprimo le mie inclinazioni naturali e le dimostro la gentilezza, la dolcezza e l'amore di cui ha bisogno e che si merita.

Smaniosa, lei mi toglie la giacca, mi sfila la cravatta e armeggia con i bottoni della camicia, il tutto senza mai perdere un colpo nella danza tra le nostre lingue. Quando mi posa le mani sul petto nudo, il mio desiderio si fa sempre più intenso e le nostre mani impazienti si scontrano sul gancio dei miei pantaloni.

Li lascio cadere a terra e mi tolgo in fretta la camicia, strappando quasi una manica quando il gemello si rifiuta di collaborare. «Merda» borbotto, facendola ridere.

«Lascia fare a me.» Mi prende il braccio e, con delicatezza, libera il gemello e me lo depone sul palmo della mano.

È solo perché appartenevano a mio nonno che mi premuro di appoggiarli entrambi sul comodino, poi riporto l'attenzione sulla mia stupenda e sexy mogliettina. «Voglio farti una foto così.»

«Una foto?»

«Sì. Posso?»

«Non so…»

«Sarà solo per noi. Se pensi che possa condividerti con qualcuno…» In passato, ho condiviso alcune donne, ma lei no. Col cazzo che sopporterei di vederle addosso le mani di un altro uomo.

«Ok.» Non è convinta, ma la mia richiesta l'ha eccitata. Le brillano gli occhi e ha le guance arrossate. Persino il seno è accaldato.

«Resta qui.» Corro nell'altra stanza a prendere il telefono, che accendo mentre torno da lei.

«Come mi vuoi?»

Mi sfugge un forte gemito. «Cazzo, tesoro, dovresti pensarci due volte prima di farmi una domanda tanto allusiva.»

«Perché?» La sua innocenza, la sua dolcezza soverchiante… Questa donna mi distrugge e poi rimette insieme i pezzi ogni cazzo di volta.

«Ci sono un sacco di modi in cui potrei averti.»

«Me li racconterai? Tutti?»

Con un groppo in gola, chiamo a raccolta il controllo che ormai fatico a mantenere. «Abbiamo il resto della vita per provare tutto almeno uno volta, o magari due. Per adesso, sposta i capelli sul petto, con i capezzoli a fare capolino e le mani sui fianchi. Mettiti in posa.»

Con l'uccello duro come il cemento, le scatto qualche foto. «Adesso solleva i capelli e tienili sopra la testa. Cazzo, come sei sexy. Così. Dio mio, Nat.» Getto via il telefono e la tiro con me sul letto, dove le nostre labbra e le lingue si incontrano in un bacio urgente che manda il mio desiderio in zona rossa, tanto che non riesco a pensare ad altro che stare dentro di lei. Subito.

Cazzo santissimo. Sarà la mia fine.

# *Natalie*

NON L'HO MAI VISTO COSÌ. IL SUO BACIO È TALMENTE BRUTALE E FUORI controllo che posso solo lasciarmi travolgere. La sua lingua è ovunque, a stuzzicarmi, tentarmi e farmi venire voglia di implorarlo. Voglio che mi tocchi, che mi prenda, che mi renda sua.

Non ho mai desiderato nulla quanto desidero averlo dentro di me. Subito.

«Flynn» ansimo, quando finalmente si stacca per prendere fiato.

«Che c'è, cara? Dimmelo.»

Riesco a stento a respirare quando si avventa sul mio collo, sul punto che non sapevo mi facesse impazzire prima che lui lo scoprisse.

«Ti voglio adesso.»

«Sono qui.»

Quando si tratta di lui, ho imparato in fretta a essere audace, perciò scendo con le mani sul suo petto fino a liberarmi dei boxer, alla ricerca di quello che voglio. Afferro la sua erezione, strappandogli un gemito, e la accarezzo come mi ha insegnato lui, con decisione e forza.

«È questo che voglio. Fa' l'amore con me. Ti prego, Flynn. Subito.»

Mi strappa letteralmente di dosso il perizoma, abbagliandomi con la potenza del suo desiderio. «Non voglio farti del male. Dimmi se senti male.»

«Non succederà.» Se anche dovesse succedere, non mi importa.

Prende la propria verga, si infila un preservativo e mi penetra in un sol colpo profondo, facendomi urlare per l'impatto, il piacere e il calore che avverto nel punto in cui ci uniamo e che si diffonde in tutto il resto del corpo. Sta tremando per lo sforzo di restare del tutto immobile, per assicurarsi che io sia pronta prima di procedere.

«Non ho mai provato niente di meglio, Natalie.»

«Muoviti, Flynn. Ti prego…»

Non c'è bisogno che glielo ripeta due volte. Reggendosi sulle ginocchia, comincia a scoparmi piano, insinuandosi a fondo e poi ritirandosi per penetrarmi ancora, ancora e ancora.

Con le braccia sopra la testa, cerco un appiglio, qualcosa a cui aggrapparmi durante la scopata più bella della mia vita.

Poi lui si china verso di me e con una mano mi immobilizza i polsi, mentre con l'altra mi afferra il sedere e mi tiene ferma mentre mi possiede. Non appena mi rendo conto di non poter muovere le mani, né qualsiasi altra parte del corpo, il panico si fa largo poco alla volta nel mio petto.

Lui mi bacia e fa l'amore con me ma, d'un tratto, non riesco a respirare. Non riesco a muovermi. Non ce la faccio. Giro la testa a sinistra, interrompo il bacio e mi metto a urlare travolta dai ricordi. Per quanto sia decisa a sfuggire al passato, quello prima o poi torna sempre.

Lotto come un animale selvatico; mi dimeno, scalcio e urlo.

Lui si ferma all'istante, si sfila da me e mi lascia andare. «Natalie.»

Ormai isterica, strillo, piango e mi oppongo ai demoni con tutta me stessa. Nei meandri della mia mente, sento Fluff che abbaia e ringhia, fuori di testa proprio come me.

«Tesoro, oddio. Sono io, piccola. Natalie. Sono io, e ti amo più di ogni altra cosa.»

Non appena le sue parole fendono questo attacco isterico, mi affloscio come un palloncino bucato da uno spillo. Fluff è accanto a me e mi lecca il viso, offrendomi conforto a modo suo.

Buon Dio, ho appena perso la testa mentre facevo l'amore per la prima volta con mio marito. Scossa dai singhiozzi, ho paura di aprire gli occhi e vedere lo sguardo che starà rivolgendo alla donna a pezzi e danneggiata a cui si è appena ammanettato per tutta la vita.

«Natalie…» Mi posa una mano sull'addome.

Io sussulto e Fluff ringhia, ma lui non la ritrae. «Tesoro, guardami. Apri gli occhi.»

Scuoto la testa. Non ce la faccio. Non riuscirò più a guardarlo in faccia dopo aver rovinato quello che doveva essere il momento più speciale della nostra vita.

Alla mano sostituisce le labbra e mi bacia la pancia, il bacino, l'incavo tra i seni, il collo, la mascella, il viso e, infine, la bocca. Ogni bacio è come un cerotto sulla ferita che mi porto dietro. Ogni bacio parla d'amore e devozione, e non c'entra nulla con quello che mi è successo tanto tempo fa.

Continuo a ripetermelo, ma chissà se lui mi perdonerà mai per aver dato di matto mentre era dentro di me. Chissà se mi toccherà di nuovo senza pensare a quello che potrebbe succedere se facesse anche la minima mossa sbagliata.

«Sono state le mani» gli dico, con gli occhi ancora chiusi.

«Quando te le ho immobilizzate, ho scatenato un ricordo.»

Annuisco. «Mi dispiace tantissimo.» Le lacrime calde che sgorgano dagli occhi chiusi mi rigano le guance.

Lui le asciuga con un bacio e mi accarezza i capelli, il viso e il corpo, per confortarmi e calmarmi. «Posso abbracciarti?»

Mi volto e mi aggrappo a lui come se ne andasse della mia vita, mentre i singhiozzi scuotono il mio corpo e la mia determinazione. Quali altri ricordi repressi aspettano di tornare a galla e ricordarmi quanto sono a pezzi? Come farà il mio amato marito a sapere se sta per fare qualcosa di sbagliato?

«Mi dispiace.»

«Non scusarti con me, Natalie.»

Al suo tono severo, mugolo come un animale ferito.

«Scusami» aggiunge con voce più dolce. «Non volevo essere così brusco. Tu sei perfetta così come sei e, anche se ci vorrà il resto della vita, riusciremo a capire che cosa funziona per noi e che cosa no. Qualsiasi cosa accada, non ti darò mai la colpa di niente. Mai.»

«Detesto l'idea di aver rovinato la nostra prima notte di nozze.»

«Non hai rovinato proprio niente. La nostra prima notte di nozze non è affatto finita. È appena cominciata.»

Mi stringe a lungo, descrivendomi dei cerchi sulla schiena e baciandomi la fronte senza sosta, fino a quando comincio a calmarmi.

«Ti senti meglio?»

Annuisco. «Tu stai bene?»

«Alla grande, finché sono qui con te.»

«Credi che… che potremmo…»

«Che cosa, cara?»

«Possiamo riprovare?»

«Non siamo obbligati. Abbiamo tutto il tempo del mondo.»

«Lo so che non siamo obbligati, ma voglio farlo. Se a te va. Non ti darei certo torto, se non ne avessi voglia.»

Si solleva su un gomito e mi guarda. «Ho sempre voglia di fare l'amore con te. Non ci sarà mai un momento in cui non ti desidererò, Natalie. Ma tu sarai sempre libera di dire di no.»

«Ti sto dicendo di sì. Sto dicendo di sì a tutto.»

«Facciamo le cose con calma.» Mi bacia. «Però ci serve una parola, una che dirai se diventasse troppo o avessi paura. Dev'essere una parola che signifchi per entrambi di fermarsi. Qualsiasi cosa stiamo facendo, se userai quella parola, sarà la fine dei giochi.»

«Va bene.»

«Quale vuoi usare?»

Finalmente, apro gli occhi e, davanti al suo bellissimo viso sincero, abbozzo un sorriso. «Che ne dici di *Fluff*?» Nel sentire il proprio nome, la cagnolina guaisce.

Lui mi sorride. «Perfetto.»

Lo tiro a me. «Ti amo. Non potrai mai fare nulla di sbagliato. Non dipende da te. Ti prego, dimmi che lo sai.»

«Lo so.»

«Mi piaceva com'eravamo prima.»

«E come eravamo?»

«Scatenati e disinibiti. Voglio essere quella donna. Voglio essere lei con te.»

«Ci arriveremo.»

Gli accarezzo con un dito la mascella che pulsa, indice di quanto sia difficile questa situazione per lui. «Fare sesso con me è come giocare con una bomba a mano, senza sapere quando esploderà.»

«Fare sesso con te è la cosa più vicina al paradiso che abbia mai provato su questa terra, Natalie, e niente potrà farmi cambiare idea.»

«Possiamo riprovarci?»

«Solo se stavolta faremo con calma. Saremo scatenati e disinibiti un altro giorno.»

Sentendo russare Fluff, scoppiamo entrambi a ridere e, con un profondo sospiro, lui lascia andare la tensione. Ricomincia con baci profondi e delicati, che mi fanno girare la testa. Un bacio dopo l'altro, il mio corpo si risveglia.

Senza fretta, i baci diventano due, poi tre. Il suo tocco è attento e non sfrenato come prima. Si sta trattenendo e, al pensiero che ci rimetta per darmi ciò di cui ho bisogno, sto male. Quando prima mi ha mostrato ciò che vuole davvero, ho perso la testa.

«Ti *sento* pensare.»

«Non riesco a smettere.»

«Sss. Rilassati e non preoccuparti di niente. È tutto a posto. Ci siamo solo io e te qui, Nat. Nessun altro. A ogni minuto che passa, ti amo sempre di più e ti voglio in ogni modo possibile. Sei perfetta per me e non cambierei una virgola in te, a parte liberarti dal dolore che hai vissuto per sostituirlo con dei nuovi, bellissimi ricordi.» Mentre parla mi bacia il viso, mi sfiora rapido le labbra e poi scende sul collo e sul petto.

«Sei l'unica donna che voglio e l'unica che mai vorrò.» Mi afferra il seno e lecca i capezzoli, svuotandomi la mente da qualsiasi pensiero diverso dal piacere sublime che provo tra le sue braccia. Se fosse per me, potrebbe andare avanti ancora, invece scende con una scia di baci sulle costole, sull'ombelico e poi sempre più giù. «Sei così morbida e dolce. Adoro il tuo profumo e il tuo sapore. Se morissi in questo momento, me ne andrei felice.» Strofina il naso contro i peli tra le mie gambe e accenna un movimento con la lingua sulla zona più sensibile, per poi scendere con le mani fino alle autoreggenti di seta che mi coprono le gambe.

Navigo in un mare di sensazioni. Tra le parole, i baci e le carezze delicate, sento scatenarsi un desiderio pulsante tra le gambe. È lì che lo voglio, ma lui non ha alcuna fretta.

«Sei così sexy. Mia moglie è bellissima. Ogni uomo al mondo sarà invidioso della donna con cui vado a letto ogni sera.» Posa le labbra su un punto dietro al ginocchio, strappandomi un gemito. «Ti guarderanno e si augureranno di avere anche solo metà della mia fortuna.» Si issa le mie gambe sulle spalle larghe e, con le mani nella parte interna delle cosce, china la testa verso di me. «Non ho mai assaggiato una fica più dolce» sussurra, poi abbassa il capo e allarga il mio sesso per la sua lingua. Con un ritmo lento, mi porta sull'orlo della follia baciandomi ovunque, tranne dove lo desidero di più.

Gli afferro i capelli per indirizzarlo verso quel punto, ma lui fa resistenza.

Scoppia a ridere. «Stai cercando di rubarmi la scena?»

«Cerco solo di accelerare le cose.»

«È questo che vuoi?» Mi succhia il clitoride e lo lecca, penetrandomi con le dita. Con questa combinazione scatena un orgasmo che mi travolge a ondate, durante le quali lui non mi abbandona.

Lo cerco. Ho bisogno che mi stringa e lui capisce al volo. Prende un altro preservativo e mi bacia, con il mio sapore sulle labbra. Si è fatto più insistente, esige che lasci entrare la sua lingua mentre si sistema tra le mie gambe, con l'erezione che pulsa contro di me.

Aggrappata alla sua schiena, inarco i fianchi per chiedergli di prendermi, di rendermi sua. Senza smettere di baciarmi, comincia a penetrarmi, piano e con molta più pazienza di quella che ho io dopo questa lunga seduzione.

«Piano, piccola» sussurra. «Facciamo con calma.»

Mi rattrista profondamente il pensiero che passerà molto tempo prima di rivedere il Flynn affrettato e irrequieto. Lo adoro in quelle vesti, ma anche in queste.

Affonda dentro di me poco per volta, attento a qualsiasi mio segnale di sofferenza. «È bellissimo stare dentro di te, tesoro. Sei così calda, stretta e bagnata.» Reclina la testa. «Dio, sei ancora più bagnata. Lo adoro.»

«E io adoro quando mi parli mentre lo facciamo.»

«Adori quando ti dico cose sconce?»

«Adoro tutto.»

Ruota i fianchi e, finalmente, lo accolgo del tutto dentro di me, caldo e pulsante mentre il mio corpo si adatta alle sue dimensioni.

«Tutti gli uomini sono così grossi? Nelle parti intime?»

«*Cazzo*» ringhia. Giuro, si è fatto ancora più grosso. «Tu sì che sai come fare contento un uomo, piccola.»

«E tu sai come fare contenta me.»

«Ti piace?»

«È stupendo. E stretto. Molto, molto stretto.»

«Siamo una coppia perfetta.» Si sfila appena e affonda di nuovo. «Ci sono quasi. Va bene se mi muovo un po'?»

«Sì, *ti prego*.»

«Voglio che tieni gli occhi aperti e su di me, ok?»

Mi mordo il labbro e annuisco. Mi tremano le cosce per la pressione di tenere le gambe divaricate.

«Qual è la parola d'ordine?»

«Fluff.»

La cagnolina sbuffa indignata e riprende a russare.

Flynn mi sorride. «Mi sorprende che consenta un comportamento tanto scandaloso nel suo letto.»

Ho già pronta una risposta di spirito, quando comincia ad aumentare il ritmo. Reggendosi sulle mani, mi scruta mentre ruota le anche e mi penetra con movimenti sempre più incalzanti. È bellissimo. Vorrei chiudere gli occhi, invece li tengo aperti e fissi su di lui per non lasciare spazio al panico.

Mentre mi muovo con lui e mi adeguo al suo ritmo, capisco di appartenergli fin nel profondo.

«Adesso sposto lo sguardo, tesoro. Fermami se non stai bene. Ok?»

«Ok» ansimo.

Sostenendosi con la mano destra, prende in bocca il mio capezzolo destro, allunga la mano sinistra fino al punto in cui i nostri corpi si uniscono e mi tocca proprio dove lo desidero. Sto per venire quando mi addenta il capezzolo e mi pizzica il clitoride, scatenando l'orgasmo per entrambi.

«Dio» commenta mentre crolla su di me e mi intrappola le labbra in un bacio.

Mi bacia tra i seni, con la fronte posata sul mio petto.

Infilo le dita nei suoi capelli madidi di sudore, gli massaggio la nuca e gli strappo un sospiro soddisfatto. Almeno, spero che lo sia.

Lo renderò felice. A qualunque costo. Malgrado la determinazione però, un dubbio comincia a prendere piede: e se non ci riuscissi? Se non fossi ciò di cui ha bisogno?

# CAPITOLO TREDICI

## *Flynn*

Il suo attacco di panico mi ha completamente distrutto. Non vorrei avere paura di toccarla, e invece è così. Ho il terrore di fare qualcosa che riporti quella paura nei suoi occhi. Spero davvero di non rivederla mai più. È come attraversare un campo minato, ignaro di che cosa possa scatenare il panico.

La sua paura è stata squillante e spaventosa; la mia è stata silenziosa, ma non meno terrificante.

Il mio primo pensiero è che, grazie a Dio, non ho ceduto al senso di colpa raccontandole del club. Sarebbe stato un errore fatale. Se lo sapesse, non mi avrebbe mai sposato.

Quando finalmente il mio cuore al galoppo torna a battere normalmente, le do un bacio e vado in bagno a prendere un asciugamano per pulirla. Lo uso anche su di me, lo abbandono sul pavimento e torno a letto con lei.

Mi si accoccola contro, con una mano sulla mia pancia. «Grazie per quello che hai fatto.»

«Che cosa ho fatto?»

«Mi hai dato quello di cui avevo bisogno quando ne avevo bisogno. Dopo lo spettacolo che ho dato, la maggior parte degli uomini sarebbe corsa da un avvocato a gambe levate.»

«Io non sono come la maggior parte degli uomini, tesoro, e non ti lascerò mai. Mai.»

«Non me la prenderei, se fosse troppo per te.»

Mi addolora sapere che, in questo momento, si preoccupa per me. «Fingerò che tu non l'abbia detto. Sapevo esattamente in che cosa mi stavo imbarcando quando prima ho detto 'lo voglio' e, da allora, non è cambiato nulla, se non il fatto che non puoi chiedere l'annullamento.»

La sento sorridere contro il mio petto. «È l'ultima cosa che voglio.»

«Anche io.» La stringo più forte. «Ho tutto ciò che voglio proprio qui.»

Devo solo capire come gestire la paura di scatenarle un altro flash-back. Preferirei morire piuttosto che farla soffrire e passerà del tempo prima che mi scordi la sua espressione terrorizzata, le urla, le lacrime…

È insopportabile.

Finalmente, alcune ore dopo, sprofondo in un sonno agitato e mi ritrovo nelle segrete del club di New York, con lei a faccia in giù sulla panca per le sculacciate, le braccia e le gambe poggiate sui cuscinetti e il sedere all'insù. Sono consapevole che sia un sogno e che dovrei fermarmi intanto che posso, ma non ci riesco. Voglio vedere che cosa accadrà. Ho bisogno di saperlo.

Le ho fatto venire il sedere rosso a suon di racchettate e, tra le sue natiche, fa capolino il dilatatore anale più grande che possiedo. Non è comunque grosso quanto me, e lei sta per scoprirlo. Da settimane ci prepariamo a questo momento, ma qualcosa mi trattiene.

Ho paura di spaventarla, di spingerla oltre. Sta tremando, con le gambe scosse da violenti tremiti.

«Nat.» Risalgo con le mani lungo la parte posteriore delle gambe fino al sedere caldo. «Non dobbiamo farlo per forza. Puoi ancora rifiutarti. Usa la parola d'ordine se non sei pronta.»

«Non mi rifiuterò e non ti dirò nemmeno la parola d'ordine.»

«Stai tremando.»

«Sono eccitata.»

«Non hai paura?»

«Un pochino. Hai detto che farà male.»

«Sì, all'inizio. Ma, se resti con me, farò in modo che sia bellissimo. Verrai con una forza tale che non hai mai provato.»

Ha un grosso fremito. «Fallo.» È così bagnata che le luccica la parte interna delle cosce.

Raccolgo i suoi umori con la lingua, leccandola da davanti a dietro, fino al dilatatore. È prontissima e non ce la faccio più ad aspettare. Devo avere il suo bel culo. Devo sapere che ogni parte di lei mi appartiene.

Afferro la base del dilatatore e comincio a sfilarlo con gesti lenti e costanti, facendola mugolare per la pressione. È un'operazione estenuante come quando l'ho inserito e faccio con comodo, prolungando questo piacevole dolore fino a vederla tremare per tutte queste sensazioni. Non appena esce del tutto, mi strofino del lubrificante sull'uccello duro e sulle dita, con cui la penetro per assicurarmi che sia pronta.

Le sfilo e le sostituisco con l'uccello, premendo con insistenza.

Caccia un urlo. «È troppo grosso, Flynn. Non ce la faccio.»

Le rifilo una forte sculacciata, guadagnando qualche centimetro. È così stretta e calda che temo di venire prima di essere entrato del tutto. «Chi sono qui?»

«Signore» singhiozza lei, ma non usa la parola d'ordine.

«Non dimenticarlo.» Accarezzo la natica che ho colpito, per calmarla e confortarla. «Spingi verso di me, tesoro. Puoi farcela. Lasciami entrare.»

«*Non* ci riesco.»

«Sì, che ci riesci. So che ce la puoi fare.» Le accarezzo il clitoride e i suoi muscoli si contraggono intorno alla mia verga, facendomi stringere i denti per il forte desiderio di venire. Non succederà fino a quando non mi avrà accolto del tutto.

Fermo a circa cinque centimetri dentro di lei, le concedo il tempo di adattarsi. «Pronta per il resto?»

«C'è dell'*altro*?»

Stento a credere che riesca a farmi ridere in un momento del genere. «Molto altro.» Le bacio la schiena, ricoperta di pelle d'oca. Infilo le mani sotto di lei e le stuzzico i capezzoli, per distrarla dall'uccello che fa breccia nel suo culo.

Me li rigiro tra le dita e li pizzico entrambi con forza, facendola urlare e guadagnando altri centimetri.

«Cazzo» sussurra lei. Non gliel'avevo mai sentito dire prima e, detta da lei, è la parolaccia più sexy che esista.

«Ti fa ancora male?»

«Non come prima, però non è ancora piacevole.»

«Fa' un tentativo, tesoro. Cerca di rilassarti e lasciati andare. Ti prometto che sarà magnifico.»

Sbuffa e, anche non ne sono sicuro, ride. «Rilassarmi… Provaci tu, con un uccello gigantesco infilato nel culo.» Sussulta. «Dio, è diventato ancora più *grosso*.»

«Ben ti sta, per avermi detto cose sconce.» Mi ritraggo appena, con un lamento da parte sua, e poi affondo più di prima. Tra gemiti e sbuffi, ormai più di metà del mio uccello è entrato. Proseguo con le spinte, con altro lubrificante per agevolare l'ingresso. «Ecco, tesoro. Ancora un pochino.»

Sprofondo fino alla base e, mentre lei geme rumorosamente e urla, i suoi muscoli si contraggono tanto forte che devo mordermi l'interno della guancia per non pensare al desiderio disperato di venire. «Ce l'hai fatta, tesoro. Sono tutto dentro.»

Per tutta risposta, le sfugge una specie di grugnito.

Resto immobile dentro di lei per un lungo, meraviglioso momento e poi comincio a muovermi, scopandola delicatamente perché sia il più possibile piacevole per lei. «Ecco, piccola. Quanto mi piace prenderti così. Sei bollente e strettissima. Non ho mai provato niente di così bello. Il tuo culo va a fuoco.»

Aumento il ritmo, ritraendomi e affondando nel suo ano stretto fino a quando i suoi muscoli si contraggono, segno che le manca poco all'orgasmo. Non verrò prima di lei. Allungo una mano verso il clitoride, che spunta turgido, e sfrutto gli umori che le inondano le gambe per accarezzarlo in cerchio fino a quando viene con un urlo, contraendosi con tale forza intorno a me che non riesco più a trattenermi.

Vengo, in preda a un piacere bollente che scaturisce dall'anima e va avanti per quella che mi pare un'ora.

Sotto di me, Natalie è come una bambola di pezza, tenuta su solo dalla pressione del mio corpo contro il suo.

Mi sfilo da lei con la stessa lentezza con cui sono entrato. Prendo un asciugamano, pulisco entrambi e poi la sollevo tra le braccia. Ha gli occhi chiusi, il viso arrossato e le labbra gonfie per il pompino che mi ha fatto prima.

Le bacio il viso, le labbra, il naso. «Nat.»

«Mmh.»

«Apri gli occhi.»

«Non ci riesco.»

«Provaci.»

Quando solleva le palpebre, quel che vedo mi lascia di stucco: è assolutamente raggiante.

«Parlami. Dimmi come ti senti.»

«Mi sento… Io… Avevi ragione. Quando ha smesso di fare male, è stato incredibile. Quando possiamo rifarlo?»

«Natalie…» Sono sbalordito e commosso da come abbia accettato me e i miei bisogni. «Ti amo, piccola.»

«Mmh, ti amo anch'io. Quando possiamo rifarlo?»

Ridendo, bacio le sue dolci labbra. «Ne riparliamo domani, quando scoprirai come ci si sente il giorno dopo.»

Mi bacia e mi morde il labbro. Al dolore acuto, mi sveglio e scopro che è successo di nuovo: sono venuto nel sonno mentre Natalie dorme inconsapevole accanto a me.

Il sogno mi torna in mente a sprazzi, torturandomi con le scene di cose che posso solo immaginare. Mi sento tradito dalla mia mente che, per punizione dopo averla ingannata, mi mostra ciò che non avrò mai con la donna che amo più della vita stessa.

Natalie si gira verso di me e mi posa una mano sul petto, sopra al casino che ho combinato sulla pancia.

Gliela sposto, mi alzo e, mentre lei continua a dormire, vado in bagno a pulirmi.

Sono disgustato da me stesso e ha una gran paura di non riuscire a vivere senza ciò a cui ho rinunciato per lei.

. . .

Mɪ sveglio con la luce del sole e il suono del mio cellulare. È la suoneria assegnata a Addie. Raggomitolata contro di me, Natalie dorme profondamente, perciò mi alzo con cautela per non disturbarla e vado a rispondere nell'altra stanza.

«Ehi.» Ho la voce roca e mi pulsa la testa per lo champagne, il poco sonno e l'ennesimo, inquietante sogno erotico sulla donna che è diventata mia moglie. «Che succede?»

«Sai che non ti disturberei mai stamattina se non fossi costretta.»

«Lo so, per questo sono nervoso.»

«Il mondo intero è andato *fuori di testa* per il tuo matrimonio. È la notizia principale *ovunque*.»

«Ovunque nel senso di…»

«In tutto il mondo, cazzo, Flynn. I paparazzi hanno invaso Las Vegas, sono in ogni strada della città. Stamattina ho sentito il responsabile della sicurezza e non sa come farvi uscire da lì.»

Incapace di trattenermi, scoppio a ridere.

«Stai *ridendo*? Che razza di problema hai?»

«È solo che è ridicolo, Addie. Mi sono sposato, e allora? Perché interessa alla gente?»

«Ehm, è una domanda retorica?»

«Sì, nel senso che non mi aspetto che tu risponda.»

«Che sollievo. È colpa tua per aver dichiarato che non ti saresti più sposato e poi averlo fatto con una ragazza che conosci da poche settimane.»

«Devi ammettere che è una bella storia.»

«Ed è proprio per questo che interessa a tutti, soprattutto dopo quello che è uscito su di lei la settimana scorsa.»

«Mi è venuta un'idea per uscire da qui. Faccio un paio di chiamate e poi ti dico.»

«Va bene.»

Telefono a Gordon Yates, il proprietario della società di sicurezza da cui ci serviamo per qualsiasi esigenza della Quantum a Los Angeles. Risponde al primo squillo.

«Ecco l'uomo del momento.»

«Così sembra.»

«Devo farti le congratulazioni.»

«Grazie, Gordon.»

«Stiamo cercando di capire il modo migliore per farvi uscire. Ho sentito la sicurezza dell'hotel e stiamo vagliando diverse idee.»

«Che ne dici di un elicottero sul tetto?»

«È nella nostra breve lista.»

«Facciamo così, allora. Vorrei riportare Natalie a Los Angeles con il minor clamore possibile e senza paparazzi urlanti.»

«Dammi un paio d'ore per organizzare tutto.»

«Facciamo tre. Mi sono sposato ieri sera e vorrei svegliare mia moglie come si deve.»

Gordon scoppia a ridere. «Va bene. Ci risentiamo fra tre ore con i dettagli.»

«Grazie, Gord.»

Richiamo Addie per informarla del piano e le chiedo di far portare all'aeroporto a Los Angeles la mia Ducati e due caschi.

«Sarà fatto.»

«Grazie, Addie. Uno di questi giorni, ti darò delle ferie. Te lo prometto.»

«Non ci spero troppo, ma non c'è problema. Adoro il mio lavoro.»

«Grazie ancora per tutto quello che hai fatto nelle ultime due settimane. Ti siamo tutti e due grati.»

«La foto di ieri sera era stupenda. Spero che abbiate avuto una splendida giornata.»

«È stato bello. Ci sentiamo quando siamo a Los Angeles.»

«Perfetto.»

Lascio il cellulare sul tavolo del soggiorno e torno in camera, dove Natalie dorme ancora. Mi lavo i denti e mi infilo di nuovo a letto con lei, che mormora qualcosa nel sonno e si accoccola contro di me, cingendomi con un braccio come se dormissimo insieme da anni e non da qualche giorno.

È tutto estremamente naturale tra noi: l'attrazione, le battute, il desiderio. Tutto. Con il suo corpo caldo e morbido contro il mio, la mia reazione è immediata e prevedibile. Se siamo nella stessa città, la voglio. Se è nuda a letto con me, non ho speranze.

La tengo stretta fino a quando si stiracchia e mi guarda con i suoi occhioni. «Come mai sei sveglio così presto?»

«Sto pensando a come andarcene da qui. A quanto pare, siamo la notizia del giorno in tutto il mondo.»

«Urrà» commenta lei con una risata nervosa.

«Come ti senti a essere diventata famosa praticamente da un giorno all'altro?»

«Un po' come mi sento a essermi sposata praticamente da un giorno all'altro. Mi piace tutto.»

«Già.»

«Allora, che si fa la mattina dopo aver sposato l'attore più famoso del mondo?»

«In quanto moglie dell'attore più famoso del mondo, hai diverse opzioni: uno, puoi ordinare quello che vuoi per colazione; due, puoi fare l'amore con il tuo famoso marito e, tre, puoi fare entrambe le cose.»

«Tre» risponde con un sorriso caloroso e sexy. «Entrambe le cose.»


## Natalie


Dopo aver sentito il piano di fuga di Flynn, sono curiosa e nervosa per il mio primo volo in elicottero. L'ennesima prima volta di una lunga lista da quando l'ho incontrato. Ho paura che Fluff vada nel panico, perciò mentre veniamo scortati sul tetto dalla sicurezza dell'albergo è Flynn a reggere il guinzaglio.

L'enorme elicottero ci porterà fino a Los Angeles perché gli aeroporti sono stati presi d'assalto dai giornalisti, speranzosi di vederci oggi. Saliti a bordo, Flynn mi allaccia la cintura e mi consegna Fluff, infastidita dalla situazione.

Quando si accende il motore, lei dà di matto, abbaia e ringhia, strappandoci una risata proprio quando ne abbiamo più bisogno.

La prendo in braccio e la accarezzo, sperando di calmarla. «Vivevamo una vita così tranquilla e noiosa, Fluff-o-Nutter.» Siamo sedute vicinissime a Flynn, così da poter parlare nonostante il rombo del motore.

«Secondo me, preferiva quella vita rispetto a quella di adesso.»

«Si adatterà. L'ha già fatto in passato.»

«Come hai fatto a riaverla dopo quello che era successo?»

«Ricordi il detective che è stato gentile con me? È andato a prenderla a casa mia.»

«E gliel'hanno data senza fare storie?»

«Lui non me l'ha mai detto e io non gliel'ho chiesto. Non mi importava come fosse andata, solo di averla con me. È sempre stata la mia cagnolina ed è letteralmente l'unica cosa che ho portato con me dalla vecchia vita a quella nuova. I vestiti che indossavo quando sono uscita da casa di Stone e quello che avevo nello zaino erano delle prove.»

Scuote la testa, incredulo. «Spero di non incrociare mai i tuoi genitori. Non sarei responsabile delle mie azioni.»

«Non li incontreremo. A lungo ho aspettato che sbucassero dal nulla per dirmi che era stato solo un grosso errore. Dopo due anni, ho smesso di sperarci.»

«La gente è strana quando si tratta di soldi. Adesso che ne hai un sacco, potrebbero interessarsi di nuovo a te.»

«Sarebbe bello, eh?»

«Non preoccuparti neanche per un attimo. Non si avvicineranno a te, almeno finché avrò fiato in corpo.»

Poso la testa sulla sua spalla. «Chissà che cosa penserai a sentir parlare di una famiglia come la mia, dopo essere cresciuto in una come la tua.»

«Mi sento ancora più fortunato a essere nato da Max ed Estelle. Prima di conoscerti, la mia fortuna più grande nella vita era avere loro come genitori.» Mi mette una mano sulla guancia e mi accarezza con il pollice. «Non voglio che ti preoccupi neanche per un secondo che la mia opinione di te cambi per via della tua famiglia. Sappi che penso solo il meglio di te.»

«Lo so, ma grazie del promemoria.»

«Quando te ne serve uno, basta che tu me lo dica.»

«Continuo a pensare alle mie sorelle e a quello che abbiamo detto alla fine dell'intervista. Secondo te, cercheranno di contattarmi? E se non la vedessero o non avessero sentito le ultime notizie su di me?»

«Le hanno sentite, la vedranno e ti chiameranno. Di sicuro.»

«Non voglio farmi troppe speranze.»

«Se non si faranno sentire loro, le farò rintracciare.»

«Davvero?»

«Certo. Quello che è successo tra te e i tuoi genitori non ha nulla a che vedere con loro. Le troveremo e chiariremo le cose. Se vuoi le tue sorelle nella tua vita, allora avrai le tue sorelle nella tua vita, che diamine.»

Gli sorrido, sempre più innamorata di lui davanti all'amore impetuoso che mi dimostra.

La nostra prima mattina da marito e moglie è stata dolce e tenera, proprio come la prima notte, quando lui ha fatto di tutto per evitare qualsiasi cosa potesse provocarmi un flashback. È stato un perfetto gentiluomo in ogni senso possibile e, nonostante siamo rimasti entrambi soddisfatti dal sesso, avrei voluto quel qualcosa in più.

Dopo averlo visto scatenato e perso nella passione, mi rattrista sapere che, d'ora in avanti, Flynn cercherà di trattenersi ogni volta che mi toccherà.

Penso al mio terapeuta e all'aiuto fondamentale che mi ha dato per rimettere insieme la mia vita dopo l'aggressione. Per due anni l'ho visto tre volte a settimana, poi ho cambiato nome e sono andata all'università. Non gli parlo da allora, ma sono tentata di chiamarlo per farmi aiutare ad affrontare questa nuova relazione con Flynn.

Alla prima occasione, lo contatterò. Mi serve tutto l'aiuto possibile per diventare la moglie che Flynn si merita e di cui ha bisogno.

L'arrivo a Los Angeles fila liscio. Atterriamo in una zona riservata dell'aeroporto e, una volta consegnata Fluff alle guardie del corpo, partiamo a bordo della moto di Flynn, con un casco a nasconderci il viso e l'identità. Mentre sfrecciamo in autostrada, comincio a capire come mai si senta tanto libero quando guida, ancora di più su due ruote. Premuta contro di lui, stringo forte l'uomo che amo e lascio andare molte delle preoccupazioni degli ultimi giorni. È difficile pensare a qualcosa in sella a un bolide e con le gambe strette intorno alla più grande stella del cinema mondiale che, per inciso, è anche il tuo nuovo, stupendo marito.

La mia vita oggi non assomiglia affatto a quella dimessa che conducevo appena poche settimane fa ma, se dovessi rifare tutto daccapo, non cambierei una virgola. Mi sono già reinventata in passato e sono sopravvissuta. Questa volta, non sono sola. Questa volta, ho un uomo eccezionale che mi ama e che mi terrà per mano mentre mi faccio strada in queste acque sconosciute.

Siccome la casa di Flynn a Hollywood Hills è assediata dai giornalisti, torniamo in quella di Hayden a Malibu e passiamo un pomeriggio rilassante in piscina con Fluff. La sera, ceniamo con bistecche alla griglia accompagnate da uno chardonnay e poi ci piazziamo davanti alla televisione per guardare l'intervista con Carolyn.

Ha registrato una nuova introduzione, con la foto rilasciata ieri sera e la notizia del matrimonio. «Oggi, spopola online la notizia che, da ieri sera, lo scapolo per antonomasia non è più ufficialmente sul mercato. Twitter è stato travolto come da un uragano quando l'addetta stampa di Flynn Godfrey ha pubblicato la notizia del matrimonio con Natalie Bryant, con un'unica frase e un'unica fotografia. Io ho avuto l'onore e il privilegio di parlare con Flynn e con la straordinaria donna che è diventata sua moglie e, dopo aver sentito la sua storia, capirete anche voi come mai Flynn abbia cambiato idea sul matrimonio.»

Con Flynn che mi tiene la mano e Fluff acciambellata sulle mie gambe, mi osservo con un senso di distacco e incredulità. Sono davvero io quella in televisione, intervistata da nientemeno che Carolyn Justice?

«Sei bravissima, tesoro» commenta Flynn. «Tutto il paese si innamorerà di te, proprio come è stato per me.»

«Non so che cosa pensare a riguardo» rispondo, con una risatina nervosa.

«Il lato positivo è che potrai fare qualsiasi cosa vorrai, essere chiunque vorrai. Le porte ti si apriranno come non immagini neanche.»

«Continuo a non sapere che cosa pensare.»

«Non devi decidere adesso. La parola *no* diventerà la tua migliore amica. Potrai dire di sì alle cose che ti interessano e rifiutare quelle che non ti interessano. Potrai sfruttare la tua nuova fama per promuovere la fondazione. Insomma, con la celebrità, arrivano le opportunità. Di sicuro il mio entourage riceverà un sacco di chiamate su di te.»

«Wow, sul serio?»

«Già. Ma non preoccuparti. Faranno una selezione e ti sottoporranno solo le cose più interessanti.»

«Faccio fatica a raccapezzarmi.»

«Non te l'ho detto per stressarti, ma perché tu sappia che cosa aspettarti.»

«Ho scelto di stare con te, non di far parte dei tuoi affari.»

«Non è necessario che tu ne faccia parte. Come ho detto, potrai scegliere, e avrai il potere di dire di no a tutto.»

«Due settimane fa ero un'insegnante a New York, e adesso sono sposata con te e sono la novità del momento a Hollywood. È troppo da farmi entrare in testa tutto in una volta.»

«Non deve entrarci tutto. Basta che ogni tanto lasci entrare *me*...»

Con una risata, gli rifilo una gomitata tra le costole.

Finita l'intervista, il telefono di Flynn squilla per una chiamata dei suoi genitori. Risponde e mette in vivavoce, per far sentire anche a me.

«Siete stati magnifici» esclama Max. «Davvero perfetti.»

«Vorranno conoscerti tutti a Hollywood, Natalie» aggiunge Estelle.

«Glielo stavo giusto dicendo, ma non sa che cosa pensare.»

«Non preoccuparti, cara» mi rassicura sua madre. «Sei circondata di persone che gestiranno tutte queste sciocchezze al posto tuo.»

«Le ho detto anche questo.»

«Non vogliamo intrometterci tra gli sposini» aggiunge Max. «Volevamo solo dirvi che l'intervista ci è piaciuta molto. Sei stata bravissima, Natalie. Hai un talento naturale.»

«È proprio quello che mi spaventa» dico, facendoli ridere. «Grazie della chiamata. Sono davvero contenta che secondo voi sia andata bene.»

«Più che bene, cara» ribadisce Estelle. «Devo solo dirti che, dopo aver sentito la tua storia, sono fiera di averti conosciuto e accolto nella nostra famiglia. Nostro figlio non avrebbe potuto scegliere una donna più degna con cui passare il resto della vita.»

Sono così commossa dalle sue parole che non riesco nemmeno a dirglielo.

«Sta cercando di non piangere, mamma.»

«Grazie mille, Estelle. È davvero gentile da parte tua.»

«Vi lasciamo andare» dice Max.

«Grazie della telefonata.»

«Vi vogliamo bene» conclude Estelle.

«Anche noi.» Flynn termina la chiamata e mette sul tavolino il cellulare, che ricomincia subito a squillare. «Vuoi sentire il tuo pubblico adorante?»

«Domani andrà benissimo.»

«Vuoi sapere che cosa si dice in giro dell'intervista?»

«Non particolarmente. Tu lo vuoi sapere?»

«Non particolarmente.» Sfoggia un sorrisetto allusivo. «Che cosa ti va di fare?»

«Vorrei pomiciare con il mio sexy maritino.»

«In questo caso, ti conviene spostare la bestia.»

Mi alzo e, con cautela, poso Fluff su una coperta dall'altra parte del divano. A parte un ringhio irritato, riprende a russare. Con somma sorpresa di Flynn, mi sistemo a cavalcioni su di lui.

«Bene, bene. Cos'è questo?»

«Questa è tua moglie, che ti ama disperatamente e che non vuole che tu abbia paura di toccarla e fare l'amore con lei come vorresti. Non vuole che ti trattenga o che la tratti come se potesse rompersi.»

«Nat...»

«So che quello che è successo ieri sera ti ha turbato molto più di quanto tu voglia ammettere. Ha turbato anche me, ma l'abbiamo superato. Succederà ancora, magari più di una volta, e lo supereremo ancora. Ma non sopporto di vederti mantenere il controllo di te stesso perché hai paura di spaventarmi o di fare qualcosa di sbagliato.»

«Ma io *ho* paura di spaventarti. Non voglio più vederti tanto impaurita, soprattutto per il modo in cui ti tocco.»

«Ti sei lasciato prendere da quello che stavamo facendo e non hai pensato a quello che *non* dovresti fare, e non c'è nessunissimo problema. Voglio che tu sappia che...»

«Che cosa?» mi chiede in tono sommesso.

«Mi piaceva quello che stavamo facendo e il modo in cui lo facevamo, prima che andasse tutto all'aria. Mi piaceva com'eri e sapere che ti facevo impazzire.»

«Non sai quanto mi fai impazzire. Ho paura di perderti, se ti facessi vedere anche solo una minima parte di quanto mi fai impazzire.»

Scuoto la testa. «Non lo sopporterei se, ogni volta che ti avvicini a me, tu pensassi a quello che è successo ieri sera.» Gli prendo il viso tra le mani e lo bacio, stuzzicandolo con la lingua fino a fargli schiudere le labbra.

Con un possente gemito, lui mi afferra il sedere e mi tira contro la sua erezione. Ci baciamo a lungo, con la sua lingua che coinvolge la mia in un ballo sensuale che mi eccita sempre di più. Con lui, è sempre così. Mi bacia e non capisco più niente. Mi tocca e ne voglio di più. Mi guarda e vedo tutto ciò che prova per me.

Mi cinge con le braccia e mi fa sdraiare sul divano. «Va bene così?»

Annuisco e mi stringo a lui, perché voglio sentire il suo peso che mi schiaccia, le sue mani che mi toccano, le sue labbra che mi baciano. Voglio tutto. «Non aver paura, Flynn. Ti prego, non aver paura di me.»

«Non potrei mai avere paura di te. Ricordi la parola d'ordine?»

«Sì.»

«E la userai se ne avrai bisogno?»

«Te lo prometto.»

Mi sfila la maglietta dalla testa, spogliandomi con un'impellenza che mi fa ben sperare. I vestiti volano via e, per la fretta, mi distrugge l'ennesimo paio di mutandine.

«Te ne comprerò delle altre. Cento paia.»

In realtà, è un sollievo che me le abbia strappate di nuovo. Lo considero un buon segno del fatto che forse riusciremo a superare il primo dosso su quella che spero sarà una lunghissima strada che percorreremo insieme.

Si mette il preservativo e mi prende con forza e in fretta, guardandomi per tutto il tempo in cerca di un segnale di sofferenza. È più rozzo rispetto a ieri sera e a stamattina e, anche se non è scatenato come prima della mia crisi di panico, mi va bene comunque.

Mi va bene in qualsiasi modo possa averlo.

Infila le mani sotto di me, mi solleva e mi rimette seduta a cavalcioni su di lui, impalata dalla sua enorme verga e con i muscoli tesi quasi fino a farmi male.

«Com'è?» mi chiede.

«Grosso. Stretto. Bollente.» Gemo quando, a queste tre paroline, si fa ancora più grande.

«Adoro quando dici cose sconce, piccola. Continua.»

«Non posso.»

«Sì, che puoi. Parlami. Voglio sentirti. Dimmi ancora com'è.»

«Sento i muscoli tesi ed è così stretto che mi fa quasi male.»

«*Quasi?*»

«Quasi, ma non proprio. Un pizzico di dolore fa parte del piacere.» Sussulto, perché sento stringere ancora di più. «Mi rifiuto di dire altro, se è così che andrà ogni volta.»

«Non posso farci niente, piccola. È l'effetto che mi fai.»

«Non c'è più spazio, quindi non può diventare ancora più grosso.» E invece sì e, per quanto sia incredibile, lui scoppia a ridere. A *ridere*. «Basta. Ho chiuso con te.»

Stretta fra le sue braccia, non posso sfuggirgli. «Non potrai mai chiudere con me. Morirei senza di te.» Sfrega il naso contro il mio collo e preme a fondo dentro di me. «Tieniti.»

«Per che cosa?»

«Per questo.» Mi afferra per i fianchi e ci fa girare, mettendosi sopra.

«Che fluidità.»

«Ti piace?»

«Mi piace tutto.»

Questa frase è come benzina sul fuoco, perché lui si scatena. Senza lasciarmi i fianchi, mi scopa ancora e ancora, fino a farmi urlare di un piacere incandescente.

«Sì, piccola. Dio, quanto è bello. È bellissimo.» Non rallenta fino a quando viene anche lui con un gemito, riempiendomi del suo seme bollente. Riapre gli occhi e mi scruta, in cerca di un segno che qualcosa non vada. «Stai bene?»

«Alla grande. E tu?»

«Mai stato meglio.» Ancora sprofondato dentro di me, posa le labbra sulle mie e mi fissa negli occhi. «Non riesco a credere che potremo farlo in qualsiasi momento per il resto della vita.»

«Non proprio in *qualsiasi* momento.»

Mi bacia di nuovo. «In *qualsiasi* momento.» Un altro bacio. «In *ogni* cazzo di momento.»

«Sì, caro» rispondo con un sospiro soddisfatto.

«Così va meglio.»

Avvinghiata a lui, sento il cuore scoppiarmi d'amore per l'uomo che è diventato mio marito.

# CAPITOLO QUATTORDICI

## *Natalie*

Il giorno dopo, è quasi mezzogiorno quando mi trascino sotto la doccia. Sto risciacquando il balsamo quando Flynn entra in bagno, con il telefono in mano e un sorriso smagliante.

«Natalie. Sbrigati.»

Per poco non mi finisce il balsamo negli occhi per la fretta di uscire dalla doccia. «Che c'è?»

Mi passa un asciugamano e il telefono. «È Candace.»

Mi sento raggelare. Non riesco a fare niente a parte fissarlo, immobile.

Lui mi asciuga, mi aiuta a infilarmi l'accappatoio e mi porta in camera, dove si siede accanto a me sul letto e mi fa segno di parlare.

«P-pronto?»

«April.» La sua voce è più matura, ma è lei. È la mia sorellina.

Scoppio immediatamente in lacrime. «Candace.»

«Sei davvero tu?»

«Sì, sono io.» Flynn mi cinge con un braccio e mi accoccolo contro di lui.

«E sei davvero sposata con *Flynn Godfrey*?»

Rido per la sua voce stridula, nonostante la senta singhiozzare.

Ridacchiando, Flynn mi dà un bacio sulla fronte.

«Pare di sì. Raccontami tutto. Dove sei? Dov'è Olivia? Mi siete mancate tantissimo.»

«Non avevamo idea di dove fossi. Ti abbiamo cercata per anni.»

«Ho dovuto sparire per poter avere una vita normale.»

«E come è andata?»

Rido, nonostante il fiume di lacrime. «Andava abbastanza bene, fino a quando sono stata abbordata da una sexy stella del cinema e la mia esistenza ordinata è stata completamente stravolta nel modo migliore possibile.»

«Ti ho visto ieri sera da Carolyn. Sei diversa, ma ho capito che eri tu. Poi Olivia mi ha chiamato urlando perché avevi detto che volevi parlare con noi. Non vedevo l'ora che fossero le nove da te per chiamare l'ufficio di Flynn. Oh, April. Sei davvero tu?»

«Sono io, sono qui e sono felicissima di sentire la tua voce.» Asciugo le lacrime con la manica dell'accappatoio. «Parlami di te. Dove sei?»

«Sono al secondo anno di economia alla Colorado State University. Olivia è all'ultimo anno di liceo e vive con la mamma a Omaha adesso.»

«Aspetta, che cosa? Vive con la *mamma*? Dov'è il papà?»

«Non lo so di preciso. Si sono lasciati un annetto dopo la fine del processo. Non lo vediamo spesso.»

«Wow… Dio, mamma l'ha lasciato davvero?»

«Sì. Non riuscivamo a crederci nemmeno noi, ma adesso le cose vanno molto meglio, April. È cambiata, senza più lui a dirle che cosa fare a ogni secondo della sua vita.»

A questa notizia, mi gira la testa. Non avrei mai immaginato che lo mollasse.

«Non devo chiamarti così? Non sei più April.»

«No, ho cambiato nome, ma puoi chiamarmi come vuoi. Sono così felice di sentire la tua voce. Non puoi capire quanto.»

«Credo di sì» ribatte lei, ridendo. «Quello che hai detto durante l'intervista, sul fatto che sei andata alla polizia per noi… Io e Olivia non riuscivamo a crederci. Quello che hai fatto, che hai sacrificato per noi…»

«Lo rifarei subito. Era un predatore, Candace. Non si sarebbe fermato a me.»

«Nell'ultima settimana, molti pezzi del puzzle sono andati al loro posto. Mi dispiace che sia successo a tue spese. Ne hai passate tante.»

«Sì, ma adesso sono felice. Davvero felice con Flynn e la mia nuova vita meravigliosa con lui.»

«Possiamo incontrarti? Non vediamo l'ora. E ci piacerebbe *un sacco* conoscere nostro cognato» aggiunge con una risata.

«Dalle il tuo numero.» Flynn mi fa un cenno. «Dille che organizzeremo tutto.»

«Flynn mi sta dicendo di darti il mio numero. E non avrei mai riattaccato senza farlo. Lui e la sua stupenda assistente, Addie, che è una maga, definiranno i dettagli.»

«Non riesco a credere che ti sto davvero parlando. Temevamo di non rivederti mai più.»

«Anch'io lo temevo. Troveremo il modo di incontrarci presto.»

«Non vedo l'ora.»

«Nemmeno io. Non ho mai smesso di volervi bene, a tutte e due.»

«Anche noi. Parlavamo sempre di te.»

«Sono contenta che non mi abbiate dimenticato e che non mi odiate. Avevo paura per quello che vi avrebbero raccontato.»

«Lui ci ha provato, ma ci siamo rifiutate di credergli. Conoscevamo te e conoscevamo Oren, e abbiamo creduto a te. Quell'uomo mi ha sempre dato i brividi.»

«Eri più furba di me allora, perché io non ho mai sospettato che fosse capace di quello che mi ha fatto.»

«Non mi va di riattaccare. Non sparirai di nuovo, vero?»

«Dopo gli ultimi giorni, non sarebbe difficile ritrovarmi.» Ci scambiamo i numeri di telefono e, a malincuore, ci salutiamo, con la promessa di risentirci presto e di scriverci ogni giorno. A lungo poi Flynn mi abbraccia mentre piango lacrime di pura gioia.

«Sono davvero felice per voi, tesoro. Le faremo venire appena potremo, e appena potranno loro.»

«Non riesco a credere di aver appena parlato con Candace. Ho sognato come sarebbe stato farlo, ma ho sempre avuto paura di cercarle perché non sapevo se fossero state aizzate contro di me. Se le avessi ritrovate e avessi scoperto che mi odiavano, ne sarei morta.»

«Sembrava felice anche lei di parlarti.»

«Lo so! Grazie.»

«Per che cosa? Io non ho fatto niente.»

«Sì, invece. Mi hai trascinato nella tua vita, ti sei rifiutato di accettare un no come risposta e, adesso, ho riavuto le mie sorelle.»

«Detesto fartelo notare, ma hai saltato la parte traumatica della storia.»

«Non capisci? Ne è valsa la pena, perché non solo ho avuto te, ma anche loro.»

Un sorriso gli illumina gli occhi. «Sei bellissima quando sei felice.»

«Allora, in questo momento, devo essere la donna più bella del mondo.»

«Non sarò io a contraddirti.»


PASSIAMO QUALCHE GIORNO MERAVIGLIOSO SENZA VEDERE NESSUNO A parte le guardie del corpo, che restano sempre nei paraggi in caso di bisogno ma perlopiù nell'ombra. Scambio messaggi senza sosta con le mie sorelle e, finalmente, parlo con Olivia quando riesce a chiamarmi senza che nostra madre la senta. Non siamo ancora pronte a dirle che ci siamo ritrovate. Tra gli studi e il lavoro, sono impegnate tutte e due e stiamo cercando di capire quando vederci nelle prossime settimane.

Ogni giorno, Flynn mi porta a fare pratica alla guida e, come dice lui, è l'occasione perfetta per mostrarmi la California del Sud. Un giorno andiamo a nord, a Santa Barbara, mentre un altro prendiamo la Pacific Coast Highway da Long Beach quasi fino a San Diego e ritorno. Per pranzo ci fermiamo in locali fuori mano, con le guardie del corpo al nostro seguito per garantirci sicurezza e privacy.

A parte qualche cameriere sbalordito, a cui Flynn firma autografi e concede foto, riusciamo a farla franca e, più divento sicura al volante, più scopro che *adoro* guidare.

Giovedì sera, Flynn organizza una gita a Disneyland ad Anaheim. Ormai chiuso al pubblico, il parco è tutto per noi e proviamo ogni attrazione (alcune due volte), divertendoci come matti. Essendo la prima volta per me, mi sento tornata bambina e, pur essendoci già stato in molte occasioni, Flynn dice che è come la prima volta anche per lui, perché è qui con me.

Andiamo a Palm Springs e a Palm Desert, a San Bernardino e a Big Bear. Città dopo città, mi innamoro della California. Non mi turbo nemmeno troppo per le lievi scosse sismiche che scuotono la casa venerdì mattina. Flynn dice che fanno parte della normalità qui e, se sai come comportarti, non c'è nulla da temere.

Dopo avermi spiegato tutto il necessario per sopravvivere a un grosso terremoto, accantoniamo il discorso.

Passiamo ore (in auto, a letto, sul divano, in piscina) a fare piani per la fondazione, scambiarci idee e stilare liste. Con tutti i contatti che ha, Flynn non è tanto preoccupato di raccogliere i soldi per avviarla, quanto di assicurarsi che i fondi arrivino a chi ne ha bisogno attraverso programmi che facciano davvero la differenza. Ed è a questo proposito che bisognerà farsi venire più idee.

Sono entusiasta di prendere parte a un progetto tanto importante, che ha riempito il vuoto da quando ho perso il lavoro e mi ha dato uno scopo. Parlando degli obiettivi della fondazione, Flynn dice che non sarà soddisfatto fino a quando ogni bambino in America potrà fare tre pasti sostanziosi al giorno. Non si accontenterà di nulla di meno, e nemmeno io. Su questo, siamo in perfetto accordo.

Quando non facciamo qualche giro e non parliamo della fondazione, facciamo l'amore: a letto, sul divano, in piscina, sotto la doccia e, una volta, sul pavimento della cucina. Non ne abbiamo mai abbastanza l'uno dell'altra e temo il giorno in cui lui dovrà tornare al lavoro. Il bozzolo in cui stiamo vivendo non durerà per sempre, ma sono decisa a godermi ogni secondo finché posso.

Domenica sera, saliamo su una limousine diretta allo Shrine Auditorium per gli Screen Actors Guilds Awards. Flynn mi ha spiegato che si tratta di premi particolarmente importanti perché vengono assegnati dai colleghi e, per questo, sono ancora più speciali e ambiti. A differenza del Golden Globe che ha vinto per la prima volta due settimane fa, di questi ne ha già due.

Siccome è superstizioso, non ammetterà mai di voler vincere per *Mimetica*, ma so che è emozionato al pensiero di vedere riconosciuto questo ruolo dai colleghi. Ha messo anima e corpo nell'interpretare un agente delle forze speciali di ritorno in patria e costretto a battersi per ricostruirsi una vita dopo essere rimasto gravemente ferito in Afghanistan.

«Sei raggiante stasera, Nat.»

In quanto sposina, ho scelto un vestito bianco che, secondo Flynn, equivale un po' a mandare a fanculo i media, ancora su di giri per il nostro matrimonio. Mio marito ha un modo tutto suo per esprimere i concetti.

Il vestito è velatamente sexy, accentua l'abbronzatura che mi sono guadagnata nei pomeriggi in piscina e sta benissimo con i gioielli che lui mi ha comprato per i Golden Globes. Gli ho detto di non prendermene altri per questa serata perché sono felicissima di quelli che ho già.

Apprezzo la sua generosità, ma non c'è bisogno di ricoprirmi di regali preziosi per farmi felice.

Durante il tragitto, Flynn stappa una bottiglia di champagne.

Io apro una scatola di antidolorifici e ne prendiamo entrambi un paio in via preventiva, visto che lo champagne ci provoca sempre uno spaventoso mal di testa la mattina dopo e stasera vogliamo festeggiare.

Con il bicchiere in mano, lui mi cinge e mi tira a sé. «Oh, ma cos'è questa?» Si toglie di tasca una scatolina di velluto. «Da dove arriva?»

«Che cos'è?»

«Non lo so. Aprila e scoprilo.»

«No, non la aprirò perché ti avevo detto di non prendermi niente.»

«Davvero? Non me lo ricordo.»

Lo fisso, incredula. «Certo che te lo ricordi, perché è successo *due giorni* fa.»

Scuote la testa. «Non mi torna in mente niente.»

«Ci credo che sei candidato a tanti premi. Sei un attore davvero dotato.»

«Grazie, tesoro. Adesso fammi felice in questa grande serata e aprila.»

«Se la apro, mi piacerà e, se mi piacerà, ti sentirai incoraggiato a rifarlo quando invece ti ho detto che non voglio che tu lo faccia.»

«Mmh» commenta lui, grattandosi l'accenno di barba sul mento. «Capisco il dilemma. Da un lato, muori dalla curiosità perché vorresti *davvero* vedere che cosa c'è qui dentro. Ma, se mi dai corda stavolta, creerai un precedente per il resto del nostro matrimonio. *Immagina* se mi venisse l'idea di comprarti qualcosa di nuovo per ogni evento formale a cui parteciperemo insieme? Considerando quanto amiamo farci le congratulazioni a Hollywood, ti servirà un magazzino per tutti i gioielli. È proprio un bel dilemma.»

«Mi stai prendendo in giro.»

«Ma no! Sto solo riassumendo la situazione e il punto di stallo in cui ci troviamo.» Ogni centimetro del suo corpo sexy è fasciato dall'ennesimo smoking, questa volta di Armani.

Con una luce allegra negli occhi, cerca di provocarmi e farmi capitolare. Su una cosa ha ragione, però: accettando questo regalo, creerò un precedente, e la cosa mi preoccupa.

«Aprila.»

«No.»

«Sì.»

«No.»

«Che ne dici se la apro io e, se non ti piace, non sarai costretta a tenerlo?»

«Che razza di cavolata è mai questa? Ovvio che mi piacerà.»

«Dici mai le parolacce? Perché non conta se non usi quelle vere.»

Mi avvicino alla sua faccia. «È una cagata.»

Approfitta della vicinanza per baciarmi. «Ti amo, signora Godfrey, e amo scegliere oggetti scintillanti che credo ti piaceranno. Se mi farai portare indietro questa scatola, ferirai i miei sentimenti, quindi aprila perché non accada.»

«Dio. Vuoi davvero giocare la carta dei sentimenti feriti?»

«L'ho appena fatto.»

Gliela strappo di mano, la apro e resto accecata per un paio di secondi dal luccichio dei diamanti racchiusi nel velluto blu. «Flynn…

Che cosa...» Sospiro. Quest'uomo è troppo per me. Ho perso la battaglia prima ancora che cominciasse.

Mi prende il bicchiere, lo mette insieme al suo nell'apposito vano, toglie l'abbagliante bracciale dalla scatolina e me lo mette al polso. «Ecco. Adesso sono felice.»

«È bellissimo, ma...»

Mi posa un dito sulle labbra per impedirmi di concludere la frase. «Niente ma. Sei mia moglie e la legge mi garantisce il diritto di comprarti tutto quello che voglio, quando voglio.»

Inarco un sopracciglio. «La legge?»

«Già. E dice anche che devi accettare tutto quello che ti compro, di qualsiasi cosa si tratti.»

«Dove starebbe scritto?»

«Vuoi il comma preciso?»

«Sì.»

«Chiederò a Emmett di fartelo sapere.»

«Fa' pure.» Abbasso di nuovo lo sguardo sul braccialetto. «È troppo, Flynn. Non mi sento a mio agio a essere viziata in questo modo.»

«Datti del tempo. Ti ci abituerai.»

«No, non credo.»

«Come mai d'un tratto temo che ci sia sotto qualcosa di più?»

Mi ricompongo per un attimo e caccio giù il groppo di emozioni che ho in gola. «Tu sei incredibilmente generoso. Non ho mai conosciuto nessuno altruista come te e non voglio che pensi che non apprezzo la tua premurosità e la tua generosità, perché non è così. Le apprezzo tantissimo.»

«Ma?»

«Ma mi sento a disagio a essere ricoperta di diamanti quando, al momento, potrei offrirti a malapena la cena.» Prima ho dato un'occhiata al saldo del mio conto e ho avuto un mancamento. Flynn ha detto che mi avrebbe pagato per il lavoro alla fondazione, ma non è ancora successo.

«Wow. Be', non so da dove cominciare a risponderti. Sei mia *moglie*, Natalie, il che significa che tutto ciò che ho è anche tuo adesso. Puoi comprarmi tutto quello che vuoi e puoi comprarti tutto quello che vuoi o che ti serve. Domani, ti farò avere accesso ai soldi. Avrei dovuto farlo prima e mi dispiace di non averci pensato finora.»

«Non ti sto chiedendo di farlo.»

«Lo so. Ti sto semplicemente *informando* che è quello che accadrà.»

Non mi piace essere «semplicemente informata» di qualcosa. Per ora lascio perdere, per goderci questa serata speciale, ma la discussione è tutt'altro che finita.

# CAPITOLO QUINDICI

## *Flynn*

La mia bellissima e dolce mogliettina si preoccupa dei *soldi*? Quando mi dice che non può offrirmi la cena, vado fuori di testa, cazzo. Non ha idea di chi ha sposato né delle risorse che ora ha a disposizione, ed è tutta colpa mia. Perché non ci ho pensato prima? È ovvio che si preoccupi dei soldi. Ha perso il lavoro per causa mia, che cavolo.

Con lei, imparo sempre la lezione con le cattive e, di nuovo, mi rimprovero da solo per non aver anticipato i suoi timori. Si è chiusa nel silenzio, il che significa che è arrabbiata. La mia Natalie è una combattente e non si arrende mai. Il silenzio, con lei, non è affatto d'oro.

«Nat.»

Alza lo sguardo su di me.

«Non intendevo rispondere a quel modo, però devi capirmi. Avere quello che ho io e sentire che mia moglie si preoccupa dei soldi è stato un colpo dritto qui.» Mi metto una mano sul cuore.

«Non mi preoccupo dei soldi. È solo che non ne ho perché non ho più uno stipendio.»

«Presto ne avrai uno dalla fondazione e non sei affatto senza soldi, tesoro. Adesso siamo sposati. I tuoi timori sono anche i miei. Se hai delle bollette da pagare o dei conti da sistemare, ti basta dirmelo e sarà fatto.»

«Non voglio approfittarmi di te.»

«Sono tuo *marito*. È il mio compito prendermi cura di te.»

«Non viviamo nell'età della pietra, Flynn. Sono sempre stata indipendente e mi sono sempre presa cura di me. Non so come comportarmi altrimenti.»

«Lo capisco e lo rispetto. È una ventata d'aria fresca stare con una donna che vuole guadagnarsi i suoi soldi e non ti impedirò mai di inseguire i tuoi sogni. Quello che vuoi tu, lo voglio anch'io. Ma non dovrai più preoccuparti per i soldi, *mai* più. È chiaro questo punto?»

«Prima o poi mi abituerò alle nuove circostanze, ma non succederà dall'oggi al domani. Apprezzo che tu voglia prenderti cura di me, ma devi capire che ciò non significa comprarmi dei diamanti a ogni occasione. Usa quei soldi per la fondazione. Mi renderesti molto più felice.»

«Capisco quello che intendi, sul serio, ma devi lasciarti viziare un pochino.»

«Ho la sensazione che io e te abbiamo un'idea molto diversa di *un pochino*.»

Sfrego il naso contro il suo collo, concentrandomi su un certo punto per strapparle un sospiro. «Troveremo un accordo. Prima o poi.»

«Fino ad allora, basta diamanti.»

«Basta diamanti. Per quanto riguarda il tuo debito studentesco…»

«Flynn!»

Ridendo, le stringo la coscia e la bacio, per cancellare la sua espressione indignata.

«Mi hai rovinato il rossetto.»

«Te ne comprerò un altro.»

«Sei incorreggibile.»

«Amo mia moglie.»

«E lei ama te, anche quando sei incorreggibile.»

«Non mi sono mai divertito con nessuno come con te, Nat. Anche quando bisticciamo. Soprattutto quando bisticciamo.»

«Aspetto ancora di scoprire qualcosa di te che non mi piaccia.»

Le sue parole mi colpiscono come una freccia al cuore. Non dovrà mai conoscere la parte di me che di sicuro non le piacerebbe e che non capirebbe.

«Finora però, non c'è niente che non mi piaccia.»

«Lo stesso vale per me, tesoro, anche se io non mi aspetto nulla di male. So che non c'è niente da scoprire.»

Poco dopo, all'arrivo allo Shrine Auditorium, l'ansia comincia a farsi sentire. La nostra scorta è in stretto contatto con la sicurezza dell'evento, per assicurarsi che non ci siano problemi all'ingresso nell'edificio. Ma, dopo la coltellata che ho rimediato sul tappeto rosso a Londra l'anno scorso, le apparizioni pubbliche non sono più quelle di una volta. La gente è fuori di testa e la follia generale sarà mille volte peggiore del solito, visto che è la nostra prima uscita da quando ci siamo sposati. Il pensiero di sottoporre Natalie a tutto questo mi mette estremamente a disagio.

Ci hanno dato istruzioni di aspettare in macchina fino all'arrivo delle guardie del corpo.

Natalie mi prende una mano tra le sue. «Stai vibrando.»

«Dopo quello che è successo a Londra, queste stronzate mi mandano fuori di testa. Soprattutto adesso che gli abbiamo dato la notizia del secolo sposandoci.»

«Stasera sarà un delirio, poi si abitueranno a noi e diventeremo una qualunque coppia sposata.»

«Giusto.» Rido. «Chissà perché, ma non credo che succederà tanto presto. Sarà un manicomio, quindi stammi attaccata, sorridi e saluta con la mano se vuoi, ma non allontanarti da me. Va bene?»

«Non mi allontanerò da te. Mai.»

«Promesso?»

Posa la testa sulla mia spalla. «Credo di avertelo già promesso a Las Vegas.»

La sua dolcezza ha il potere di confortarmi e calmarmi. Sapere che tornerò a casa con lei, stasera e ogni altra sera, allevia l'ansia.

La portiera si apre ed è ora di andare in scena. Scendo per primo, scatenando un boato dalla folla radunata intorno al tappeto rosso, e porgo la mano a Natalie per aiutarla. I decibel aumentano in maniera esponenziale e la gente va in delirio per la mia stupenda moglie.

Lei mi guarda nervosa, ma si riprende subito e, con un sorriso, mi prende a braccetto e mi stringe, forte.

La gente ci chiama per nome e i flash ci accecano. Avanziamo sul tappeto rosso con le guardie del corpo a breve distanza da noi, per non nasconderci alla folla. Non voglio che accada. Dal volersi proteggere al risultare scostante il passo è breve. Sono sempre stato disponibile con i fan e non dimenticherò mai che, se sono una stella, è grazie a loro.

Tuttavia, una coltellata nelle costole ti costringe a riconsiderare l'atteggiamento dei confronti delle folle, degli ammiratori e della celebrità. Ora mantengo una certa distanza rispetto a prima e, anche se mi rattrista doverlo fare, non metterò a rischio la mia sicurezza e, di certo, non esporrò Natalie ad alcun pericolo.

Imitandomi, lei saluta con la mano e sorride come una professionista. La gente la chiama, urlando dichiarazioni d'amore. Sono stupito e commosso dal sostegno che le stanno dimostrando. Ci fermiamo davanti a un folto gruppo di fotografi e rimango mezzo accecato dai flash.

Con la coda dell'occhio, noto un certo trambusto. Una giornalista di *Hollywood Starz*, che in passato mi ha intervistato molte volte, sta piangendo in diretta TV mentre le celebrità le sfilano accanto una dopo l'altra senza degnarla di uno sguardo.

Il boicottaggio è partito. Mi sporgo verso Natalie. «Guarda là, verso destra. Sono quelli che hanno pubblicato la tua storia. Li stanno ignorando tutti.»

Lancia un'occhiata di sottecchi. «Wow. Sta piangendo in diretta?»

«Sembra di sì.» La cingo con un braccio. «Congratulazioni, tesoro. Tutta Hollywood è nel Team Natalie.»

Un produttore di *Hollywood Starz* cerca di attirare la nostra attenzione mentre passiamo accanto alla loro postazione sul tappeto rosso ma, come i miei colleghi, continuo a camminare senza fermarmi a fare quattro chiacchiere come al solito. Invece, vado dalla concorrenza e presento mia moglie ai giornalisti.

«Come commenti il boicottaggio nei confronti di *Hollywood Starz* sul tappeto rosso?»

«Il mondo dello spettacolo sta mandando il forte messaggio per cui non tollereremo che i nostri cari vengano sfruttati in nome degli ascolti o delle visualizzazioni. Quello che è stato fatto a Natalie non dovrebbe accadere a nessuno.»

«Tu che cosa ne dici, Natalie?»

Lei mi guarda e, con un cenno, la incoraggio a dire la sua. «Sono rimasta molto commossa dall'amore e dal sostegno che ho ricevuto da Flynn, dai suoi amici e dalla sua famiglia, oltre che da Hollywood in generale. È stato a dir poco immenso.»

«Flynn, saprai che oggi il mondo intero parla di te e della tua bellissima moglie. In passato, hai affermato pubblicamente che non ti saresti più sposato. Che cosa in Natalie ti ha fatto cambiare idea?»

La guardo mentre mi fissa con i suoi occhioni espressivi che mi hanno catturato fin dall'istante in cui l'ho incontrata. «Ogni singola cosa.»

Resto abbagliato dal suo sorriso. Non ci sono altre parole per descrivere il modo in cui mi sento quando mi guarda come se fossi un dio in terra.

«Possiamo dire che ogni donna in America ha appena perso i sensi.»

Con una risata, ci congediamo e passiamo all'intervista successiva. Le domande sono simili e gli auguri sinceri, come il sostegno a Natalie. Adoro che il mio ambiente abbia fatto cerchio intorno a noi.

Mentre entriamo nel teatro, veniamo fermati da diverse persone che vogliono salutarci e conoscere Natalie. Le presento alcuni dei nomi più importanti del settore e, graziosa e adorabile, lei cerca di mantenere un contegno e non comportarsi da fan in estasi.

«Oddio, oddio, *oddio*» sussurra dopo aver incontrato Julia Roberts. «Da piccola avevo il suo poster in camera.»

«È una persona squisita. Sono contento che tu l'abbia incontrata.»

«Posso fare un salto in bagno prima di entrare? Lo champagne e l'entusiasmo si fanno sentire.»

«Certo. Dovrei andarci anch'io.» Faccio segno alla scorta per avvisarli. «Ti aspetto qui, tesoro.»

«Faccio in fretta.»

# *Natalie*

SONO TUTTI SIMPATICISSIMI. NON SO CHE COSA MI ASPETTAVO, MA Hollywood mi ha travolto con il suo sostegno. Incontrare Julia Roberts e sentirmi chiamare per *nome* da lei è la cosa più folle che mi sia mai successa. Be', a parte incontrare Flynn.

Sto per entrare in un cubicolo in bagno, quando da quello accanto esce una donna. Con un sussulto, riconosco Valerie Ward, l'ex moglie di Flynn. Oh, cielo…

«Bene, bene. Chi abbiamo qui?» esordisce lei con un sorrisino odioso, di quelli che vengono tanto bene alle donne malvagie. «La *nuova* signora Godfrey. Congratulazioni per essere riuscita dove molte hanno fallito. Sei l'antidoto a Valerie.»

Si aspetta che reagisca, che le dica qualcosa di cui mi pentirò, ma mi rifiuto di lasciarmi provocare. Invece di abboccare, faccio per infilarmi nel bagno, ma lei afferra la porta e mi impedisce di chiuderla.

Si sporge verso di me. «Che cosa ci fa una dolce ragazza come te con una bestia come lui? Ti ha già legato? Picchiato? Ti ha messo i morsetti ai capezzoli? Un dilatatore nel culo?» Inspira, con una luce folle negli occhi. «Come immaginavo. Buona fortuna, *tesoro*. Ne avrai bisogno.» Abbatte il palmo della mano sulla porta e me la chiude in faccia, mancandomi di poco la testa.

Con le mani che mi tremano, metto il gancio. Di che cosa parlava? Con le parole di Valerie che mi invadono la mente, cerco di dare loro un senso. L'uomo che ha descritto non assomiglia affatto al mio Flynn. E poi il tono altezzoso con cui mi ha chiamato «tesoro»… Lui chiamava così anche lei? Sono una stupida a pensare che questo soprannome appartenga solo a me?

Nonostante sia durato una manciata di secondi, l'incontro con Valerie mi ha sconvolto e mi è rimasto il dubbio che possa esserci qualcosa di vero in ciò che ha detto. Quella donna ci sa fare, devo riconoscerlo. Faccio quello che devo, ma mi servirebbe altro tempo per ricompormi.

Chissà se Flynn l'ha vista uscire. Chissà se sta parlando con lei adesso, se sono nel bel mezzo di un acceso scambio di battute. Chissà se invece non è contento di vederla e ha paura di quello che lei potrebbe avermi detto. In bagno si è formata la fila e, con tutti gli occhi addosso, mi lavo le mani, ritocco il rossetto e inspiro a fondo, nella speranza di non lasciar intuire nulla alle donne curiose che mi osservano, alcune delle quali le riconosco pure.

Uscendo, rispondo a chiunque mi saluti.

Non appena mi vede, Flynn si stacca con un sorriso dalla parete tra i bagni degli uomini e quelli delle donne. Non sembra turbato né arrabbiato, quindi deduco che non abbia incrociato Valerie. Buon per lui. Per non farlo agitare nella sua grande serata, decido di tenere per me l'incontro con lei.

Flynn mi cinge le spalle con il braccio, mi tira a sé e mi dà un bacio sulla tempia. «Quanto sono messo male se mi sei mancata mentre facevi la pipì?»

Nonostante il veleno che mi ha riversato addosso Valerie, la sua dolcezza mi mette subito a mio agio. «Piuttosto male.»

«E la cosa peggiore è che mi va benissimo così, piccola.»

Rosi dall'interesse e dalla curiosità, ci fissano tutti. Sono la donna che ha fatto cambiare idea a Flynn Godfrey sul matrimonio e, in questo momento, mi rendo conto che lo sarò per sempre, ma credo di poterci convivere.

Siamo al tavolo con i colleghi di Flynn della Quantum. Jasper, Marlowe e Kristian ci abbracciano e ci fanno di nuovo le congratulazioni per le nozze. L'ultimo a farlo è Hayden e, quando abbraccia entrambi, mi auguro che sia un buon segno.

Ci sediamo e mangiamo la cena che viene servita in attesa dell'inizio della cerimonia. Circondata dal brusio, mi distraggo e rimugino sulle parole di Valerie.

*Ti ha già legato? Picchiato? Ti ha messo i morsetti ai capezzoli? Un dilatatore nel culo?* Flynn l'ha *picchiata*? Non può essere vero. Con me, è sempre stato un perfetto gentiluomo. Certo, le cose si sono surriscaldate in un paio di occasioni, in aereo e durante la nostra prima notte di nozze, prima che andassi in crisi, ma tra noi è sempre stato tutto bollente e assolutamente consensuale. Quello che ha descritto Valerie non pare affatto consensuale.

D'altra parte, è possibile che lei si faccia beffe di me perché è gelosa. Quanto mi piacerebbe sapere che cosa voleva ottenere dicendomi quelle cose.

«Stai bene?» mi chiede Flynn durante una pausa.

«Sì. Fa caldo qui.»

«Davvero? Per me è normale.»

«Quanto manca alla tua categoria?»

Sorride e mi fa l'occhiolino. «È verso la fine.»

Qualcuno gli tamburella sulla spalla e lui si alza per salutare.

Marlowe scivola sulla sedia accanto alla mia. «Come va, signora Godfrey?»

«Sono io o fa caldo qui dentro?»

«Io sto soffocando. È sempre così a questi eventi. C'è troppa gente e non abbastanza aria.»

Sento lo stomaco contorcersi al pensiero di chiederle di Valerie, ma ho bisogno di sapere. «Ehi, Marlowe.»

«Sì?»

Lancio un'occhiata alle mie spalle, per accertarmi che Flynn stia chiacchierando. «Parlami di Valerie. Che tipo è?»

«Una vipera. Io la odio a morte, e non solo per l'inferno che ha fatto passare a Flynn, ma perché è una brutta persona. La gente non ne può più di lei. Non so quanti registi ci lavorerebbero insieme.»

«Mmh, interessante.»

«Perché me lo chiedi?»

«L'ho incrociata in bagno e non è stata molto amichevole.»

Le sfugge un verso sguaiato. Questa donna mi piace sempre di più. «Immagino. Non solo si è lasciata sfuggire Flynn ma, per anni, lui ha detto al mondo intero che lei gli aveva fatto passare per sempre la voglia di risposarsi. È una cosa che lascia il segno. A lui l'hai detto, che l'hai incontrata?»

«No. Non volevo turbarlo proprio stasera e sapevo che si sarebbe incazzato per le cose che lei mi ha detto.»

Si sporge verso di me. «Quali cose?»

«Non vale nemmeno la pena ripeterle. Probabilmente, se fossi stata così stupida da lasciarmi sfuggire un uomo come Flynn, anch'io mi comporterei da stronza gelosa.»

«Tu non saresti mai capace, in tutta la storia dell'universo, del veleno che sputa quella donna. E, per inciso, hai fatto bene a non dire niente a Flynn. Ci vede rosso quando si tratta di lei e questa è una serata importante per lui. Almeno, secondo me.»

«Non portargli sfortuna.»

Sorride. «Lo ami davvero, eh?»

«Sì.»

«Bene. Sei proprio quello che gli serve nella vita.»

«Credi che Hayden la penserà mai così?»

«Hayden ha i suoi demoni.» Lancia un'occhiata all'uomo in questione, che ride e scherza con gli amici. «La sua reazione non c'entra niente né con te né con Flynn. Non devi prenderla sul serio.»

«Ha ferito i sentimenti di Flynn.»

«Quei due hanno sempre avuto i loro alti e bassi. È così che funziona la loro amicizia. Ma superano sempre gli ostacoli, quindi cerca di non preoccuparti.»

All'annuncio che la pausa pubblicitaria sta per concludersi, tutti tornano al proprio posto.

«Grazie, Marlowe. Sei stata una buona amica e te ne sono grata.»

Mi abbraccia. «Spero che diventeremo ottime amiche.»

Marlowe Sloane vuole diventare mia amica. Roba da matti. Lei torna sulla sua sedia e Flynn mi cinge con un braccio.

«Come va?»

«Bene. A te?»

«Sono pronto ad andarmene.»

«Per fare il giro delle feste?»

Scuote la testa. «Sono un novello sposo. Salterò le feste.»

«E se vinci?»

«Fingerò che tu non l'abbia detto…»

«Non puoi saltare le feste.»

«Sta' a vedere.»

Il modo in cui lo dice, e il modo in cui mi guarda mentre lo dice, mi stravolge le budella. Mi piace sapere fino a che punto mi desidera e vuole restare solo con me. Mi appoggio a lui in attesa della sua categoria.

A presentare il premio per il miglior attore protagonista è Marlowe. Annuncia i candidati e, quando arriva a Flynn, il pubblico esulta. Lui sorride alla telecamera ma, sotto al tavolo, mi arpiona la mano.

Gliela stringo in segno di supporto.

«E il premio va… al mio amico Flynn Godfrey per *Mimetica*!»

La sala va in delirio.

Lui mi bacia, abbraccia Hayden, Jasper e Kristian e sale sul palco. In piedi, noi applaudiamo, esultiamo e, nel mio caso, cerchiamo di non piangere. Marlowe lo accoglie con un abbraccio e gli consegna la statuetta.

Ci vuole un sacco prima che l'applauso si spenga e, con il sorriso modesto che adoro, Flynn aspetta in piedi davanti ai colleghi, stringendo il premio e godendosi il suo grande momento.

Anche se fossi a casa e non l'avessi mai incontrato, sarei comunque felice per lui, perché *Mimetica* è uno dei film più belli che abbia mai visto. Ma, siccome sono sua moglie e lo amo, sono pazza di gioia e orgoglio per il traguardo che ha raggiunto.

«Grazie mille alla Screen Actors Guild per questo incredibile onore» esordisce quando finalmente il clamore si placa. «Ho avuto il piacere di lavorare con molti di voi e potervi definire amici e colleghi. Siamo tra i più fortunati al mondo a poter fare un lavoro che amiamo e vederlo riconosciuto è la ciliegina su una torta già piuttosto bella. Come ben sapete, questo film sta particolarmente a cuore a me e a tutti noi della Quantum. La storia di Jeremy mi ha permesso di fare un percorso splendido e di apprezzare in modo nuovo i sacrifici che i membri dell'esercito e le loro famiglie compiono per noi ogni giorno. Vi prego, fate la vostra parte e sostenete i veterani e i loro famigliari. Dobbiamo tutto a loro.» A questa frase, segue l'ennesimo applauso.

«Nessuno può arrivare a questo traguardo» solleva la statuetta, «senza aiuto e io posso contare sui collaboratori migliori del mondo e sulla famiglia migliore che chiunque possa sperare. E adesso…» Fa una breve pausa, come per ricomporsi, e mi guarda.

Il mio cuore si ferma e trattengo il respiro, in attesa di sentire quello che dirà.

«Adesso ho anche Natalie. Non è un segreto che le ultime settimane siano state difficili per mia *moglie* (quanto adoro usare questa parola) e per me. Non dimenticheremo mai l'amore e il sostegno che tutti voi ci avete dimostrato. Sono in debito con la cagnolina di Natalie, Fluff-o-Nutter» aggiunge, strappando una risata alla sala. «Se lei non avesse disubbidito, Natalie avrebbe superato il parco in cui stavamo girando a New York e io non avrei mai saputo che l'amore della mia vita mi stava passando accanto. Quindi grazie, Fluff.» Mi guarda dritto negli occhi. «Natalie, ti amo con tutto il cuore e non vedo l'ora di passare l'eternità con te.»

Solleva il premio. «Grazie mille per questo incredibile onore.»

Mentre asciugo una cascata di lacrime, Flynn e Marlowe scendono dal palco a braccetto, ridendo. Non riesco a credere che abbia ringraziato Fluff! Dopo qualche minuto, torna sul palco con il resto degli attori di *Mimetica* per accettare il premio come miglior cast cinematografico.

Anche se non avessi alcun legame con loro, è un momento magico a cui assistere. Condivido la gioia di Flynn e sono orgogliosissima dell'uomo che mi ha fatto perdere la testa e si è preso il mio cuore. Quel giorno al parco sembra lontanissimo, malgrado siano passate appena poche settimane. Io e Flynn abbiamo racchiuso le esperienze di un anno intero in questo breve tempo e sono entusiasta di scoprire che cosa ci attenda.

Sul concludersi della serata, Flynn scende dal palco e, nonostante abbia una statuetta per mano, mi solleva da terra e mi dà un bacio appassionato sotto gli occhi di tutta Hollywood.

Gli cingo il collo e lo bacio a mia volta.

Alla fine, seppure a malincuore, si ricorda dove siamo e si ritrae.

«Sono davvero fiera e contenta per te» gli sussurro all'orecchio, per farmi sentire con il baccano che ci circonda. «Grazie per aver riconosciuto il contributo di Fluff alla nostra storia.»

«Ha avuto un ruolo essenziale. Miglior attrice non protagonista.»

Sorrido e lui mi abbraccia. Siccome ho i tacchi alti, riesco a sbirciare oltre la sua spalla e incrocio lo sguardo di Valerie, che ci fissa trattenendo a stento l'odio. Non so che cosa mi prenda ma, con un sorriso, abbraccio il mio bel merito pluripremiato. Che quella donna si mangi pure il fegato per esserselo lasciato sfuggire.

All'occhiata meschina che lei mi lancia, mi rendo conto che, con quel sorriso, mi sono fatta una nemica per la vita. Ma va bene così e stringo più forte Flynn. Ci vendicheremo essendo felici insieme.

«Andiamocene via» mi dice lui con voce roca e bassa.

«Non devi fare le interviste?»

Geme. «Sì, e poi ce ne andremo.»

«Vengo con te, amore.»

«Ci puoi giurare.»

# CAPITOLO SEDICI

## Natalie

Adoro guardarlo durante le interviste. Con le statuette in mano, sfoggia tutte le qualità che amo di più in lui: la modestia, il fascino, l'umorismo, la sincerità. I giornalisti ripetono le stesse domande all'infinito: come si sente a essere il favorito per gli Oscar? Lui risponde che è emozionante ma, al momento, ci sono diverse cose emozionanti nella sua vita. L'ultimo giornalista vuole sapere se gli piace la vita da sposato.

«È uno spettacolo» dice lui, sorridendomi. «E lo sarà ancora di più se avete finito con me.»

«Lungi da noi tenere lontani gli sposini» ribatte la giornalista frastornata. «Ancora congratulazioni, Flynn. Il film è stupendo e ti meriti tutti questi plausi e premi.»

«Grazie.» Viene a reclamarmi. «Togliamoci dal cazzo.»

Seguiamo le guardie del corpo fino alla limousine, pronta per portarci via.

«Gli altri si arrabbieranno se non vai alle feste?»

«Non mi interessa.» Nell'istante in cui saliamo in auto, mi cinge con un braccio e mi tira a sé, con gli occhi che gli brillano di felicità e lasciano trapelare le sue intenzioni. «Baciami, tesoro, prima che muoia.»

Se la mette così, che altro posso fare? Lo tiro a me, poso le labbra sulle sue e inspiro il suo profumo infinitamente inebriante, che ogni volta mi fa venire voglia di nascondere la testa contro il suo collo. Ci baciamo a lungo, labbra contro labbra, respirando la stessa aria. È un momento così intimo che mi colpisce come una freccia al cuore. Quest'uomo, che potrebbe avere qualsiasi donna al mondo, ha scelto di trascorrere il resto della vita con me.

Mi prende il viso tra le sue manone e si ritrae per scrutarmi. «Come fai a essere così bella e tutta mia?»

«Mi stavo chiedendo lo stesso di te.» Gli cingo il polso. «Mi è piaciuto molto il tuo discorso prima. E anche Fluff ne sarà contenta. Sei stato davvero dolce a includerla.»

«Penso sul serio quello che ho detto sul fatto che, per un soffio, non ci siamo incontrati. Se lei non fosse fuggita e tu non l'avessi inseguita… Sto male se penso a quello che ci saremmo persi.»

Mi bacia di nuovo, con la bocca sulla mia e la lingua che preme per entrare. Risale con la mano sulla mia gamba, solleva la gonna e mi accarezza la parte interna della coscia. «Togli le mutandine» sussurra, interrompendo il bacio. «Voglio sentire il tuo sapore. Subito.»

«Flynn…» Lancio un'occhiata al divisorio alzato che ci separa dall'autista. «Non qui. Tra poco saremo a casa.»

«Qui. Subito.» Per ribadire il concetto, tira le mutandine.

Al pensiero di farlo qui, il mio cuore accelera e mi sudano le mani, per non parlare dell'ondata di calore che avverto tra le gambe. «Flynn…»

«Sss.» Mi toglie le mutandine, se le infila nella tasca della giacca e si inginocchia davanti a me. Mi ritrovo sdraiata supina, con la gonna alzata in vita e le gambe sulle sue spalle. Dio, è davvero questa la mia vita adesso? Allarga il mio sesso, mi lecca e insinua la lingua dentro di me. In questo istante, mi rendo conto di quanto vivessi a metà prima di incontrarlo e del mondo di possibilità che lui mi ha aperto.

Mi penetra con le dita e geme contro la mia carne sensibile. «Cazzo, adoro il tuo sapore, Nat. Non mi stancherò mai di te.» Il solletico dell'accenno di barba sul suo mento amplifica l'assalto ai miei sensi, tutti coinvolti mentre lui mi lecca, mi succhia e mi accarezza fino a farmi venire con un urlo. Non appena mi riprendo da questo orgasmo incredibile, mi ricordo dove siamo.

«Ah, l'autista…»

«Non sentirà niente. Gli ho detto di tenere la musica alta.»

Non si ferma, come se non mi avesse appena fatto venire come non mai. «Ne voglio un altro.»

«*Non* posso.»

«Certo che puoi, piccola.» Si mette all'opera per dimostrarmi il contrario e mi fa urlare di nuovo, aggrappata ai suoi capelli come se ne andasse della mia vita.

Cerco di riempire i polmoni ormai privi di aria, quando lo sento premere contro di me. «È già passata una settimana?» chiede, con una disperazione pari alla mia.

Inarco i fianchi per incoraggiarlo. «Quasi.» Apro gli occhi e lo fisso mentre mi penetra in un colpo solo, riempiendomi tutta e facendomi quasi venire. Di nuovo. Non riesco a credere che sto facendo sesso a bordo di una limousine.

«Mi hai trasformato in una ninfomane, signor Godfrey. Prima in aereo e adesso in limousine.»

«Mmh, abbiamo tanti altri posti da esplorare e una vita intera per farlo. E adesso niente più preservativi, cazzo. Dio, è stupendo, Nat.»

«Anche per me.» Infilo le mani sotto la sua giacca e scendo lungo la schiena madida di sudore fino al sedere, che afferro mentre mi scopa. Adoro la sensazione dei suoi muscoli che si muovono armonici mentre facciamo l'amore.

Lui ha la stessa idea, perché allunga le mani sul mio culo per tenermi ferma mentre mi possiede. Per la prima volta dalla crisi che ho avuto durante la nostra prima notte di nozze, ha allentato il severo controllo che ha su di sé.

Voglio fargli sapere quanto mi piace quello che sta facendo. «Sì, Flynn, *sì*. Non fermarti.»

Le mie parole sono come benzina sul fuoco, perché aumenta il ritmo e si avventa con le labbra sulle mie. Le schiudo per la sua lingua, che si impossessa della mia bocca. Mi scordo dove siamo e dell'autista dall'altra parte del divisorio. Non riesco a pensare ad altro che al magnifico piacere di fare l'amore con il mio bellissimo marito.

Quando alza la testa, apre gli occhi e mi fissa, capisco che vuole controllare come sto, e mi innamoro ancora di più di lui. Seppur travolto dalla passione e dal desiderio, si prende cura di me come nessuno ha mai fatto e mai farà.

Gli cingo il collo. «Sto bene. Torna qui e baciami. Adoro baciarti.»

Ubbidisce ai miei desideri fino a quando veniamo entrambi, con le sue dita conficcate nel mio sedere mentre mi immobilizza con il suo corpo possente e si lascia andare.

Lo stringo forte tra le braccia.

«Ti amo tanto, Nat. Tantissimo. Stasera, ogni uomo a teatro avrebbe voluto essere al mio posto perché sei stupenda e bellissima, dentro e fuori.»

«Anche tu. E, insieme, siamo ancora più belli.»

Solleva la testa e guarda fuori dal finestrino appannato. «Sarà meglio darci una sistemata. Siamo quasi a Malibu.» Con un sorriso, si sfila da me e prende dei fazzolettini dalla scatola in dotazione sulla limousine.

«Sono attrezzati per le sveltine sui sedili posteriori, eh?»

«Ti conviene non pensare a quanto DNA c'è sui sedili.»

«Che schifo. Dovresti comprarti una limousine, così ci sarebbe solo il nostro.»

Strabuzza gli occhi. «A parte te, non c'è niente che mi ecciti quanto sentirmi dire che devo comprarmi un'auto.»

«Perché le sessanta che hai già non sono abbastanza.»

«Non sono mai abbastanza.» Tira su i pantaloni e torna sul sedile accanto a me. «Sul serio, piccola, le macchine nuove mi fanno arrapare. Non come te, ma ci vanno vicino. L'odore… Mmh. C'è solo una cosa al mondo con un profumo migliore di una macchina nuova.»

«E *non* dirai di che cosa si tratta.»

Mi guarda con un sorriso famelico. «Va bene, non lo dirò.» Si toglie di tasca le mie mutandine, se le avvicina al viso e inspira a fondo.

Non ho mai visto un gesto più erotico in vita mia.

«Ti ho scioccato?»

«No.»

Inclina la testa, con espressione scettica.

«Mi fai sentire come se fossi stata assopita per tutta la vita, fino a quando ti ho incontrato e mi sono risvegliata.»

«È la cosa più incredibile che tu mi abbia mai detto.» Si rimette le mutandine in tasca, mi abbraccia e mi bacia fino a quando arriviamo alla casa sulla spiaggia di Hayden.

«Probabilmente, domani potremo andare a casa mia» esclama una volta entrati, dove una Fluff entusiasta ci accoglie come se fossimo stati via per sei mesi. Sembra persino quasi felice di vedere Flynn.

«Avrà assistito quando l'hai resa famosa stasera.»

«Magari adesso diventeremo amici.» Bussano alla porta e Flynn va ad aprire. «Grazie.» Fa ritorno con due borse.

«Che cos'è?»

«La cena da In-N-Out. Fanno gli hamburger migliori di Los Angeles.»

«Come hai fatto?»

«Ho mandato un messaggio alla scorta chiedendo di fermarsi a prenderli mentre tornavamo. Non c'è modo migliore di festeggiare questa serata che con hamburger e patatine» mi spiega, con un occhiolino allusivo.

«Stiamo ancora parlando di cibo?»

«Certo. Di che altro?»

Accende il caminetto a gas e, senza toglierci gli abiti eleganti, facciamo un picnic sul pavimento del soggiorno.

«Questo hamburger è davvero strepitoso.»

«Te l'avevo detto» risponde lui, con la bocca piena. Intinge alcune patatine nel ketchup e mi imbocca. Un paio finiscono anche a Fluff.

Hamburger e patatine non sono mai stati buoni come stasera. Allungo la mano e gli pulisco un baffo di ketchup dal labbro. «È questa la felicità?»

«Tesoro» dice lui con voce roca, commosso dalla mia domanda. «Questa è *estasi*.»

. . .

«OGGI DEVO ANDARE IN UFFICIO» ANNUNCIA FLYNN IL MATTINO DOPO. «Anche se preferirei restare con te.»

«Non c'è problema. Io dormo ancora un po' e poi organizzo alcune cose per la fondazione, per non parlare della tonnellata di lavatrici che devo fare e delle valigie da preparare per andare a casa tua. Ho un sacco di cose da fare. Non preoccuparti per me.»

«Certo che mi preoccupo per te. Mi preoccuperò sempre per te.» Si siede sul letto. Si è fatto la doccia e la barba e indossa una maglietta nera aderente e dei jeans sbiaditi che lo fasciano alla perfezione. Come sempre, mi viene l'acquolina solo a guardarlo. «Questa è la prima volta che saremo lontani da quando ci siamo sposati.»

«Non possiamo passare insieme ogni minuto. Che mi dici di quando girerai un film in qualche località esotica?»

«Tu verrai con me.»

«E se riavessi il lavoro?»

Costernato, corruga la fronte, ma si riscuote subito e mi dà un bacio. «Troveremo una soluzione, tesoro. Devo andare prima che Hayden mi ammazzi.» Dopo un ultimo bacio, più lungo e appassionato, si stacca da me con un gemito. «Torno appena posso. Gli uomini della scorta resteranno qui fuori. Se vuoi andare da qualche parte, sentili. Conoscono il codice per rientrare.»

«Me la caverò. Va' a lavorare, caro.»

«Andremo in luna di miele, cazzo» sentenzia mentre esce. «Una lunghissima luna di miele. Il prima possibile.»

«Pensavo avessimo già fatto la luna di miele.»

«I giri in zona non contano. Andremo in un posto stupendo.»

«È stato già abbastanza stupendo, per quel che mi riguarda.»

«Posso fare di meglio.»

Se ne va e, con un sorriso ebete sulle labbra, mi rannicchio sotto le coperte, nella speranza di riaddormentarmi dopo essere rimasta sveglia metà della notte a fare l'amore con quell'insaziabile di mio marito. Mi sto appisolando, quando suona il cellulare.

Lo prendo dal comodino e vedo il nome di Leah sullo schermo. «Ciao» rispondo, trattenendo uno sbadiglio. «Che succede?» Qui sono le otto, quindi da lei sono le undici. «Perché non sei in classe?»

«Sono in classe» sussurra lei. «Sono nascosta nello sgabuzzino, ma ho la porta socchiusa per tenere d'occhio i mostri.»

«Perché sei nello sgabuzzino?»

«Ho delle novità. Stamattina Sue mi ha detto che il consiglio d'istituto vuole reintegrarti, ma la signorina Heffernan si è opposta. Ha detto che dovevano scegliere, o lei o te, e secondo Sue hanno scelto te.»

Scatto a sedere. «Stai scherzando? Hanno scelto *me* rispetto a *lei*?»

«Prima che lo prendi per un complimento, sappi che gli avvocati di Flynn ci sono andati giù pesante. Hanno prospettato una causa milionaria se non verrai reintegrata. Ma, sempre secondo Sue, erano tutti d'accordo che la signorina Heffernan ha sbagliato a cacciarti con quella motivazione, soprattutto con i genitori così contenti del tuo lavoro.»

«Wow. Non so che cosa dire.»

«Più tardi dovrebbe chiamarti il presidente del consiglio d'istituto. Ho voluto avvisarti, ma non dirlo a nessuno.»

«Non lo farei mai. Non preoccuparti.»

«Che cosa farai, Nat? Ti va di tornare?»

Se me l'avesse chiesto il giorno in cui sono stata licenziata, avrei risposto di sì. Adesso invece è tutto diverso. «Non lo so. Devo parlarne con Flynn e capire che piani abbiamo.»

«Be', qualsiasi cosa tu decida, stanno facendo la cosa giusta a ridarti il tuo posto. La gente qui è in tumulto per questa storia. Quella donna ti ha trattato in modo scorretto, Natalie. La pensano tutti così.»

«Grazie, e ringrazia anche gli altri.»

«Certo. Devo andare prima che ai piccoli bastardi venga la grande idea di rinchiudermi qui dentro.»

«*Non* sono dei piccoli bastardi!»

«Eccome se lo sono. Chiamami più tardi per dirmi come andrà.»

«Va bene. Grazie per le informazioni.»

«Nessun problema.»

Termino la chiamata con Leah e telefono a Flynn.

«Ti manco già, piccola?»

«Sai che è così, però ho appena sentito Leah e ci sono novità per quanto riguarda il lavoro.» Gli riferisco quello che ho saputo e, al termine, lui resta muto. «Flynn?»

«Ci sono, tesoro. Che cosa ne pensi?»

«Non lo so. Da un lato, sono contenta che la signorina Heffernan se ne vada, perché non è stata cattiva solo con me. Non la sopporta nessuno.»

«E dall'altro lato?»

«Ci siamo tu, io e la nostra vita insieme. Tu vivi qui. Non so se voglio stare a cinquemila chilometri da te nemmeno per un paio di giorni.»

«Anche se spetta interamente a te decidere come meglio credi, sulla questione dei chilometri la pensiamo allo stesso modo.»

«Lo immaginavo.»

«Devi dare una risposta subito?»

«Non credo. Leah ha detto che dovrebbero chiamarmi oggi per chiedermi di tornare.»

«Vedi se puoi rifletterci un giorno o due e, quando torno stasera, ne parliamo.»

«Va bene.»

«Comunque vada, sono contento che stiano rimediando a un torto orribile.»

«Anch'io sono contenta. Leah ha detto che il consiglio d'istituto è rimasto intimidito da qualsiasi cosa abbia detto Emmett.»

«Ci credo. La signorina Heffernan li ha esposti a un grosso inconveniente. Sono contento che l'abbiano capito.» Si interrompe per un attimo. «Come stai?»

«Bene. Sto solo metabolizzando il tutto.»

«Ne parliamo meglio più tardi, va bene?»

«Sì. A dopo.»

«Ti amo, piccola. Sono davvero felice che stiano facendo la cosa giusta.»

«Ti amo anch'io. Grazie per non avergli dato tregua.»

«Mai. Torno prima che posso.»

«Ti aspetto. A dopo.»

Rimetto il telefono sul comodino e resto a letto, pensando a come sarebbe riavere il lavoro. Dopo mezz'ora, capisco che non riuscirò a riaddormentarmi, perciò mi alzo e decido di fare tutto il bucato che si è accumulato nelle ultime settimane.

Infilo i vestiti sporchi in un cesto che trovo nell'armadio della camera. Flynn mi ha detto che la lavanderia è «di sopra, da qualche parte» nella grande casa di Hayden.

Mentre salgo le scale, mi godo la vista sulla spiaggia dalle finestre del primo piano e provo a immaginare come sarebbe guadagnare abbastanza per permettersi un posto del genere. «Non in questa vita» sussurro a Fluff, che mi segue. Con sei porte tra cui scegliere, poso a terra il cesto e parto alla ricerca della lavanderia dal fondo del corridoio.

Le prime tre porte danno su altrettante camere da letto spaziose, affacciate sulla spiaggia. In questo posto, non si trova un brutto panorama neanche a cercarlo. Dietro la quarta porta si cela la camera padronale. Incuriosita, entro e scorgo il letto più grande che abbia mai visto. Sarà il doppio di quello a tre piazze di Flynn. Che cosa se ne fa un single di un letto di queste dimensioni?

Dalla camera passo in un bagno altrettanto grande e, dietro una porta chiusa, trovo la lavatrice e l'asciugatrice. Sto per andare a prendere il cesto quando vengo attirata dalla cabina armadio, e anche Fluff, che ci corre dentro. La chiamo, ma lei non torna. Per nulla sorpresa, la seguo.

Ragazzi, quest'uomo possiede un sacco di vestiti! Perlopiù in sfumature tenui di grigio, nero e marrone. È tutto coordinato per colore e ben sistemato. Avventurandomi oltre file di scarpe e cassetti di ogni dimensione, vedo una porta che Fluff ha socchiuso.

«Vieni qui, Fluff. Non dovremmo stare qui dentro.» È in un angolo, ad annusare tutt'intorno. La seconda stanza assomiglia a una palestra, almeno fino a quando guardo meglio l'attrezzatura. Nelle palestre che ho frequentato, non ho mai visto nulla di simile. Che cosa diavolo è? Sono attratta da un cassettone addossato a una parete.

A questo punto, sto ficcando il naso e ne sono consapevole. Ormai ho trovato la lavanderia e guardato nella stupenda cabina armadio e, se aprirò questi cassetti per vedere che cosa contengono, varcherò un confine da cui non potrò più tornare indietro. Tuttavia, non riesco a fermarmi. Voglio sapere a che serve questa roba.

Abbasso lo sguardo su Fluff. «Cosa faresti tu?»

Quando abbaia, lo prendo per un via libera.

«Sei una cattiva influenza. Non hai alcun principio morale.»

Per tutta risposta, abbaia ancora un paio di volte, come se fosse d'accordo con me.

Non saprei spiegare che cosa mi spinga a farlo. Tutto questo è davvero insolito per una persona che, per gran parte della vita, si è mantenuta sulle sue e alla larga dalla gente. Avendo tenuto un basso profilo, nessuno ha mai badato troppo a me e la cosa mi stava benissimo. Non ho la minima esperienza nel farmi gli affari altrui.

Però voglio sapere che cosa c'è nei cassetti, perciò li raggiungo e comincio ad aprirli. Sono pieni di oggetti che non riconosco, perlopiù di gomma e dalle forme e dimensioni strane. Nel secondo, ce ne sono altri, solo che questi assomigliano a dei peni. Decisamente grossi. Perché diamine Hayden tiene in casa dei peni di gomma?

A questa domanda, scoppio in una risata nervosa. Chissà se Flynn lo sa. Al pensiero di parlargliene, mi viene la ridarella. Nel terzo cassetto, trovo degli oggetti luccicanti di metallo che sembrano dei fermagli, insieme a piume e strisce di velluto.

Mi guardo di nuovo intorno nella stanza, con la panca per i pesi dalla forma strana e la grossa croce che occupa gran parte dello spazio. Alla parete è appesa una serie di racchette di legno simili a quelle da ping-pong ma più grandi e una collezione di frustini. Dal soffitto pendono alcune corde attaccate a delle pulegge. «Che cosa diamine è, Fluff?»

Poi apro l'ultimo cassetto e trovo alcune scatole di preservativi e del lubrificante. «Oddio.» D'un tratto, voglio andarmene da qui. Ho visto più che abbastanza per non riuscire più a guardare negli occhi Hayden Roth.

Faccio uscire Fluff e vado a prendere il cesto dei vestiti. Mentre carico la lavatrice, cerco di non pensare a quello che ho visto nella stanza segreta di Hayden. Che cosa significa? Come funziona? Che cosa fa con quegli oggetti? Avvio il ciclo e scendo al piano di sotto, con la mente ormai partita in quarta.

Vado dritta al portatile nello studio di Hayden e comincio a fare ricerche online, sempre più curiosa non appena mi rendo conto di aver scovato la «stanza dei giochi» di Hayden. Stanze come quella sono frequenti nelle case dei dominatori sessuali.

Di sito in sito, seguo la scia di informazioni e immagini che mi fanno quasi uscire gli occhi dalle orbite. Davvero la gente fa *certe* cose? Vedo una donna distesa su quella che è una panca per le sculacciate, mentre il suo «dominatore» la sculaccia con una racchetta. Un'altra donna è legata a una croce di Sant'Andrea con dei morsetti ai capezzoli, collegati con una catena tra loro e con uno sul clitoride.

Al fremito che avverto tra le gambe, le accavallo. Chissà come sarebbe, quanto farebbe male. O magari il piacere sarebbe più forte del dolore. Incuriosita, clicco su alcuni video dimostrativi degli attrezzi al piano di sopra usati in situazioni sessuali. Non riesco a smettere di guardare.

Quando riprendo fiato, sono passate due ore. Mi assicuro di cancellare la cronologia del computer e, con le gambe che mi tremano, esco dallo studio con più domande di quando ci sono entrata. Ora so che gli oggetti più piccoli di gomma e di vetro sono dilatatori anali. Ecco a che cosa si riferiva Valerie quando mi ha chiesto se Flynn ne avesse usato uno con me. Al solo pensiero, mi sento fremere tutta. Ma sarà perché vorrei farlo oppure no?

In fatto di sesso, è tutto nuovo per me. Mi sono tenuta alla larga dagli uomini e dal sesso così a lungo che mi mancano le basi per soddisfare la curiosità. A giudicare dal calore che avverto tra le gambe però, sono arrapatissima dopo quello che ho visto. Vuol dire che mi piacerebbe provare?

Non necessariamente. Il pensiero di essere legata o ammanettata mi fa girare la testa, e non in senso buono.

Dopo aver visto la stanza di Hayden e dopo le ore di ricerche, nella testa mi ronzano due domande insistenti: mio marito ha gli stessi gusti del suo migliore amico? E avrò mai il coraggio di chiederglielo?

Mi serve aiuto per affrontare la situazione. L'aiuto di un professionista. Nella rubrica del telefono, cerco un numero che non chiamo da sei anni. Quando ho sono passata al cellulare di Natalie, l'ho tenuto in caso di bisogno, ma non sono sicura che sia ancora il suo.

«C'è un solo modo per scoprirlo.» Fluff solleva la testa e, dandole un buffetto, faccio partire la chiamata.

Risponde al quarto squillo. Nel sentire la sua voce, torno ai giorni bui che hanno seguito l'aggressione, quando lui ha avuto un ruolo enorme nel rimettermi in sesto. Il dottor Curtis Bancroft è specializzato in disturbo post-traumatico da stress e nell'assistenza alle vittime di aggressione sessuale.

«Pronto? Sono Curtis.»

«Dottor Bancroft... Sono April. April Genovese.» Non mi conosce con il mio nuovo nome, perché ho smesso di vederlo prima di cambiarlo.

«April.» Sospira. «Che piacere sentire la tua voce. Ero molto in pensiero per te. Speravo proprio che mi chiamassi. Come stai?»

«Sorprendentemente bene, tutto sommato. La disturbo in un brutto momento?»

«Sono in vacanza ai Caraibi con la mia famiglia, ma sarò lieto di parlare con te.»

«Ne è sicuro?»

«Certo. E così ti sei sposata! Che notizia meravigliosa. Va tutto bene?»

«Sì, Flynn è... stupendo. È molto dolce e comprensivo.»

«È la tua prima relazione?»

Capisco che intende sul piano sessuale. «Sì.»

«April? Ce la fai a gestire tutto?»

«Credo di sì. Riesco a... a fare l'amore con lui.»

«Meraviglioso. E provi piacere?»

Dio, è davvero imbarazzante parlare di cose tanto personali, anche con una persona con cui non ho praticamente segreti. «Sì, è... incredibile. Lo adoro.»

«Sono molto contento di sentirtelo dire. Hai lavorato sodo per affrancarti dal passato e spero che ti concederai la possibilità di essere felice.»

«Sì. È solo che Flynn... Ho avuto un flashback la prima notte di nozze quando lui mi ha immobilizzato le mani e...»

«E ti ha riportato al passato?»

«Sì! Non ci stavo neanche pensando fino a quel momento e poi ho perso del tutto il controllo. E adesso lui ha una gran paura che accada di nuovo e si trattiene. Gli ho detto che quando faccio sesso sono come una bomba a mano. E non una bomba in senso buono.»

La sua risata sommessa mi riecheggia nell'orecchio. «Anche se è una metafora interessante, se tuo marito ti ama...»

«È così. Non ho dubbi a riguardo.»

«Allora sono sicuro che cerca solo di stare attento intanto che ti abitui alla tua prima relazione sessuale.»

«In alcune occasioni, prima di sapere quello che mi è successo, si è comportato in modo… diverso.»

«In che senso?»

«Era più sfrenato. Mi ha detto e mi ha fatto certe cose.»

«E a te è piaciuto?»

«Sì. Mi è piaciuto perché si trattava di lui e mi fido. Ma, dopo l'episodio con le mani, lui è più riservato. Temo che voglia delle cose e che io non lo saprò mai perché ha paura di dirmelo.»

«Ne hai parlato con lui?»

«In parte. Ma è difficile. È tutto nuovo per me. E i suoi amici… Almeno uno di loro ama il sesso spinto, il che mi porta a chiedermi se interessi anche a Flynn. Sembro ridicola perché non riesco nemmeno a trovare le parole per spiegarlo a lei. Come farò a parlarne con lui?»

«Con me stai andando alla grande.»

«Perché è facile. Lei non è mio marito. E ai SAGS ho incontrato la sua ex moglie.» Ripeto al dottore quello che mi ha detto Valerie.

«Wow. Tieni presente però che la fonte è una persona con un conto in sospeso con lui. E con te.»

«Lo so. Ci ho pensato, però mi ha fatto venire dei dubbi.»

«A me sembra che lui ci tenga davvero a te e, quando vi ho visto insieme in televisione, era pieno di attenzioni.»

«Sì, è vero. Flynn è più di quanto sognassi.»

«Allora fidati di lui, April. Fidati che sappia essere ciò di cui hai bisogno. Tuttavia, lui non sa leggere nel pensiero e, se non glielo dici, non può sapere quello che pensi.»

«È strano sentirmi chiamare April dopo tutto questo tempo.»

«Preferisci Natalie?»

«Non lo so quale preferisco. È strano parlare di April dopo essere stata Natalie tanto a lungo.»

«Voglio solo dirti che, per quanto detesti il modo in cui è successo, sono felice di sapere che te la cavi bene con la tua nuova vita. Per anni ho pensato a te, con la speranza di sentirti.»

«Avrei dovuto chiamarla. Mi dispiace.»

«Non scusarti. Stavi vivendo la tua vita, resa possibile da tutto il duro lavoro che hai fatto con me.»

«Va bene per lei se mi faccio sentire ogni tanto?»

«Va benissimo. Sarò sempre contento di sentirti.»

«Grazie ancora. Non esagero quando dico che lei mi ha salvato la vita.»

«No, April... Te la sei salvata da sola. Io ti ho solo aiutato. È stata la tua forza interiore a farti andare avanti, e continuerà a farlo. Non aver paura di usarla.»

«D'accordo. La richiamo presto.»

«Non vedo l'ora. Abbi cura di te, e parla con tuo marito.»

«Lo farò. Grazie ancora.»

Conclusa la chiamata, mi sento più sicura di poter affrontare l'argomento con Flynn.

# CAPITOLO DICIASSETTE

*Flynn*

Arrivato agli uffici della Quantum, parcheggio e, con il motore della Mercedes al minimo, resto seduto a pensare a quello che mi ha detto Natalie. Riavrà il suo lavoro, quindi tornerà a New York mentre io dovrò rimanere qui per i prossimi due mesi.

Se non sopporto il pensiero di stare un solo giorno senza di lei, come farò se resterà a New York per settimane mentre io sarò qui? Potrei andare con lei e, se necessario, probabilmente è quello che farò, ma preferirei restare qui.

Detesto che la mia vita interferisca con il desiderio di stare solo con la mia nuova moglie. Ma poi mi dico che sono tutte stronzate. Posso fare quel cazzo che voglio, e allora perché non lo faccio?

Con le guardie del corpo al seguito, entro nell'ufficio in fermento. Sono tutti euforici dopo la vittoria di *Mimetica* ai SAGS e le nomination agli Oscar, soprattutto dopo la campagna pubblicitaria che è stata fatta per assicurare al film il riconoscimento che si merita. Io mi sono tenuto perlopiù in disparte, lasciando agli altri il lavoro pesante. L'idea di farsi pubblicità per i premi non mi è mai andata giù ma, in questo ambiente, è un male necessario.

Accettando le congratulazioni per i SAGS da tutti quelli che incontro, raggiungo l'ufficio di Hayden, dove scopro che è in sala di montaggio. Salgo di un piano con l'ascensore e lo trovo al buio, davanti a due enormi monitor, con le cuffie in testa. Gli batto un colpetto sulla spalla per attirare la sua attenzione.

Mette in pausa il video e si toglie le cuffie. «Guarda un po' chi si vede. Il mio compagno di merende perduto che adesso è nominato agli Oscar. Ancora congratulazioni.»

«Anche a te, e mi scuso per tutti i modi in cui ti ho fatto incazzare nelle ultime settimane.»

«Be', allora è tutto sistemato. Grazie.»

Non mi sfugge il tono sarcastico. «Mi dispiace, Hayden. So che ho scelto un brutto momento per lasciarti solo al lavoro.»

Si stringe nelle spalle. «Capita. Lo capisco. Adesso sei tornato?»

«In parte.»

«Che cosa vuol dire?»

«Vuol dire che mi serve una pausa. Voglio staccare sul serio. Lavoro senza sosta da anni e sono esaurito.»

Aspetta a lungo prima di parlare. «Come minimo, potresti essere sincero sul motivo per cui vuoi staccare. Non sei esaurito. Tu non sei il tipo che si esaurisce. Vuoi passare del tempo con la tua nuova moglie. Perché non dici le cose come stanno?»

«E va bene. Hai ragione. Ma dammi pure del pazzo se non mi va di parlare con te di Nat dopo che hai messo bene in chiaro quello che pensi di lei.»

«Non ho niente contro di lei. La conosco appena. Quello che penso, come dici tu, riguarda te e non lei.»

Con un sospiro, mi siedo accanto a lui. «Detesto queste stronzate tra noi.»

«Anch'io.»

«Senti, so di non aver fatto la mia parte al lavoro e di averti lasciato a gestire tutto da solo, e mi dispiace. Questa cosa con Natalie è... è successa. E poi la situazione è esplosa. Ho dovuto starle accanto, Hayden.»

«Certo, ma dovevi anche sposarla?»

«L'ho fatto perché lo volevo e per nessun altro motivo.»

«Prova a vederla dal mio punto di vista, Flynn: ti conosco da tutta la vita e non ti ho mai visto così prima d'ora. È preoccupante.»

«È l'*amore*.»

«Se lo dici tu.»

«Capisco che sia difficile per te vedermi fare cose che ti sembrano inaspettate.»

«Inaspettate. Un bel modo di metterla.»

«Ma spero che un giorno ti concederai di provare per qualcuno quello che io provo per lei. È la cosa migliore che mi sia capitata e mi rifiuto di scusarmi con chiunque, te compreso, se sono felice come non lo sono mai stato in vita mia.»

«Mi sembra giusto» borbotta lui controvoglia. «Allora, che cosa vuoi fare?»

«Voglio staccare per un po' da tutto insieme a lei. So che abbiamo del lavoro da fare, ma posso farlo ovunque. Posso rivedere il montaggio e darti il mio parere, posso prendere decisioni per i progetti futuri e non c'è bisogno che sia qui per farlo.»

Hayden si gratta l'accenno di barba sulla guancia mentre riflette.

«Dove sarai?»

«Non lo so ancora. Forse a New York o forse in Messico. Dipende da quello che deciderà lei con il lavoro.»

«Pensavo l'avesse perso.»

«A quanto pare, il consiglio d'istituto ha rimosso la preside che l'ha licenziata e sta per chiedere a Natalie di tornare.»

«Wow, è fantastico. È l'unica cosa che potessero fare.»

«Soprattutto dopo la minaccia di Emmett di una causa per licenziamento illegittimo da dieci milioni di dollari.»

Sorride. «Magnifico.»

«Secondo me però, non è l'unico motivo per cui hanno ceduto. Sanno che è la cosa giusta da fare.»

«Infatti. Quindi lei potrebbe tornare a vivere a New York?»

«Non abbiamo ancora deciso niente.»

«Sono felice per te. Sul serio. Lei sembra davvero una brava persona e il modo in cui ha tenuto duro di fronte a tutta questa merda la dice lunga su di lei.»

«Ha un coraggio incredibile. Non sai quanto. Abbiamo tutti da imparare da lei.»

«È ammirevole, e lo dico sinceramente. Quello che ha passato da giovane, riuscendo a uscirne tutta intera… È fantastico e capisco come mai tu sia pazzo di lei.»

«Come mai prevedo un *ma*?»

«È solo che mi preoccupo per te e per i sacrifici che stai facendo per stare con lei. Mi preoccupo per il mio migliore amico Flynn, che è una delle persone più intelligenti e furbe che conosca e che si sposa senza un accordo prematrimoniale. Questo non è il Flynn Godfrey che conosco e a cui voglio bene. Il Flynn che conosco e a cui voglio bene sa come vanno le cose a questo mondo e che anche le situazioni migliori possono finire male in un battito di ciglia.»

Non mi va di parlare di come la mia relazione con Natalie possa finire male. Non succederà. «Capisco quello che dici e lo apprezzo. E sappi che Natalie mi aveva chiesto di firmare un accordo prematrimoniale.»

«E hai detto comunque di no?»

«Ho detto comunque di no.»

«Tu sei pazzo, amico. Sul serio.»

«Se verrà il giorno in cui dovrò darle metà di quello che ho, non mi importerà abbastanza per stare a cavillare. E poi, guardiamo in faccia la realtà: potrei vivere in grande stile per il resto della vita anche con la metà di quello che ho. Ho voluto cominciare questo matrimonio senza nulla tra noi oltre l'amore. Presentarle un accordo prematrimoniale l'avrebbe reso una trattativa di lavoro, e non volevo che lo fosse. So che fai fatica a capirlo, ma credo davvero che sia la cosa giusta per noi. Lei deve potersi fidare di me e io devo poter credere che lei non stia con me per i soldi.»

«E come fai a sapere che è così?»

«Perché si è incazzata quando le ho comprato un bracciale di diamanti dopo che mi aveva detto di non prenderle più gioielli. Non le interessano quelle cose. Ieri sera, dopo la cerimonia, abbiamo mangiato hamburger e patatine sul pavimento del soggiorno, e lo sai che cosa mi ha chiesto?»

«Che cosa?»

«'È questa la felicità?'»

Hayden abbassa lo sguardo sul pannello dei comandi e schiaccia alcuni pulsanti.

«La maggior parte delle donne che conosciamo si sarebbe incazzata per essersi persa le feste e i servizi fotografici, invece Natalie era contentissima di tornare a casa a mangiare un hamburger e intingere le patatine nel ketchup. Non le serve altro per essere felice, Hayden. Hai idea di quanto sia raro?»

«Capisco che possa essere allettante.»

«Però non sei ancora convinto?»

«E che mi dici dell'altra faccia della medaglia?»

«Mi stai davvero chiedendo com'è il sesso con mia moglie?»

«Sì, te lo sto chiedendo! So come ti piace farlo e non ti ci vedo proprio a comportarti in quel modo con una donna che ha passato quello che ha passato lei.»

«Nemmeno io mi ci vedo, eppure il sesso con lei è incredibile. Tra noi c'è un legame che non ho mai avuto con nessun'altra. È sempre stato qualcosa di meccanico, mentre con lei è divino.»

Resta in silenzio, ma sento girare le rotelline nel suo cervello.

«Che c'è? Dillo, così chiariamo la questione.»

«Non prendertela se faccio l'avvocato del diavolo ma, all'inizio, la pensavi così anche di Valerie.»

«Non ho *mai* provato per Valerie quello che provo per Natalie. *Mai.*»

«Ok, però all'inizio eri presissimo e, dopo un po', hai capito la fatica di negarti le cose che volevi da lei. E sappiamo tutti come la pensava lei a riguardo. Sto solo dicendo che è stata dura restare a guardare e vederti distrutto quando è finita. Ne abbiamo risentito tutti a lungo, compreso il lavoro, e non voglio che accada di nuovo. Nessuno di noi lo vuole.»

«Non succederà.» Mentre lo dico, l'ansia mi provoca un brivido lungo la schiena.

«Ti sei convinto che preferisci vivere senza il tuo stile di vita piuttosto che senza di lei. Giusto?»

«Diciamo di sì.»

«Che tu ci creda o no, lo capisco, quasi. Avrai notato... l'affetto, come lo definiresti tu, che provo per Addie.»

«Sì, e spero proprio che farai qualcosa a riguardo uno di questi giorni. Anche lei lo spera.»

«Non farò mai nulla a riguardo, perché mi conosco e so di che cosa posso fare a meno e di che cosa non posso. Non farei mai vivere a nessuno di noi due un simile inferno. Perché è così che andrebbe una volta passato l'entusiasmo iniziale e aver accettato di passare il resto della mia vita negando chi e che cosa sono. Se tu ci riesci, allora ti ammiro. Ma io non ce la faccio.»

Come una freccia che mi si conficca nel petto, le parole di Hayden mi riempiono di una paura irrazionale. E se non ci riuscissi nemmeno io? Che cosa ne sarebbe di noi se il dominatore che è in me cercasse di prendere il sopravvento con lei? Al ricordo del panico nei suoi occhi quando le ho immobilizzato le mani, sudo freddo.

Addie bussa alla porta e fa capolino. «Flynn?»

«Sì?»

«Potresti venire un momento, per favore?»

Il mio primo pensiero va a Natalie. Le è successo qualcosa? «Che c'è?»

«C'è qui un agente dell'FBI che vuole vederti.»

Io e Hayden ci scambiamo un'occhiata. «Vedermi? Perché?»

«Non l'ha detto. Ti aspetta nel tuo ufficio.»

«Hai chiamato Emmett?»

«Lui e il suo team sono fuori sede oggi per un corso di formazione» risponde lei. «Posso telefonargli, se pensi di avere bisogno di lui.»

«Vediamo prima che cosa vuole da me.»

Senza dire nulla, Hayden si alza e mi segue. In silenzio, prendiamo tutti e tre l'ascensore fino al piano del mio ufficio, dove c'è un uomo in giacca e cravatta in piedi alla finestra a godersi la vista. Nel sentirci entrare, si volta.

«Signor Godfrey, sono Vickers, agente speciale dell'FBI.»

Gli stringo la mano. «Il mio socio, Hayden Roth.»

«Piacere di conoscervi. Sono un vostro ammiratore.»

«Grazie.» Fremo per farla finita con i convenevoli. «Che cosa possiamo fare per lei?»

«Un avvocato di nome David Rogers di Lincoln, nel Nebraska, è stato trovato assassinato nel suo ufficio questa mattina. Il nome le dice qualcosa?»

Alla notizia che l'uomo che ha fottuto Natalie è morto, provo un attimo di gioia pura. «Come lei e tutta l'America sapete bene, so esattamente di chi si tratta. Che cosa c'entro io?»

«Durante il programma di Carolyn Justice, lei ha fatto un'affermazione che ha attirato l'interesse delle forze dell'ordine.» Estrae di tasca un taccuino e lo consulta. «Ha detto: 'Non ho mai pensato di essere capace di uccidere qualcuno, ma in questo caso...'»

«Sta forse insinuando che l'ho ucciso io?»

«Sto insinuando che ha detto che le sarebbe piaciuto farlo.»

«Certo, l'ho detto, ma non l'ho *fatto*.»

«L'ha fatto fare a qualcun altro?»

«No. Da giorni non penso a quell'uomo, a parte tenermi aggiornato sul lavoro dei miei avvocati per assicurarmi che non possa fare a nessuno quello che ha fatto a mia moglie.»

«Facendolo uccidere?»

«No, facendolo radiare dall'ordine. Non sono un assassino, signor Vickers.»

«Agente speciale Vickers.»

Un uomo davvero pieno di sé.

«Possiamo chiudere immediatamente la questione» interviene Addie. «Da giorni il signor Godfrey gira con le guardie del corpo e non ha lasciato lo stato da quando è rientrato da New York. Mercoledì saranno due settimane.»

«Così verrebbe escluso come sospetto» ribatte Vickers. «Ma non che abbia assoldato un sicario.»

«Ma lo sente quello che dice?» chiede Hayden, incredulo. «Sta davvero accusando *Flynn Godfrey* di aver assunto qualcuno per uccidere un avvocato del Nebraska?»

«Non lo sto accusando di niente. Sto solo dicendo che aveva sia un movente sia l'opportunità. Possiede le risorse per procurarsi qualsiasi servizio di cui abbia bisogno.»

«Be', questo servizio *non* me lo sono procurato. Ero più interessato alle vie legali per far soffrire il signor Rogers dopo quello che ha fatto a mia moglie. Ci saremmo assicurati di rendergli la vita un inferno per i prossimi dieci anni e, a dire il vero, sono un po' deluso di non poterlo più fare.»

«Se siete convinti che sia stato lui a farlo uccidere, dovrete dimostrarlo» ribadisce Hayden.

«Lo so bene.» Estrae un foglio da una cartellina e me lo passa.

«Che cos'è?»

«Un mandato per il suo telefono e il computer, così da escluderla dai sospettati.»

Prendo il telefono di tasca e glielo consegno. «Ecco.» Indico il computer sulla scrivania. «Non tocco un computer da tre settimane, ma fate pure.»

«Questo è l'unico cellulare che possiede?»

«Sì.»

«Potremmo richiedere altri mandati per quelli dei suoi dipendenti.»

Con la coda dell'occhio, vedo Addie irrigidirsi e trattengo una risata. Immaginarla senza telefono anche solo per un'ora è esilarante. Le verrebbero le convulsioni.

«Sua moglie dove si trova?»

Raddrizzo le spalle, non più in vena di ridere. «A casa. Perché?»

«Vorrei parlare anche con lei.»

«È stata con me ogni minuto di ogni giorno per due settimane. Non ha né il desiderio né i mezzi per uccidere nessuno.»

«Di sicuro aveva un movente.»

«Sa, signor Vickers» dico, godendomi il rossore sul suo volto al rifiuto di usare il suo grado, «ho scoperto che di solito le serpi come Rogers hanno fregato più di una persona. Spero vivamente che non vi siate fermati alle conclusioni più ovvie. Ci sarà una lunga lista di gente che lo voleva morto.»

«Stiamo vagliando tutte le piste.»

«Quando riavrò il telefono?»

«Con un po' di fortuna già domani, sempre che non contenga nulla che possa essere usato come prova in questo caso.»

«Tra qualche giorno andrò in luna di miele in Messico. Vorrei riaverlo prima di partire.» Mi aspetto che mi dica che non posso lasciare il paese.

«Qual è il PIN?»

Cerco di nascondere il sollievo che non si sia opposto al viaggio, confermando il fatto che questa sia solo una spedizione esplorativa e che non sono davvero un sospetto. «Nove sei tre due.» Ma, al ricordo delle foto che ho scattato a Natalie la prima notte di nozze, vengo invaso dal terrore. «Su quel telefono ci sono delle foto personali che vorrei cancellare prima di consegnarglielo.»

«Temo che non sia possibile. Tutto ciò che contiene è una prova.»

«Le foto di mia moglie la prima notte di nozze non sono *affatto* una prova. Mi dia il telefono.»

Vickers mi fissa, con espressione caparbia.

«Io e mio padre siamo amici e sostenitori del presidente. Mi dia il telefono o le farò perdere il lavoro.» Allungo la mano, senza sottrarmi alla lotta all'ultimo sguardo con l'agente.

È lui a cedere e mi restituisce il telefono.

Mi addolora cancellare le foto sexy e suggestive di Natalie, ma non permetterò che finiscano al di fuori della mia custodia. A ogni modo, il telefono fa il backup automatico nel cloud, quindi le abbiamo ancora.

«Ecco. Era tanto difficile?»

«La gente come lei pensa che le sia tutto dovuto. Vi credete superiori a tutto, anche alla legge.»

«Direi che abbiamo finito, signor Vickers. Sono sicuro che troverà da solo la strada.»

Restiamo in silenzio fino a quando se ne va, sbattendo la porta.

La prima a parlare è Addie. «*Merda.* È successo davvero?»

«Ti stanno solo escludendo dai sospetti» dice Hayden. «Non sei uscito dallo stato, quindi non riusciranno a incastrarti.»

«Sì, invece. Ci sono un sacco di modi per incastrarmi, se davvero vogliono farlo.»

«Sarebbero degli stupidi anche solo a provarci» ribatte Addie. «Nessuna giuria al mondo ti condannerebbe, anche se fossi stato tu.»

Malgrado apprezzi il suo sostegno, non sono così ingenuo da credere che non sia pieno di gente che godrebbe nel veder cadere dal suo piedistallo un'affermata stella del cinema piena di sé.

«Devo andare a casa a parlare con Natalie. Puoi mandarle un messaggio per dirle che parto?»

«Certo» dice Addie. «E ti farò avere un altro telefono nel frattempo.»

«Non ce n'è bisogno. Hai il numero di Natalie se hai bisogno di contattarmi e io avviserò i miei.» Mi rivolgo a Hayden. «Siamo d'accordo sui piani per il film e tutto il resto?»

«Sì. Ti mando una email quando saranno pronte le nuove sequenze.»

«E io lavorerò un po' ogni giorno fino a quando avremo finito.»

«Nel frattempo, ci serve un titolo per questo cazzo di film.»

«Ci sto pensando e ti manderò qualche proposta.»

Avevamo quello che per noi era perfetto, ma poi lo studio che distribuirà il film l'ha bocciato. Ci piaceva così tanto il titolo originale, che ora facciamo fatica a trovarne un altro.

«Se qualcuno sente ancora l'FBI, fatemelo sapere.»

«Va bene.»

«Comunque» dice Hayden, «questi sono i premi che hai vinto ai Critics' Choice Awards.»

Non avevo notato le due statuine di cristallo sulla scrivania. «Grazie per averli accettati a nome mio.»

«Nessun problema.»

Prima di andarmene, resto un momento con Addie, che chiude la porta non appena esce Hayden.

«Che c'è?»

«Natalie deve avere accesso a tutti i miei conti personali. Le servono bancomat, carta di credito e tutto quanto. Puoi pensarci tu per me?»

«Certo. Chiamo la banca e dico di sentirti sul suo telefono se hanno delle domande.»

«Grazie.»

Mi guarda con aria interrogativa.

«Che c'è? Ho forse degli spinaci tra i denti?»

«No» risponde con una risata. «Sto ancora cercando di capacitarmi che ti sei davvero *sposato*. Flynn Godfrey è *sposato*.»

Al suo commento, sorrido. «Sì, e pure felicemente. E sarò ancora più felice quando mia moglie avrà accesso ai soldi. A quanto pare, si preoccupa di non averne.»

Per poco gli occhi non le escono dalle orbite. «Non ha *idea* di quanti ne hai?»

«No, ma l'avrà.»

«Me ne occupo subito.»

«Grazie. Potrebbe servirci aiuto anche per un viaggio domani o dopo.»

«Per dove?»

«O in Messico o a New York. Dipende se accetterà l'offerta di tornare a scuola.»

«Sono contenta che le chiedano di tornare.»

«Anch'io. Qualsiasi cosa accada, sta a lei decidere, come è giusto che sia.»

Addie scrive un numero su un foglio che mi consegna.

«Cos'è?»

«Il mio numero di telefono. Ce l'avevi in memoria da così tanto tempo che probabilmente non lo sai. Chiamami quando decidete dove andare.»

«Va bene. Grazie.»

«E, prima che mi dimentichi, Liza ti manda queste.» Posa sulla scrivania una copia delle principali riviste.

Siamo su ogni copertina. Su *People* si legge, a caratteri cubitali: *Buongiorno, signora Godfrey!*, *us* ha scelto: *Fuori dai giochi!* e *In Touch* ha scritto: *Flynn dice 'Lo voglio'*.

«E guarda qua.» Addie sfoglia *People* fino alla pagina dove Natalie figura tra le donne meglio vestite ai Golden Globes. All'interno di *us*, un famoso stilista la definisce già un'icona della moda. Nel vedere quanto è bella mia moglie in ogni foto, assaporo un orgoglio puro e assoluto. «Una figata, eh?»

«Già. Il matrimonio ha spodestato le stronzate sul suo passato dalle prime pagine.»

«Sembra proprio di sì.»

«Posso tenerle?»

«Sono tutte tue. C'è un'altra cosa: Danielle vuole parlarti.»

Tutti passano attraverso Addie per arrivare a me, persino la mia manager. «Che cosa vuole?»

«Vuole sapere come gestire tutte le offerte che sta ricevendo per Natalie. C'è di tutto, dalle aziende cosmetiche agli stilisti, alle agenzie di moda e ai responsabili dei casting.»

«Responsabili dei casting? Davvero?»

«Sì. Ha detto che, da quando siete stati alla trasmissione di Carolyn, è inondata di chiamate.»

«Gliel'avevo detto che sarebbe successo. Mi metto in contatto io con Danielle appena posso.»

Prima di tornare a casa, chiamo Emmett. Gli racconto le novità dalla scuola di Natalie e poi aggiungo: «E non crederai a che cosa è appena successo in ufficio.»

«Che c'è adesso?»

«Il nostro amico David Rogers si è fatto ammazzare e un agente dell'FBI è venuto a parlare con me.»

«Cazzo. Mi prendi in giro?»

«Mi piacerebbe. Ha preso il mio telefono come prova.»

«Oddio.»

«Tranquillo. Non sono stato io, quindi non ho niente da temere.»

«Cazzo, un agente dell'FBI è venuto a parlare con te.»

«Sì, per quello che ho detto l'altra sera da Carolyn, sul fatto che sarei capace di uccidere qualcuno.»

«Chiunque l'avrebbe detto, dopo quello che ha fatto alla tua ragazza. Cioè, tua moglie.»

«Parlando a vanvera in televisione, ho reso più facile addossare la colpa a me per chiunque sia stato.»

«Non preoccuparti. Non ti sei neanche avvicinato al Nebraska e sappiamo entrambi che non hai assoldato nessuno per far fuori quel tizio.» Segue una breve pausa. «Non l'hai fatto, vero?»

«No» rispondo con una risata. «Però non mi dispiace affatto che sia morto.»

«La gente raccoglie quel che semina. Di sicuro non sei l'unico nemico che si era fatto. Doveva dei soldi a un sacco di persone. Ci saranno moventi a non finire.»

«Dici che dovresti chiamare quell'agente dell'FBI?»

«No» risponde lui. «Non c'è niente che indichi di avere qualcosa da nascondere come la chiamata di un avvocato. Aspettiamo e vediamo come va. Ma non voglio che parli di nuovo con lui senza di me. Va bene?»

«Capito. Grazie, Emmett.»

«Tutta questa storia è surreale, cazzo.»

«Già, soprattutto quello che ha dovuto passare Natalie, da sola, quando aveva quindici anni.»

«Puoi dirlo forte. Tienimi aggiornato.»

«Va bene.»

Qualche minuto dopo, esco dal parcheggio dell'ufficio e mi dirigo a Malibu, impaziente di tornare a casa da mia moglie.

# CAPITOLO DICIOTTO

## *Natalie*

Al messaggio di Addie per avvisarmi che Flynn sta rientrando, avverto un brivido di eccitazione. Pensavo di avere ancora qualche ora prima di rivederlo.

Mi fiondo sotto la doccia e, quando arriva, sto asciugando i capelli. Spengo il phon e faccio per salutarlo, ma lui ha altre idee. Prima che possa dire anche solo una parola, mi abbraccia e mi bacia.

Mi solleva sul mobile del bagno e si infila tra le mie gambe, aprendomi l'accappatoio.

Fluff abbaia come una pazza e gli gira intorno. Temendo che possa morderlo di nuovo, interrompo il bacio. «Va' a fare un pisolino, Fluff. La mamma sta bene.»

Tranquillizzata, esce dal bagno e va in camera.

«Mi sei mancata» sussurra Flynn, con le labbra morbide e persuasive sul mio collo.

«Sei stato via solo poche ore.»

«Troppe.» Mentre si riappropria delle mie labbra per l'ennesimo bacio infuocato, armeggia con il bottone dei jeans, fino a quando gli allontano le mani e ci penso io.

Siccome non indossa le mutande, mi ritrovo in mano il suo uccello bollente, turgido e pronto.

Mi afferra per il sedere, mi tira verso il bordo del mobile e mi penetra.

In preda alla sensazione soverchiante di essere posseduta da lui, reclino la testa.

«Dio, Nat. Non durerò molto.» E infatti mi scopa a un ritmo folle e veloce, allunga la mano verso il clitoride e lo accarezza per un finale esplosivo.

Mi inarco verso di lui, che viene insieme a me con un urlo.

Mi sto ancora riprendendo, quando mi solleva e mi porta a letto, che non ho ancora rifatto.

«Voglio fare qualcosa di nuovo» dice, guardandomi negli occhi. «Va bene?»

«Sì.» In questo momento, accetterei qualsiasi cosa.

Mi sfila l'accappatoio e si toglie i vestiti che ha ancora addosso. «Sdraiati sulla pancia.»

Nonostante una certa apprensione, ubbidisco, perché muoio dalla curiosità.

«In questa posizione non riuscirò a vederti in faccia, perciò conto che ti ricordi la parola d'ordine, ok?»

Stamattina ho letto a proposito delle parole d'ordine, elemento essenziale dell'ambiente BDSM. Quindi, se usa questo termine, conosce anche lui questo stile di vita?

«Nat?»

«Me la ricordo.»

Mi sistema due cuscini sotto i fianchi e mi ritrovo con il sedere in bella vista. Prima che possa sentirmi in imbarazzo però, mi prende le natiche, le strizza e le separa per bene. «Hai il culo più sexy che abbia mai visto. Non ne ho mai abbastanza.» Subito dopo, mi infila la lingua tra le gambe, senza tralasciare neanche un centimetro. Mi piace così tanto, che mi sento scioccata ed eccitata. Prima di lui, prima di noi, non sapevo nemmeno che la gente facesse queste cose. Nel giro di pochi minuti, sono sull'orlo di un altro orgasmo, ma lui si ritrae e mi sento svuotata.

«*Flynn!*»

«Aspetta, tesoro.» Mi prende i fianchi e mi tira delicatamente all'indietro verso di sé, penetrandomi e scatenando l'orgasmo che aveva preparato con la lingua talentuosa. «Va bene così?»

Non riesco a credere che si aspetti che riesca a parlare. «Mmh.»

«Usa le parole, Nat.»

«Sì! Non fermarti!»

«Mi piacciono queste parole.»

Mi sento come spaccata a metà (in senso buono) mentre si insinua più a fondo che mai dentro di me. È una sensazione bellissima, e poi lui mi pizzica i capezzoli e la rende ancora migliore.

«Ahh, cazzo, *sì*» sussurra con voce roca, facendomi venire la pelle d'oca sulla schiena. «Fallo ancora.»

Serro i muscoli interni, strappandogli un altro lungo gemito.

«Dimmi che stai bene.»

«Benissimo. Non fermarti.»

Aumenta il ritmo e mi arpiona i fianchi, fino a quando un dito scivola negli umori tra le mie gambe e mi stuzzica l'ano.

Buon Dio. Quando l'ha fatto in passato mi è piaciuto un sacco e, stavolta, è lo stesso. Non avrei mai immaginato che mi sarebbe piaciuto.

«Va ancora tutto bene?»

«Mmh. Fallo, Flynn.»

Con un ringhio, mi infila il dito nel culo e vengo all'istante.

«Cristo santo» sussurra con un ultimo affondo, riempiendomi del suo sperma bollente. «Nat. Dio, ti amo.»

«Ti amo anch'io.»

Si ritrae piano, con attenzione, poi sposta i cuscini sotto di me e mi bacia la spalla. «Torno subito.»

Sento l'acqua scorrere in bagno e, quando fa ritorno, mi pulisce con un asciugamano. Poi si infila a letto e si accoccola contro la mia schiena, posando una mano tra i miei seni. «È stato proprio bello, piccola. Bellissimo.»

«Mmh, puoi dirlo forte.» Vorrei parlargli della stanza di Hayden al piano di sopra e fargli un milione di domande ma, con il sesso, mi ha mandato in coma. «Se è questo che succede dopo qualche ora lontani, che cosa succederà quando staremo lontani per settimane?»

«Non staremo *mai* lontani per settimane.»

«Capiterà, a un certo punto.»

«No.»

«Flynn, sii realistico.»

«Lo sono. Voglio stare ovunque tu sarai e voglio che tu sia ovunque sarò io.»

«E il mio lavoro a New York?»

«Se è là che vuoi tornare, verrò con te.»

«La tua vita è qui.»

«La mia vita è dove sei *tu*.»

«E quando dovrai girare un film?»

«Mi organizzerò per girare solo in estate, così potrai venire con me.»

Mi giro verso di lui e gli poso una mano sul petto. «Stai dicendo cose assurde.»

«No. Arrivato a questo punto della carriera, posso fare quello che voglio. Non c'è più bisogno che giri tre film all'anno. Uno è più che sufficiente e posso farlo in estate, così tu potrai insegnare.»

«Che cosa farai il resto del tempo?»

«Produrrò altri progetti. Magari farò qualcosa a teatro. Posso fare un sacco di cose da New York.»

«Ti annoieresti a morte.»

Sfrega il naso contro il mio collo, facendomi tornare la pelle d'oca. «Non con te nel mio letto ogni notte. Non potrei mai annoiarmi.»

Il mio cellulare squilla e lo prendo dal comodino. Sullo schermo leggo un numero di Manhattan che non conosco. «Forse ci siamo.»

«Rispondi, tesoro. Fa' come vuoi. Troveremo il modo di far funzionare le cose.»

Inspiro a fondo e rispondo. «Pronto?»

«Natalie, sono James Poole, presidente del consiglio d'istituto della Emerson School di New York.»

«Salve, signor Poole. Come sta?»

«Bene, e spero sia lo stesso per lei.»

Stringo la mano a Flynn. «Sì.»

«Ne sono lieto. La chiamo per quella che spero sarà una buona notizia. Il consiglio d'istituto ha votato a favore del suo reintegro, con effetto immediato e riconoscendole lo stipendio arretrato, ovviamente. E, per rispondere alla sua prossima domanda, la signorina Heffernan ha deciso di andare in pensione.»

Considerando quello che mi ha detto prima Leah, è interessante che facciano passare l'allontanamento della signorina Heffernan come pensionamento.

«Capisco che possa essere poco propensa ad accettare l'offerta alla luce di quanto è accaduto, ma speriamo davvero che prenderà in considerazione l'idea di tornare in classe ed espletare il suo contratto come previsto. Abbiamo sentito parlare in modo meraviglioso di lei dai genitori dei suoi alunni. Ha fatto loro un'ottima impressione.»

«Mi fa piacere sentirlo.»

«Vorrei solo dirle che mi dispiace molto per la maniera in cui è stata gestita la faccenda. L'operato della signorina Heffernan non riflette in alcun modo il pensiero del consiglio d'istituto. Crediamo che abbia agito in modo troppo affrettato e senza disporre di tutte le informazioni. Qualunque sarà la sua decisione, spero che accetterà le nostre più sentite scuse per l'accaduto.»

«Certo, accetto le scuse. Grazie.»

«E che cosa ne pensa sul tornare in classe?»

«Mi piacerebbe molto ma, prima di decidere, mi serve qualche giorno per parlarne con mio marito e definire i nostri piani. Spero che capirà.»

«Assolutamente. Si prenda pure del tempo e ci comunichi la sua decisione quando sarà pronta. Le porgo di nuovo le mie scuse più sincere e, comunque vada, i miei migliori auguri. A livello personale, lei ha tutta la mia ammirazione per quello che ha affrontato senza mai arrendersi.»

«La ringrazio» rispondo con un filo di voce, commossa dalle sue parole. Tuttavia, ho il sospetto che quest'uomo sia molto più interessato a evitare una causa che a me. «Avrei una domanda.» Non mi capiterà più di essere nella condizione di poter contrattare, quindi perché non provarci?

«Mi dica.»

«Ho una vecchia cagnetta di nome Fluff che dorme tutto il giorno. Se tornassi, mi chiedevo se il consiglio mi permetterà di farla dormire sotto la cattedra. Nessuno si accorgerà della sua presenza e lei adora i bambini.»

Segue una pausa esitante. «Sono sicuro che troveremo un accordo.»

«Fantastico. Grazie mille. Allora la richiamo io.»

«Non vedo l'ora.»

Dopo i saluti, rimetto il telefono sul comodino. «Hai sentito?» chiedo a Flynn.

«Sì, e sono davvero felice per te che abbiano capito il loro sbaglio.»

«Siete stati tu e i tuoi avvocati ad aiutarli a capirlo.»

«In ogni caso, l'importante è che l'abbiano fatto. E, secondo me, c'entra più l'indignazione dei genitori e dei tuoi colleghi.»

Non ne sono tanto convinta, ma gli lascio credere quello che vuole.

«Bella mossa per Fluff. Hai sfruttato bene il tuo vantaggio.»

Sorrido al complimento. «Non mi hai dato modo di chiederti come mai sei rientrato così presto. Pensavo che saresti stato via tutto il giorno.»

«Ti stai forse lamentando?» s'informa lui, con un sorriso sexy.

«Niente affatto. Mi chiedevo solo come mai.»

Il sorriso si spegne e distoglie lo sguardo.

«Hai litigato di nuovo con Hayden?» Detesto l'idea di essermi messa tra loro, che sono amici da tutta la vita.

«No, anzi, abbiamo fatto una bella chiacchierata e direi che ci siamo chiariti.»

«Che sollievo. Qual è il problema allora?»

Si arrotola una ciocca dei miei capelli intorno al dito. «Mentre ero alla Quantum, un agente dell'FBI è venuto a dirmi che David Rogers è stato trovato assassinato nel suo ufficio questa mattina.»

La notizia è come un pugno in pancia e scatto a sedere. «Che cosa? Perché voleva parlare con te? Oddio, per quello che hai detto a Carolyn! Sei un *sospettato?*»

«Calma, tesoro. Era solo una formalità. Doveva escludermi dai sospetti e l'ha fatto. Però si è preso il mio telefono.»

«Le foto...»

«Le ho cancellate, ma ne ho una copia al sicuro nel cloud, dove solo io posso vederle.»

«Oh, bene.» Ricado sul cuscino, più rilassata. «Hai sentito Emmett?»

«Sì, prima di tornare a casa. Ha detto che è una cazzata e che non abbiamo nulla da temere solo perché ho solo detto che *volevo* ammazzarlo. Non l'ho mica fatto sul serio.»

«Non riesco a credere che sia morto. L'agente dell'FBI ha detto come?»

«No, e io non gliel'ho chiesto.»

«Non è importante, comunque.»

«Emmett ha detto che Rogers doveva dei soldi a un sacco di persone. In tanti avevano un movente e probabilmente hanno dovuto escludermi. Ha detto di non preoccuparci.»

«Ok.»

«Perché sembri ancora preoccupata?»

«Non mi piace il pensiero che il mio passato ti abbia causato dei problemi.»

«Adesso sai come mi sono sentito quando la mia fama ti ha causato dei problemi.»

«È uno schifo.»

«Già, però siamo tranquilli, tesoro. Non abbiamo niente da temere. Siamo insieme, possiamo contare l'uno sull'altra e tutto il resto… sono solo chiacchiere. A questo proposito, che ne dici se mollassimo tutto per un po' e facessimo una vera e propria luna di miele?»

«Dove vorresti andare?»

«In Messico? A meno che tu voglia tornare subito a New York e, in quel caso, lo capirei perfettamente.»

«Cavoli, che decisione. Il sole del Messico o il gelo di New York.»

«Tu adori New York d'inverno.»

«Già.» Ha ragione, ma non sono sicura di poter tornare quella che ero prima di incontrare Flynn. Non dovrei stare al fianco di mio marito?

«La decisione è tua. Dimmi solo che cosa vuoi fare, e organizzo tutto.»

«A te starebbe bene tornare a New York?»

«Se è lì che vuoi stare, allora ci voglio stare anch'io.»

«E Hayden e il film e il lavoro e tutto il resto?»

«Io e lui abbiamo trovato un accordo. Sa che, al momento, voglio stare con te e ne ho bisogno. Lavorerò un po' ogni giorno ovunque saremo e a lui sta bene.»

«Posso rifletterci su?»

«Prenditi tutto il tempo che ti serve.» A giudicare dal grosso sbadiglio che gli sfugge, è stanco quanto me dopo essere rimasto sveglio metà della notte. «Che cosa vuoi fare oggi?»

È l'occasione perfetta per chiedergli della stanza che ho scoperto al piano di sopra. Mi accarezza la fronte, che ho aggrottato. «Che c'è?»

«Niente.»

«Dài, Nat. Di qualsiasi cosa si tratta, dimmelo.»

«Preferisco fartelo vedere.»

«Va bene.»

Mi alzo, recupero l'accappatoio dal pavimento e stringo la cintura in vita.

Flynn geme. «Non avevi detto che avrei dovuto vestirmi.»

«Non devi, se non vuoi.»

«Non voglio.»

Lo prendo per mano e, mentre mi segue su per le scale, mi accarezza il sedere. «Piantala, Flynn!»

«Mai. È il mio culo preferito al mondo.»

Lo porto nella stanza di Hayden. «Che cosa vuoi farmi vedere qui dentro, a parte il letto più grande dell'universo?»

«Lo so! Che cosa se ne fa di un letto così grande?»

Non risponde.

«Quello che voglio mostrarti è qui.»

«Come hai fatto a finire nella cabina armadio di Hayden?»

«Stavo cercando la lavanderia e Fluff è entrata qui dentro. L'ho inseguita e una cosa tira l'altra e sono arrivata a questa.»

# CAPITOLO DICIANNOVE

## *Flynn*

Natalie si fa da parte e, davanti a quello che vedo, per poco non resto senza fiato: la stanza dei giochi di Hayden. Natalie è nella cazzo di stanza dei giochi di Hayden e, nel panico, non ho idea di che cosa dire. Sapevo che Hayden ne aveva una nella sua casa in città, ma non che ne avesse una anche qui, altrimenti non avrei mai lasciato Natalie da sola. E perché cazzo non la tiene chiusa a chiave?

«Flynn?»

La guardo e vedo che mi fissa con espressione incuriosita. Solo ora mi accorgo di avere l'uccello in tiro, a lasciare intendere quello che penso davvero della stanza.

«Hayden ha i suoi segreti.» Non so che altro dire.

«Quindi tu non ne sapevi niente?»

Mi muovo sul filo del rasoio, in equilibrio sempre più precario.

«No» rispondo, perché è la verità. Non sapevo che avesse una stanza dei giochi qui.

«Oh.»

Sembra delusa, o è solo una speranza della mia immaginazione?

«Sai che cosa succede qui dentro?»

«Credo di sì.» La guardo di sottecchi. «E tu?»

«Ho fatto delle ricerche.»

«Oh.» Me la immagino che cerca informazioni sulle stanze dei giochi e cose simili e mi viene ancora più duro. Lei se ne accorge ma, per fortuna, non fa commenti. Muoio dalla voglia di chiederle che cosa ne pensa e se le andrebbe di provare, ma poi mi ricordo quello che è successo quando le ho immobilizzato le mani sopra la testa e allora evito le domande e cambio argomento. «Visto che stasera ci trasferiamo da me, dovremmo andare in spiaggia intanto che possiamo.»

Risponde dopo una lunga pausa. «Certo, come vuoi. Metto i vestiti nell'asciugatrice e scendo.»

Esce prima di me e io richiudo la porta della stanza dei giochi. Mentre vado di sotto, il cuore mi martella nel petto. Cazzo, cazzo, CAZZO! Se scoprisse quello che le ho nascosto, non mi perdonerebbe mai, soprattutto dopo tutto il dolore che ha condiviso con me e con nessun altro.

Forse dovrei sfruttare l'opportunità di raccontarle la verità una volta per tutte ma, al solo pensiero, sento la pelle bruciare e tirare, come quella volta da piccolo che mi era venuta l'orticaria. Non posso dirglielo. Non posso, anche se dovrei.

Trascorriamo il pomeriggio a rilassarci in spiaggia. Almeno, lei si rilassa, perché io sono così teso che, per lo stress, mi fa male il petto. Dopo cena, prendiamo i bagagli e andiamo nella mia casa a Hollywood Hills, ormai abbandonata dai paparazzi dopo non aver visto segni di vita per più di una settimana.

Natalie è stranamente silenziosa, probabilmente per la decisione in sospeso sul lavoro. Vorrei chiederle che cosa pensa, ma ho paura della risposta. Non mi va di tornare a New York. Ho voglia di portarla in Messico per la luna di miele che si merita e di passare altro tempo completamente solo con mia moglie.

Poi mi viene in mente che forse non ha il passaporto. «Ehi, Nat» le chiedo, appollaiato sul letto. Sono emozionato di essere di nuovo nel mio e aspetto che mi raggiunga.

«Sì?»

«Ce l'hai il passaporto?»

«Sì. L'ho fatto quando ho cambiato nome.» Entra in camera, intenta a mettersi la crema mani e con indosso una stupenda camicia da notte che non avevo mai visto. «Ironia della sorte, è stato David Rogers a suggerirmi di farlo insieme a tutto il resto.»

«Ce l'hai qui o a New York?»

«Qui. Lo tengo in borsa per avere un documento con me visto che non ho la patente. Perché?»

«In caso andassimo in Messico. L'hai mai usato?»

«No. Non sono mai stata all'estero. Ai miei genitori non piaceva l'idea, quindi non ho mai accompagnato gli Stone fuori dal paese.»

«Adesso ho proprio voglia di andare in Messico, per essere con te per un'altra prima volta.»

Si infila a letto, girata verso di me. «Voglio andarci anch'io, Flynn. Voglio la luna di miele.»

Le prendo la mano e intreccio le dita alle sue. «E il lavoro?»

«Domani chiamo e chiedo se mi danno la settimana prossima per decidere. Saranno disposti ad accettare, visto che pensavo di essere stata licenziata per sempre.»

«Hai salvato il numero di Addie?»

«Sì, mi ha scritto prima.»

«Le mandi un messaggio per dirle di procedere per il Messico domani?»

«Domani? Ma così dovrà restare in piedi tutta la notte per organizzare il viaggio.»

«No, ho una casa là, quindi dobbiamo solo trovare un aereo e avvisare il personale del mio arrivo.»

«Hai una casa in Messico.»

«Sì.»

«Dove altro hai una casa?»

«Ne ho una ad Aspen e una nel sud della Francia. E l'appartamento a New York. Basta.»

«Oh, grazie al cielo. Per un attimo, ho temuto che avessi una collezione di case, come quella di macchine.»

«Che ridere.» Sorrido e le do un bacio. «Adesso le scrivi, per favore? Senza telefono, mi sento come se mi avessero amputato un braccio.»

«Oh, poverino. Sì, adesso le scrivo.»

Addie risponde all'istante. *Ci penso io.*

«Dorme mai, quella poveretta?» Lascio il telefono sul comodino e mi accoccolo contro Flynn.

«Sì, più che a sufficienza.»

«Quando? Le stai addosso mattina, pomeriggio e sera.»

«Adora il suo lavoro.»

«Come no.»

«È vero! Sono un ottimo capo e la pago una valanga di soldi. Le ho comprato una macchina bellissima e l'ho sistemata in un appartamento in un palazzo di nostra proprietà a Santa Monica dove non paga neanche l'affitto. Le va alla grande.»

«Le è andata proprio bene, soprattutto perché può lavorare per te.»

«Giusto» conferma lui, con un sorrisetto impertinente.

Gli punzecchio la pancia, strappandogli una risata. «Se andiamo in Messico, quando riuscirò a vedere le mie sorelle?» Le sento tutti i giorni per messaggio e non facciamo che parlare di quando ci vedremo, non appena saremo libere tutte e tre.

«Addie le ha chiamate per organizzarsi e sembra che, tra la scuola e il lavoro e tutto quanto, sia meglio non fare questo fine settimana, ma il prossimo. A te sta bene?»

«Certo.» Abbiamo aspettato così a lungo che una settimana in più non farà differenza. Nella mia vita, è tutto incerto e in sospeso, tranne l'uomo che mi sta avvinghiato addosso in questo momento e russa sommessamente.

Gli accarezzo i capelli e l'accenno di barba sulle guance. È sempre bello, ma ancora di più quando dorme. Nonostante gli anelli stupendi che porto al dito, stento ancora a credere che quest'uomo incredibile sia mio marito e che lo sarà per sempre.

Mi squilla il telefono e lo prendo al volo, nella speranza di non svegliare Flynn.

«Pronto?» Esco dal letto e dalla camera, chiudendomi la porta alle spalle.

«Ieri sera avevi un'aria davvero compiaciuta, il che mi spinge a chiedermi fino a che punto conosci l'uomo che hai sposato.»

«Chi parla?»

«La *prima* signora Godfrey.»

È come se mi avessero dato un pugno in pancia. Come ha avuto il mio numero? «Non ho niente da dirti.»

«Io invece ho alcune cosette da dire a te. Di sicuro avrai sentito quanto io gli abbia rovinato la vita, ma devi sapere che lui ha rovinato la mia. Hai già visto la sua ripugnante stanza dei giochi nel seminterrato? Se non mi credi, va' a controllare con i tuoi occhi. La tiene chiusa a chiave, ma la chiave è in cucina, appesa al gancio vicino alla porta.»

Dovrei chiudere subito la chiamata, perché so quanto sia stata cattiva con Flynn. Tuttavia, mi torna in mente la sua evidente reazione fisica nella stanza dei giochi di Hayden e ci ripenso. «Perché mi dici queste cose?»

«Perché mi sembri una brava ragazza, e non sopporterei di vedergli fare a te quello che ha fatto a me, in privato e in pubblico.»

«Non lo fai perché lo vuoi riconquistare, vero?»

Scoppia in una fragorosa risata. «Preferisco restare single per il resto della vita che passare un altro minuto con quell'uomo.»

«Per fortuna che non devi farlo, allora.»

«Controlla nel seminterrato, Natalie. Non essere ingenua.»

«Non chiamarmi più.» Con il telefono che mi trema tra le mani, premo il tasto rosso. Resto a lungo al buio nel soggiorno affacciato sulle luci scintillanti di Los Angeles. Non riesco a muovermi, a pensare né a elaborare quello che è appena successo.

Perché quella donna mi sta facendo una cosa simile? L'odio reciproco tra lei e Flynn non è un segreto, quindi è ovvio che lei non voglia vederlo felice insieme alla nuova moglie. Farei meglio a dimenticare le sue parole e andare avanti per la mia strada, ma come faccio senza sapere se ha detto la verità?

E, in quel caso, che cosa succederebbe?

«Una cosa alla volta.» Torno in camera, dove Flynn dorme ancora. Fluff si è piazzata al mio posto e lui le tiene una mano sulla schiena. Nel vedere insieme le due "persone" che amo di più al mondo, gli occhi mi si riempiono di lacrime. Ne abbiamo fatta di strada, da quel giorno al parco.

Chissà se, per tutto questo tempo, lui mi ha nascosto un segreto enorme. Una cosa che avrei dovuto sapere prima di sposarlo e legarmi a lui per sempre. Sono stata una perfetta idiota? Con il senno di poi, ci sono stati alcuni segnali del fatto che mio marito celi qualcosa di più di quello che dà a vedere. Alcune cose che ha detto e fatto. «Voglio scoparti qui» ha esclamato mentre mi stuzzicava il sedere.

Poi si è pentito di aver usato un linguaggio tanto crudo e introdotto qualcosa a cui non ero pronta, però a me era piaciuto e lui l'ha rifatto. In preda alla confusione, lo guardo dormire. Dovrei svegliarlo e chiedergli se Valerie ha detto la verità. Anche a lui piacciono le stesse cose di Hayden e, in questo caso, che cosa significa per noi?

Ma come farò a sapere se sarà sincero? A ben pensarci, sono molte le cose che non so dell'uomo che ho sposato dopo una storia d'amore travolgente.

Lo lascio dormire con Fluff, esco dalla stanza e chiudo la porta. Torno in soggiorno e resto seduta al buio per più di un'ora, nel tentativo di vedere le parole di Valerie come quelle di una stronza che vuole vendicarsi per aver perso l'amore di un uomo stupendo ed essersi guadagnata il suo disprezzo eterno. Vorrei fidarmi con tutta me stessa di lui perché non mi ha dato alcun motivo per non farlo, ma lei è stata così specifica, fino alla posizione esatta della chiave.

Prima di chiedere a lui, devo vedere con i miei occhi se è vero. Non mi darò pace fino a quando non lo saprò per certo. In cucina, trovo la chiave proprio dove ha detto Valerie e subito mi ricordo che anche lei ha vissuto in questa casa. Chissà se ha scelto lei l'arredamento, se i piatti erano suoi.

«Bleah.» *Concentrati, Natalie. Una cosa alla volta.*

La porta del seminterrato è in corridoio. Nel poco tempo passato qui, non ci avevo fatto molto caso e, infatti, non avevo notato il chiavistello. Inserisco la chiave e, quando la serratura scatta, un forte clic mi manda l'ansia alle stelle. So benissimo che, aprendo questa porta e scendendo le scale, violerò la sua privacy e, dopo averlo fatto, non potrò più tornare indietro.

A parte la capatina accidentale nella cabina armadio di Hayden, non ho mai fatto nulla di simile prima d'ora. Io mi faccio gli affari miei; sono fatta così. Ma c'è una prima volta per tutto, e anche una seconda. Accendo la luce e scendo le scale, con il cuore che mi batte così forte da sentirlo rimbombare nelle orecchie.

Ho la gola chiusa e la bocca secca. Che cosa troverò? Cambierà tutto? Non devo addentrarmi troppo per avere la conferma che Valerie abbia detto la verità. «Dio mio» sussurro. La stanza dei giochi di Flynn è più grande e addirittura più elaborata di quella di Hayden, con numerosi attrezzi e una chaise longue a forma di s che non ho visto in nessun sito online.

Come da Hayden, dal soffitto pendono alcune corde e, appesa ai ganci su una parete, c'è una fila di racchette di varie dimensioni, gatti a nove code e fruste. Evito di andare all'armadio dall'altra parte della stanza, perché so già che cosa ci troverei.

Ho visto più che abbastanza per conoscere la verità su mio marito e sulle sue vere preferenze. Quasi convinta che mi stia aspettando, risalgo le scale, con la mente in subbuglio mentre rivivo ogni momento passato insieme e ogni rapporto sessuale. Ero rimasta colpita dal legame tra noi sul piano fisico e pensavo fosse lo stesso per lui. Invece finge di essere soddisfatto mentre vorrebbe molto di più di quello che la donna difettosa che ha sposato può dargli?

Spengo la luce, chiudo la porta e rimetto la chiave al suo posto in cucina. Non riuscirò a dormire, perciò mi preparo una tazza di cioccolata e vado sul divano. Sono talmente spaesata che non so che cosa pensare.

Per diverse ore resto seduta al buio a sezionare ogni minuto, secondo, conversazione, carezza e parola tra noi. Ci sono stati alcuni indizi qua e là, piccole cose che all'epoca non avevano senso ma che, alla luce del nuovo contesto, erano dei campanelli d'allarme che non ho colto. Come l'insistenza nel trovare una parola d'ordine, un pilastro dello stile di vita BDSM. Mi torna in mente una cosa che mi ha detto: «*Sono stato con un sacco di donne, probabilmente troppe. Le ho baciate, le ho scopate e ho fatto cose con loro che considereresti ripugnanti nella migliore delle ipotesi, riprovevoli nella peggiore*».

È questo che intendeva per «riprovevoli»? Non ho mai sospettato che mio marito fosse un dominatore né che prendesse parte ad attività totalmente al di fuori della mia comprensione.

Tra tutti i momenti passati insieme, ci sono anche quelli in cui ho messo a nudo la mia anima con lui, ho condiviso il mio doloroso passato e l'ho lasciato entrare nella mia vita. In queste poche settimane, mi sono sentita più vicina a lui che a chiunque altro. Lui mi conosce come nessun altro.

E, mentre io gli ho dato tutto, lui mi ha mentito su chi è in realtà. Se non fosse stato per la sua ex moglie, forse non l'avrei mai saputo. E adesso sono arrabbiata, perché mi ha nascosto la verità e perché a dirmela al posto suo è stata la sua ex, una donna che lui disprezza. Me l'avrebbe mai detto? Che intenzioni aveva? Iniziarmi al sesso normale e poi cambiare le regole?

O magari non aveva intenzione di dirmelo? È probabile. Ripenso alla nostra prima notte di nozze e al mio attacco di panico quando mi ha immobilizzato le mani. Dopo aver sentito la mia storia, capisco come mai abbia deciso di nascondermi il suo lato da dominatore. Pur non approvando il fatto che si sia lanciato nel matrimonio con un tale segreto tra noi, capisco che abbia pensato di proteggermi e, per questo, lo amo. Tuttavia, non posso tollerare un segreto di questa portata.

Ripenso a tutte le cose belle successe tra noi. Ripenso a quanto è stato generoso con Aileen e i suoi figli, a come ha pagato l'affitto dell'appartamento di New York per un anno e la mensa a tutti i bambini della mia scuola, a come ha organizzato l'addio ai miei alunni, sopportato di avere la mia cagnolina ostile nel letto e scatenato una guerra per il mio ingiusto licenziamento. Ripenso alla sua sincera proposta di matrimonio, all'amore con cui mi ha accettato la sua famiglia e alla tenerezza che lui mi ha dimostrato quando ne avevo più bisogno.

Mi ha mostrato il suo cuore, più e più volte. Mi ama, e su questo non ho dubbi. Ma mi ama abbastanza per dirmi la verità? Mi ama abbastanza per trovare una soluzione insieme? Mi ama abbastanza per farmi vedere l'altra parte di sé? Quella che mi ha tenuto nascosta?

Non tollero bugie e segreti. Ne ho già avuti più che a sufficienza nella mia vita e voglio la verità. Voglio che *lui* voglia dirmi la verità. Che cosa farò se mi guardasse negli occhi e mentisse?

Con il cuore in frantumi, mi rendo conto che, in quel caso, non avrò altra scelta se non lasciarlo. Non posso, e non voglio, avere una relazione basata sulle bugie. Anche se me l'ha nascosto pensando al mio interesse, è ora che vuoti il sacco. Gli darò la possibilità di dirmi la verità e, se lo farà, allora capiremo insieme come procedere. Se invece mentirà… Be', so già quello che devo fare.

# CAPITOLO VENTI

*Flynn*

Vengo svegliato da un odore immondo. Ho quasi paura di aprire gli occhi per scoprire che cosa sia. Quando mi decido, mi ritrovo sullo stesso cuscino della cagnolina, che al mattino ha un alito terribile.

«Cristo santo» borbotto e mi rendo conto che non solo condividiamo il cuscino, ma sono pure accoccolato contro di lei. Rimpiango i giorni in cui mi abbaiava contro. Come diamine sono finito stretto a Fluff invece che alla mia stupenda moglie? E, a questo proposito, dov'è lei?

Mentre la cagnolina continua a russare, esco dal letto, vado in bagno a fare pipì e mi lavo i denti. Recupero dei pantaloncini sportivi, me li infilo e vado in cerca di Natalie. La trovo in soggiorno, raggomitolata sul divano con i capelli scuri allargati su un cuscino.

Perché dorme sul divano e non con me?

Mi siedo accanto a lei e la sveglio con un bacio. Lei apre le palpebre e, per un attimo, sembra felice di vedermi, ma poi la luce nei suoi occhi si spegne. Che storia è?

«Che cosa ci fai qui, tesoro?»

«Non riuscivo a dormire e non volevo disturbarti.»

«Non mi avresti disturbato. Preferisco di gran lunga te e il tuo alito dolce a quello letale di Fluff.»

«Non ha l'alito letale.»

«Eccome. E sono gentile a definirlo così.» La tiro per una mano. «Torniamo a letto. È ancora presto e non dovremo uscire fino a tardi.» Addie ci avrà prenotato un volo nel tardo pomeriggio, così da avere il tempo di organizzarci prima di andare in Messico.

Natalie fa resistenza.

«Che c'è?» le chiedo.

«Posso parlarti di una cosa?»

«Ma certo.»

Con la fronte aggrottata e le labbra tirate, cerca il coraggio di rivelarmi i suoi pensieri.

«Tesoro, dimmi che c'è che non va.»

Appena mi guarda, mi rendo conto di non aver ancora visto il vero colore dei suoi occhi, senza le lenti a contatto marroni che porta. Voglio vederlo. Magari in Messico.

«Se ti faccio una domanda personale, mi dirai la verità?» esordisce.

«Ti dirò sempre la verità.»

«Me lo prometti?»

«Di che si tratta, Natalie?»

«La stanza a casa di Hayden...»

*Oh, cazzo...* «Che c'è?»

«Interessano anche a te quelle cose?»

Per un istante, la mia mente smette di funzionare. Ho appena promesso di dirle la verità ma, se lo faccio, scoprirà che gliel'ho nascosto fino ad ora. Penserà che ogni volta che abbiamo fatto l'amore non sono stato soddisfatto, quando in realtà è il contrario.

«Flynn?»

«No, non mi interessano. È una cosa sua, non mia. A me interessi *tu*. Sei tutto ciò di cui ho bisogno, Natalie.» Le do un bacio in fronte. «Adesso torniamo a letto?»

«Va' pure. Io mi faccio una doccia.»

«Lasciati sporcare prima.» Punto al suo collo, ma lei si sposta, con un'espressione indecifrabile. È una novità. Di solito, riesco sempre a capirla. «Nat? Che cosa succede?»

«Niente. Voglio solo farmi una doccia.»

«Va bene, allora.» Se ne va e rimango seduto per un minuto, confuso dal suo comportamento. Che cosa cavolo è successo? Torno in camera e mi metto a letto ad aspettarla. Riemerge dal bagno mezz'ora dopo, completamente vestita per una temperatura molto più bassa rispetto a quella attuale in California.

Poi vedo la valigia che si trascina dietro e scatto in piedi. «Che cosa stai facendo?»

«Vado a casa a New York. Tornerò a scuola e nel mio appartamento con Leah.»

È come se mi avessero dato una coltellata al cuore. «Che cazzo dici, Natalie? Mi stai *lasciando*?»

Con gli occhi pieni di lacrime e la mascella serrata, annuisce.

«*Perché?*»

«Perché sei un bugiardo e non sarò la moglie di un uomo che mi mente su chi è davvero.»

Solo ora capisco due cose: mi sta lasciando davvero e sa la verità su di me. Come cazzo l'ha scoperto?

«Aspetta, Natalie. Parliamone.»

«Abbiamo già parlato e ti ho dato l'occasione di dirmi la verità. Invece tu mi hai guardato dritto negli occhi e mi hai mentito.»

«Come fai a dirlo?»

«Sappiamo entrambi che è così.»

«E per questo vuoi rompere con me? Dopo tutto quello che abbiamo passato, vuoi davvero lasciarmi? Pensavo che mi amassi.»

«E ti amo. Ti amo con tutto il cuore e l'anima. Ho condiviso con te ogni parte di me, anche quelle più dolorose. Mi sono sentita più legata a te nell'ultimo mese che a chiunque altro in tutta la mia vita. Non ti ho nascosto *niente*. Tu puoi dire lo stesso?»

«Natalie... non capisci.»

«Capisco benissimo, invece. Pensavi che non avrei retto, quindi me l'hai nascosto.»

«Sì! È così! Esatto.»

«Solo che, quando ti ho dato la possibilità di rimediare, tu hai continuato a mentire, ed è questo che non sopporto. Come farò a sapere che altro mi nascondi? Come farò a sapere se sei soddisfatto con me, quando è ovvio che vuoi di più di quello che secondo te posso darti?»

Mi manca il terreno sotto ai piedi e vacillo, travolto da una disperazione come non ne ho mai provato prima. Quanto vorrei riavvolgere l'ultima ora.

«Se te ne vai, non avremo mai la possibilità di superare tutto.»

«Se resto, non saprò mai se davvero avrò ogni parte di te. Ne ho abbastanza di vivere a metà, Flynn.» Le trema la voce, ma si ricompone subito. «Ho adorato ogni minuto che abbiamo passato insieme. Sei stato estremamente generoso e tenero con me fin dall'inizio, e non puoi capire quanto ti sia grata.»

«Non voglio la tua gratitudine del cavolo.»

«E io non voglio le tue bugie del cavolo. Forza, Fluff. Andiamo a casa.»

La cagnolina salta giù dal letto e la segue fuori dalla stanza.

«Aspetta, Natalie. È una pazzia. Non puoi tornare quella che eri prima. La stampa ti starà addosso. Non sarai al sicuro.»

«Me la caverò. Dopo un po', si stancheranno della noiosa insegnante di New York che è stata brevemente sposata con una stella del cinema.»

Nel sentirla parlare al passato del nostro matrimonio, vado nel panico. «Vuoi rinunciare a noi così in fretta? Senza neanche darmi una possibilità?»

«Ti ho dato ogni possibilità. Hai avuto tutto il tempo di dirmi la verità e non l'hai fatto. E, stamattina, mi hai mentito in faccia.»

«Come fai a saperlo? Chi te l'ha detto?»

«Valerie.»

A questo nome, mi viene voglia di urlare per la rabbia che mi travolge come un maremoto, risucchiandomi e facendomi vedere rosso. La ammazzerò. In qualche modo, trovo le parole per chiederle ciò che ho bisogno di sapere. «Quando hai visto Valerie?»

«L'altra sera ai SAGS, in bagno. Me ne ha dette di tutte, ma non le ho creduto. Il Flynn che conosco e che amo non assomiglia all'uomo che mi ha descritto, quindi ho accantonato la cosa come una stupidata dettata dalla gelosia. Ma, quando mi ha chiamato ieri sera, dopo che ti sei addormentato, per dirmi della stanza al piano di sotto e dove trovare la chiave, ho pensato che forse non se l'era affatto inventato.»

È come se mi avessero sparato dritto al cuore. Non mi sono sbarazzato delle cose nel seminterrato e adesso lei le ha viste. Non può succedere davvero.

«Dopo quello che ho visto là sotto, lo sai che cosa ho pensato?»

«Che cosa?» chiedo a denti stretti.

«Ieri, nella stanza dei giochi di Hayden, tu eri nudo e ti è venuto duro come una roccia. Ti sei eccitato a stare là dentro con me, vero?»

«*Sì*» sibilo. «E allora?»

«È un peccato che tu non me l'abbia detto, perché adesso non sapremo mai come sarebbe andata.»

«Non puoi lasciarmi per questo. Non te lo permetto!»

«Non me lo *permetti*? Che cosa hai intenzione di fare?»

Mi sforzo di ammorbidire il tono per non peggiorare la situazione. Sempre che sia possibile. «Stai reagendo in modo esagerato, piccola. Non te l'ho detto perché non volevo spaventarti dopo tutto quello che hai passato.»

«E lo capisco. Anzi, te ne sono grata. Ma quando te l'ho chiesto senza mezzi termini e tu mi hai mentito, quella è un'altra storia.»

«Adesso lo so. Non avrei dovuto farlo. Giuro su Dio che non ti ho mai mentito su nient'altro, e non lo farò mai più. Possiamo parlarne e cercare una soluzione insieme, ti prego?»

Lo vuole anche lei. Lo vedo, però conosco il suo carattere di ferro che le ha fatto superare ben di peggio.

«Molte volte mi sono detto che avrei dovuto lasciarti in pace perché ti meriti di meglio rispetto a me» proseguo. «Ricordi dopo il nostro primo appuntamento, quando non ti ho chiamato? Hayden mi aveva convinto che una brava ragazza come te non aveva nulla a che spartire con uno come me. Poi tu mi hai scritto per chiedermi di incontrare Aileen e mi è bastata un'occhiata quel giorno per capire che non ti avrei mai lasciato. Ti amo tantissimo, Nat. Ho messo i tuoi bisogni davanti ai miei. Ecco quello che è successo.»

I suoi occhi pieni di lacrime mi spezzano il cuore. «Avevo il diritto di conoscere i tuoi bisogni. Avresti dovuto dirmelo, soprattutto prima di sposarmi.»

«Sì, avrei dovuto. Hai assolutamente ragione e io ho torto. Torto marcio. Ho fatto un casino, non lo nego, ma possiamo risolvere tutto. *So* che possiamo. Abbiamo già superato molto più di certa gente in una vita intera. Ti prego, non rinunciare a noi, Nat. La sera in cui ci siamo sposati, mi hai detto che non l'avresti fatto.» Azzardo un passo verso di lei e le poso le mani sulle spalle. «Mi hai fatto delle promesse.»

Respinge le mie mani. «Mi hai *mentito*! Non parlarmi di promesse, Flynn. È per questo che Hayden non riesce a guardarmi in faccia, perché lui sapeva la verità su di te… e io no.»

La prendo tra le braccia, inspirando il profumo dei suoi capelli. «Non puoi lasciarmi, Nat. Sarà la mia fine.»

Scoppia a piangere. «Non vorrei lasciarti, ma non posso vivere con qualcuno che mi mente con la facilità con cui l'hai fatto tu stamattina, soprattutto su una cosa tanto importante.»

«Non è importante! È quello che sto cercando di dirti!»

Si divincola e mi respinge. «Se non è importante, allora *perché* hai una stanza piena di attrezzi BDSM *a casa tua*? E non peggiorare le cose dicendomi che non è roba tua o qualche altra cazzata.»

Prima che possa rispondere, Fluff comincia ad abbaiare e ringhiare contro di me, come quando io e Natalie ci eravamo appena messi insieme.

«Devo andare.»

«Non puoi andartene senza guardie del corpo.»

«Mi farò accompagnare in aeroporto, poi legherò i capelli e metterò degli occhiali. Non mi riconoscerà nessuno.»

«Certo che ti riconosceranno, Natalie. Non essere ingenua.»

«Lo sono stata fin dall'inizio con te. Perché dovrei smettere adesso?» Va in cucina a prendere la borsa e, tornata nell'ingresso, attacca il guinzaglio al collare di Fluff.

«Quindi è finita? Così?»

Dopo una lunga pausa in cui mi sento morire mille volte, mi guarda in faccia. «Mi serve del tempo.»

«Quanto tempo?»

«Non lo so. Ti chiamo quando sarò pronta a parlare con te.»

«Ti concedo una settimana, poi verrò a cercarti.» Già mentre lo dico, mi chiedo come farò a sopravvivere una settimana senza di lei, proprio quella che avremmo dovuto passare in luna di miele.

«Non farlo. Non voglio vederti fino a quando sarò pronta.»

«Mi dispiace, Natalie. Ho fatto un casino e lo ammetto senza problemi. Ti prego, non andartene. Ti amo tantissimo. Per favore.» Mai, in vita mia, avevo implorato una donna.

Finora.

«Non vorrei andarmene ma, in questo momento, ne ho bisogno. Ti chiamo io. Quando sarò pronta.» Con il guinzaglio di Fluff in una mano e la valigia nell'altra, apre la porta e si gira un'ultima volta. «Ti amo anch'io. Sei la cosa migliore che mi sia mai capitata.»

Il clic della porta che si richiude riecheggia nella casa come uno sparo.

Dal vetro sul lato della porta, la vedo avvicinarsi alle guardie del corpo. Una di loro le apre la portiera posteriore del suv e lei sale con Fluff. Subito prima di richiuderla, Natalie si asciuga le lacrime dal viso. E poi se ne vanno. Con la stessa velocità con cui sono entrate nella mia vita, ne sono uscite.

*Porca puttana.*

Prendo un pesante vaso di cristallo dal tavolo accanto alla porta e lo scaglio dall'altra parte della stanza, mandando in frantumi una finestra sul retro della casa.

Resto immobile, con il fiato corto e pieno di rabbia, perlopiù rivolta contro quella stronza astiosa della mia ex moglie. Vorrei trovarla e ucciderla, anche se non basterebbe.

E sono furioso con me stesso per non essermi sbarazzato delle attrezzature nel seminterrato prima di portare qui Natalie, ma non potevo chiedere a Addie di occuparsene visto che non ne sa niente e, con Natalie sempre con me, non ho avuto il tempo di pensarci io.

Poco per volta, la rabbia scema e, al suo posto, resta il dolore. Concederò a Natalie il tempo di cui ha bisogno e poi andrò da lei. La riporterò indietro, a qualsiasi costo. Le dirò tutto quello che avrei dovuto raccontarle fin dall'inizio e, questa volta, non le tacerò niente.

Lei è *mia*. Per sempre.

Quando suona il campanello, corro ad aprire, nella speranza che Natalie sia tornata e abbia cambiato idea sul lasciarmi.

Ma non è Natalie. È quell'agente dell'FBI. Vickers.

«Signor Godfrey, abbiamo un problema.»

# DELLA STESSA AUTRICE

Cinque anni dopo

Un anno dopo… A casa

**Serie Quantum**

Virtuous

Valorous

Victorious

Rapturous

Ravenous

Delirious

Outrageous

Famous

**Gansett Island**

Ritorno a Gansett Island

Ricominciare a Gansett Island

Innamorarsi a Gansett Island

Magia a Gansett Island

Speranza a Gansett Island

Futuro a Gansett Island

Una seconda occasione a Gansett Island

Destinazione Gansett Island

Guarire a Gansett Island

Nuovo inizio a Gansett Island

**Serie Annaspare nell'acqua**

Annaspare nell'acqua

# L'AUTRICE

Marie Force è un'autrice di best seller del *New York Times* che ha pubblicato più di 100 romanzi rosa contemporanei, inclusa la serie di Gansett Island e la serie Fatal per Harlequin Books. Inoltre, è l'autrice delle serie Butler, Vermont, Green Mountain e dei romanzi erotici della serie Quantum!

I suoi obiettivi nella vita sono semplici - finire di crescere due giovani adulti felici, in salute e produttivi, continuare a scrivere libri il più a lungo possibile e non viaggiare mai su un volo che finisca sui giornali.

Iscriviti alla mailing list di Marie per avere notizie circa i nuovi libri e le future partecipazioni a eventi nella tua area. Seguila su Facebook e su Instagram. Iscriviti a uno dei tanti gruppi di lettori di Marie. Contatta Marie via email scrivendo a marie@marieforce.com.